U0885748

魅丽文化

# 微微星动

*Wei Wei Xing Dong*

BEIFAN WORKS

被凡 著

江苏凤凰文艺出版社
JIANGSU PHOENIX LITERATURE AND ART PUBLISHING, LTD

**图书在版编目（CIP）数据**

微微星动 / 被凡著. -- 南京 : 江苏凤凰文艺出版社, 2018.8

ISBN 978-7-5594-2417-4

Ⅰ. ①微… Ⅱ. ①被… Ⅲ. ①长篇小说一中国一当代 Ⅳ. ① I247.5

中国版本图书馆 CIP 数据核字 (2018) 第 136994 号

| | |
|---|---|
| 书　　名 | 微微星动 |
| 作　　者 | 被　凡 |
| 出版统筹 | 汪修荣　邹立勋 |
| 选题策划 | 黄　山 |
| 责任编辑 | 胡小河　姚　丽 |
| 文字编辑 | 吴志群 |
| 责任监制 | 刘　巍　江伟明 |
| 出版发行 | 江苏凤凰文艺出版社 |
| 印　　刷 | 湖南凌宇纸品有限公司 |
| 开　　本 | 880 mm×1230 mm 1/32 |
| 字　　数 | 217 千字 |
| 印　　张 | 8.5 |
| 版　　次 | 2018 年 8 月第 1 版，2018 年 8 月第 1 次印刷 |
| 标准书号 | ISBN 978-7-5594-2417-4 |
| 定　　价 | 36.80 元 |

（江苏凤凰文艺版图书凡印刷、装订错误可随时向承印厂调换）

## 目 录

# 目 录

# 第一章

## 别人替的是戏，我替的可是人生

夜晚八点三十分，京新高速公路上。

柳爱坐在一辆 Jeep 牧马人的副驾驶座上，她身边坐着一位气质谦逊温润的精英男子。他穿着裁剪合身的烟灰色雅戈尔西服，习惯性的淡淡微笑让他自带几分天然的亲和力。

从荒无人烟的大山到繁华的帝都，两人仅用了八个小时。

如此紧急的行程，归根究底是因为柳爱身边这个自称经纪人的男人，在她做着荒山隧道挖掘工作途中突然打来电话，告诉她一个令人震惊的消息。柳雯——她的双胞胎姐姐出了车祸，需要她立刻到医院进行手术补签。

说起她的这位胞姐，柳爱内心无比纠结，因为这里面有一段痛苦的往事。

事情的转折发生在十五年前，那时候两姐妹七岁，父母在没日没夜的争吵中，最终还是选择了离婚。柳爱清晰地记得，那天下午，爸爸带着生病的柳雯去医院看病，妈妈骗柳爱说带她回老家看望姥姥，于是柳爱兴高采烈地跟着母亲回了外婆家。

从此，柳爱就再也没见过那个和她长得一模一样的胞姐。

直到柳爱考上土木工程专业，青春洋溢的大学二年级，她做梦都没想到，在学校贴吧竟然看到了自己的泳装写真？！一时间，全校流言四起，照片疯传。她当时的男朋友面对“铁一般的证据”，果断跟她分了手。

既然他连自己的女友都不信任，柳爱自然也就没再联系过他。

关于柳雯的最新动态，柳爱经常默默关注。虽然她老姐是一百八十线开外的明星，但好歹也是有志成为公众人物的女人，网上搜索“柳雯”二字，铺天盖地不是性感写真，就是妖娆车模，原本就可怜得没几条相关新闻，还几乎条条和胸、臀沾边。

老姐，就问能不能好好做明星了？

“冯先生，我姐姐现在已经度过危险期了吧？”

“当时助理就在她身边，抢救十分及时。别担心，她已经脱离生命危险了。”

听到冯余斌亲口承诺，柳爱心里沉重的石头终于缓缓坠地。

“那……这些年，她过得怎么样？”柳爱微微叹气，失联的这些年，她心里一直记挂着姐姐，“你不是我姐姐的经纪人吗？应该知道关于她的很多事吧。”

冯余斌目光微微扫过柳爱：“你指哪方面？事业还是情感？”

“全部，只要是有关姐姐的，事无巨细，我都想知道。”

“唉……”冯余斌一声长叹，抬头四十五度角仰望车窗外的浩瀚星空，幽深的目光似穿越了时空，陷入无尽的回忆，“你爸爸好赌的习惯你也知道，雯雯跟着他受了不少苦。初三毕业后，她就只身到帝都闯荡，刚开始遇到了不少黑心骗子，骗财又骗色。后来她总算是找到正规剧组，在各大剧组之间做群演，跑龙套。慢慢地，她在圈里混得久了，偶尔也能接到一两个小角色。她一步一个脚印，从被日本鬼子侮辱的良家妇女，到企业老总的秘密情人，直到现在，事业总算是渐渐步入正轨。”

冯经纪人……从被侮辱的良家妇女到总裁的秘密情人，哪点能看出事业步入正轨了？轨在哪里？

“呃，我姐姐走的是性感路线吗？”柳爱眨眨眼。

虽说对娱乐圈不太熟悉，但这种包装路线啊什么的，她还是略有耳闻的。加上她姐姐的新闻无一例外，各种刺激宅男荷尔蒙，她私下以为应该就是这么一回事。

“不错，这些年我对你姐的定位一直是性感女神。”

老姐有福啊，遇到冯经纪人这样优秀的合作伙伴，对姐姐如此青睐。虽然经纪人眼中的女神，在群众眼里已经往女神经的方向无限脱轨了。

两人在路上有一搭没一搭地聊天，气氛倒是十分和谐。

夜晚十点，冯余斌将车辆缓缓开入一处高档住宅小区。

小区名为世爵枫墅，从透明的车窗玻璃向外望去，依稀能够看到四周风景优美，湖水环绕。沿着平坦的柏油大道向前走，沿途一栋栋咖啡色别墅坐落在独立院落内，高大的枫树沙沙作响。

越往里走，柳爱就越发迷茫。

不是说要去医院吗？她都准备签完字就把手术费给缴齐，好让姐姐安心养伤。在她不经意间，车就开进了住宅区是怎么一回事？

“姐姐现在已经出院了？”柳爱试探地问。

冯余斌没有立即回答，见柳爱神色紧张，貌似起了疑心，只能硬着头皮说：“你姐姐在家里，有私人医生在照顾她。”

单纯的柳爱认可地一点头，竟然直接相信了。

很快，柳爱就跟着冯余斌下车，走进一处鲜花盛开的独立小院，冯余斌拿出钥匙打开房门。

“柳爱小姐，请进。”冯余斌彬彬有礼地伸出手。

柳爱快速冲进别墅，按捺不住火急火燎的心，从一楼到二楼，极速把屋子扫荡了一遍。然而所有房间空空如也，别说是柳雯了，就连只吸血蚊都没有！

柳爱终于意识到不对劲，然而当她走下楼，发现屋门已经被冯余斌锁死。

“你锁门干什么？”柳爱惊呼。

“抱歉，我对你说谎了。”冯余斌尴尬，却掩饰不了眉间的忧虑，“你姐姐还在医院。”

“啊？”冯经纪人套路太深，连柳爱这烧烤架上练就的火眼金睛都瞧不透个中门道，“我姐姐在医院，我也应该赶紧去医院，你领我到别墅干什么？”

“当然是见你姐姐了。”

柳爱：“……”

冯余斌不愧是见过大风大浪的经纪人，面对柳爱急切的质问，只见他泰然自若地走到电脑前，不慌不忙地插入网线，打开笔记本电脑，登录QQ，弹出视频聊天窗口。全套动作行云流水，一气呵成，内心明显经过无数次演练，才能达到如此娴熟的效果。

柳爱忍不住嘴角一抽，长途跋涉八百里，就为给我开一个QQ窗口，试问冯经纪人，到底是你太疯癫，还是你太疯癫？

很快，视频窗口连接成功，对面出现一个面容清秀的小姑娘。

然而小姑娘并不是她姐，因为从容貌上来判断，小姑娘和她长得足有十万八千里的差距。

“斌哥，柳爱接到了吗？”小姑娘问。

“一切顺利，让柳爱看看情况吧。”冯余斌让开电脑前的位置，将一脸疑惑的柳爱按坐在电脑前，自己则站在旁边。

姑娘见到柳爱的瞬间就喜上眉梢，不可思议地盯着柳爱，忍不住惊呼出声：“哇，太棒了！果然和柳雯姐长得一模一样，斌哥，这下我们可有救了。”

视频对面的亲，此刻需要救的应该是我车祸重伤躺在一旁不省人事的姐姐吧。在下私以为你和你家斌哥哥生得如此健康，应该不需要我这个挖隧道员工的救治。

“我见到她的第一眼，也觉得两人真的很像。”冯余斌说，“我和柳雯共事这么多年，一时间都没分辨出来。”

废话，一颗卵子诞生出来的DNA，能不一样吗？

视频对面，柳雯躺在病床上，显然还在昏迷当中，并没有苏醒。

“冯余斌！到底是怎么回事？”柳爱压着心头的怒火。

只要脑子没炖豆腐的正常人，都能意识到她应该是被骗了。不是说姐姐已经脱离危险了吗？现在怎么看姐姐还处于很危险的状态？

“你姐姐是在广州出通告时出事的，为了及时抢救，第一时间在广州医院进行了手术。她的头部和腰部受伤，至今还没有醒过来。”冯余斌解释，“不过你不用太担心，医生说手术很成功，她恢复的状态良好，估计再有一段时间就能苏醒。而且她身边有小晴儿照顾着，不会有事的。”

“是的，柳爱姐你放心吧，我既然是雯雯姐的助理，就一定会尽全力照顾她的。”

小晴活泼的笑容让柳爱焦急的心缓缓放松下来。

“言归正传，柳爱小姐，其实这次费尽心机将你接来，是我有事相求。”冯余斌表情严肃，犹如到了生死存亡之际。

古语云，每一个谎言背后都有不可告人的目的，既然他心机叵测地把她从荒山骗到帝都来，看来……不只是聊QQ那么简单。

柳爱警戒的目光扫过冯余斌：“说，你想干什么？”拐卖妇女儿童什么的违法犯罪行为，正义的宝宝我是绝不会答应你的。

“我想请你代替柳雯工作一段时间，做你姐姐的替身。”

噗……柳爱心头一口老血差点儿喷出九重天。

当明星？！多么强烈的精神打击才能刺激你想出这么异想天开的点子？让一个立志挖社会主义隧道、修社会主义高桥的土木女青年去拍戏，冯经纪人你觉得我会同意吗？娱乐圈会同意吗？

“我拒绝。”

别人替的是戏，她替的可是人生！这压力能是一个档次吗？难度能是一个等级吗？她根本做不来！

听到柳爱的答案，冯余斌坚强的面容上终是流下了两行悲伤的泪水：“记得……那是寒冬腊月的星期天……”

别自动陷入煽情模式！煽情没有用！就算我柳爱有志进军娱乐圈，那也应该去当明星经纪人，毕竟我的大学专业技能与经纪人非常相近，都擅长挖掘，一个挖人，一个挖土，相得益彰，优势互补。余斌，要不我们合伙做我姐姐的经纪人吧。

“小爱……”冯余斌渴望地看着她，犹如诱拐女童的黑心贩子，微微颤抖的手掌坚定地搭在柳爱的肩头，语重心长地劝，“你是不知道你姐姐这一路走来有多难。”

“我懂。”柳爱点头，“天寒地冻跳冰湖，鼻青脸肿挨巴掌。”

“小说看太多了，该适当减减。你姐姐要是能吃这苦，早八辈子就红了。”

呵呵……柳爱竟无言以对。

“我和你姐姐初期确实吃过不少苦，好在这些年你姐姐性子沉稳不少，我也在圈里积累了不少人脉。现在，正是你姐姐事业上升最关键的时期。”冯余斌的眼神霍然明亮起来，“前段时间你姐签了一部大制作的女主角，主创团队都是业内顶级的。她等了这么多年，才等到这个一飞冲天的机会。”

可惜天公不作美，她还没起飞就出车祸了是吗？

“可是……”

柳爱刚张嘴打算反驳一下，就被冯余斌苦情的眼神打断：“毫不夸张地说，我和你姐姐未来的前途，现在全系在你一个人的裤腰带上。”

柳爱崩溃：那我脱裤子呀！

“可是红这种事，有时候真的强求不来。”

“雯雯在娱乐圈摸爬滚打近十年，现在好不容易有金主愿意捧你姐，火是必然的。”

摸爬滚打近十年！最成功的角色就是演了一个性格倔强的二奶，冯经纪人你怎么就有脸说火是必然的？

“如果你现在不帮你姐，致使她错过了这次绝佳机会，那才是真正害了她。而且合同前段时间已经签了，假如不能按期进组拍摄，还需要支付高昂的违约金，你忍心让你姐姐背负这么沉重的债务吗？”冯余斌循循善诱，连哄带骗，企图唤起柳爱对姐姐无私的爱。

经纪人……你要是再这么逼我，我可原地装死了啊！

“算我求你，在这么关键的时刻，只有你能帮柳雯，拜托了！”冯余斌甚至冲着柳爱来了个诚恳的九十度鞠躬。

在冯余斌强大的嘴炮轰炸下，柳爱原本就不坚定的心逐渐动摇了。

“唉……好吧，既然你这么强烈要求，我也只能答应了。不过丑话说在前面，在聚光灯下冒充明星这种事感觉很难，如果搞砸了，你可不要怪我。”

“没事，有我在，我会为你妥善安排好一切的。”余斌内心激动，双手颤抖，如同见了革命战友，高兴得几乎快跳起来。

“为了姐姐，我一定会尽力的。”

发生在别墅内的柳爱与冯余斌的初次会晤，双方达成盟友关系，圆满结束。以协同互助为原则，以柳雯顺利渡过事业难关为目的，在未来的一段时间内，双方将朝着共同的目标努力前进。

柳爱崩溃：话说我们这么搞真的不会出事吗？

×

# 第二章

## 导演你这是逼我瘦身啊

接下来的三天时间，柳爱几乎恶补了柳雯出道以来的全部履历。看着自己姐姐这丰富多彩的娱乐人生，吓得柳爱手里的瓜子都炸裂了。

柳雯一路走来，所作所为确实算不得纯洁的小绵羊。初期为了争个小角色，她与各大剧组副导演有着剪不断理还乱的暧昧关系，导致在圈内风评极差。她演技拙劣，戏路狭窄，靠着一张还算不错的漂亮脸蛋，接到的角色多半是什么私密情人、性感女秘书之类的。后来她和一个叫吴青阳的二线男星相恋，当时柳雯求名心切，没有经受住诱惑，不惜利用吴青阳炒绯闻，这才有了一点点花边名气，却也伤了吴青阳的心。

纵观柳雯的前世今生，当真是强效除垢剂都去不干净的黑历史。

今天是剧组为主要角色定妆的日子，柳雯之前已经签了拍摄合同，柳爱自然得替姐姐过去定妆，地点设在千代嘉丽文化公司内部的摄影棚。

柳爱和冯余斌到的时候，现场的工作人员已经忙活了一上午。魏元导演正和设计师商量修改角色服装的问题，摄影师正抽空换相机电池。旁边两排软椅上零散地坐着几个穿戏服的演员，化妆助理正在替他们上妆。

柳爱忐忑地寻了一处僻静的角落，缓缓入座，实则内心紧张成狗。

冯余斌眼睁睁看着柳爱坐成二年级小学生，瞬间崩溃。

“跷二郎腿！坐得妩媚一点。”冯余斌低声提示。

柳爱闻言，放浪一笑，用尽全身力气搔首弄姿了一下，把左腿搭在右腿上。

“话说斌哥哥，你真的不考虑我的建议，让我跟着你当经纪人吗？”柳爱小声地和冯余斌聊天。

艺人辛苦又没有自由，她还是觉得，经纪人执掌艺人生死大权什么的老厉害了。

冯余斌汗颜，委婉地劝柳爱放弃这个不切实际的梦想：“经纪人这份工作不是那么好做的，首要条件就是你得会来事。”

“我懂！”柳爱仿佛已然知晓个中真谛，“一月一次。”

小爱乖啊，等你姐姐赚钱了，一定给你请最好的脑科大夫。

“来，抓紧时间看剧本，时间不多了。”冯余斌从随身携带的黑色公文包里拿出一个超厚的白色纸质本，强行塞到柳爱手中。

“嗷！”柳爱内心哀号一声，她是拒绝的……

盯着这一沓剧本的台词，柳爱几乎丧失了人生的希望。拜托，她高中就是因为记忆力不好才去学理科的，文科要背的东西那么多，科科取她性命，现在风水轮流又转回来了。

柳爱心不甘情不愿地翻开剧本，悲伤地看起台词来。

即将开机拍摄的院线大电影《世界树》，讲述了一个异世界的幻想爱情故事。

女主希虹天生拥有七彩虹光之力，是美丽与希望的化身，坐骑是诞生于雨后初晴时的彩虹吞云兽。男主长空诞生于蔚蓝之境，是温柔而强大的天空之子，拥有最为浩瀚与广博的天空之力，位列第一神主。

电影制作班底是业内顶级的，集唯美、浪漫、瑰丽的幻想特效于一身。男一号由被誉为“票房神话”的一线大神江莲远出演，可谓本年度最值得期待的院线大作。

不得不提，江莲远人气爆棚，颜值逆天，天生就是一颦一笑都能引起地球表面升温的大热体质，二十出头的年纪就红遍了大江南北。他演技高超，各项国内国际大奖拿到手软。十年以来，他主演的每一部影视剧几乎都能大红大紫，可谓影视圈年轻一辈中的领军人物。

看了几分钟剧本，柳爱深感力不从心，原本就不多的脑细胞经此一役，基本阵亡得差不多了。

“要……要不你跟我讲讲？我实在背不下来。”柳爱苦着脸。

冯余斌尴尬地扫了一眼周围，见没人注意这边，才缓缓蹲下身来，手把手教柳爱顺情节。

顺着顺着，两人就顺到了男女主角相爱并且以身相许的情节。

“这个也要拍吗？”柳爱倒吸一口冷气。

“如果剧本上写了，不出意外的话肯定会拍的。”冯余斌尴尬地指指剧本，“这里面有几场大尺度的戏份，你最好亲力亲为，不要找替身，因为……喀喀，你走的路线就是吸引眼球的性感风，这种关键时刻就不要表现得太矜持了。”

冯余斌！我是疯了才会答应你替我姐工作。按照我姐这惹火劲爆的演艺路线，敢情我以后的峥嵘岁月就基本等同于裸替了是吗？

柳爱的脸瞬间拉成黑驴：“现在反悔还来得及吗？”

“来不及。”

呵呵……真心爱不起来了，冯经纪人，你这么搞，容易让我过早地看破红尘。

就在这时，门口突然出现一阵骚动。

柳爱的视线朝着嘈杂处望去，门口一前一后走进来两位相貌出众的美男子。先进来的这一位身高一米八七左右，身材颀长高挑，气质温文尔雅，绝世美颜，宛如皓玉。后面进来的这位，瞳色淡红，肌肤胜雪，纯白的眉色和发色十分抢眼。

“哇，江莲远！”

“快看！江莲远来了。”

“任嘉雪和照片上一样，真的全身都是雪白的耶！”

见到任嘉雪的瞬间，柳爱按捺不住激动的小细胞，整个人都兴奋了。因为她可是任嘉雪的骨灰粉！他演过的《雪域公主》柳爱回放了不下三百遍，但凡有任嘉雪的镜头，她都会把播放速度减缓两倍以上，舔屏都无法满足她傲娇的粉丝心。

“怎么没听你提过？任嘉雪也会出演《世界树》吗？”柳爱眼睛里闪着璀璨的小星星，幸福地看向冯余斌。

冯余斌看到柳爱这纯种的花痴表情，大概猜到了是怎么一回事。

“他演华斐。”

华斐是诞生于极寒之域的冰之王，高贵清冷，孤寂静美，举手投足间冰封千里，江河凝固。他拥有最为纯净的冰之力量，位列第七神主，同时也是希虹最好的朋友。

柳爱热泪盈眶，任嘉雪要演她最好的朋友！那可是她梦寐以求的偶像！能和偶像近距离接触，仿佛这些天的一切牺牲与折磨都值得了。

“莲远，不是通知你三点过来吗？怎么这么早就来了？”魏元导演亲自过来招呼江莲远，“等拍完现在这个就马上拍你的，先上妆吧。”

简单地寒暄几句后，导演又赶紧跑去盯摄影。

很快，服装助理就拿着华斐的衣服跑了过去，协助任嘉雪穿上服装。

过了十几分钟，化妆师满头大汗地给另外一个演员化好妆，这才过来给柳爱化妆。冯余斌在旁边紧盯着，生怕一个不注意柳爱就把天给捅破。

不多时，柳爱的第一套定妆彩虹装完成。原著小说中这样描述女主希虹：如果你看不见光明，那是因为你未曾见她身披彩虹的模样。

“我去趟洗手间，你安静地待在这里，千万不要动。”冯余斌见彩虹装弄完，终于抽出时间能上个厕所。

前脚冯余斌刚走出影棚，后脚柳爱就提着衣裙，蹑手蹑脚地朝任嘉雪走了过去。

“嘿。”

柳爱犹如行走的小木偶，紧张地伸出手冲任嘉雪打了个招呼。

“柳雯？”任嘉雪抬眼，“怎么了，有事吗？”

“我……的一个闺密是你的忠实粉丝，想和你要个签名，不知道方不方便？”柳爱觉得大事可成，毕竟任嘉雪今后一段时间还要和她合作拍戏，要个签名的面子总是会给的吧。

“行，签哪里？”任嘉雪相当痛快。

柳爱心花怒放地往自己胸口一指：“这里。”

说时迟，那时快，电光石火间，冯余斌健步如飞地冲到柳爱身后，机智地脱下了柳爱披在肩上的薄外套，将衣服胸口的位置缓缓铺在了任嘉雪面前。

任嘉雪受惊的心脏在转身间缓缓松了一下，从旁边的化妆筒里拿了一支黑色的眼线笔，手一挥签上名字。

冯余斌满脸无奈地把柳爱拎回来，一把按在软椅上：柳爱啊柳爱，三秒不盯，上房揭瓦，你这是连我上厕所的小小自由都容不下了。

“以后不准再去招惹任嘉雪和江莲远，听到没有？”一向语气平和的冯余斌终于认真起来。

“为什么？”柳爱不解，希望竟破灭得如此迅速？！

“因为江莲远、任嘉雪、吴青阳他们三个私下关系不错！你姐姐之前利用吴青阳炒作，害得吴青阳足足消沉了一年，这件事到现在江莲远都很介怀。当初得知你姐姐演女一的消息，江莲远立马就决定不演了。后来各方都做了很大努力，才说服他继续参演，除非必要，否则你不要自己扑上去找不痛快。”

呵呵，居然还有这么一段卸磨杀驴的爱情故事。令人悲伤的是，她还没来得及反应，已被驴友包围了……

“既然他们三个关系很好，我会不会被识破？”柳爱压低声音道。

“不会。”冯余斌肯定地说，“你姐和这两人没见过面，只要别见吴青阳，你就不会被认出来。就算被认出来，你也要死不承认，他们抓不到证据就没辙。”

柳爱：“……”

十几分钟后，任嘉雪准备去找江莲远，猛一转头，发现“柳雯”正柔情蜜意地爱抚着他的签名，莫名打了个寒战。

拍完江莲远的第一套定妆照，紧接着就轮到柳爱了。

魏元导演忙得眼睛发红，脑袋发昏，这时候才注意到等候良久的柳爱。只是导演注意到柳爱的瞬间，整个人都要哭了，手猛地朝柳爱一指“你！”

我？我怎么了？柳爱看了看自己的装扮，又重新自我审视一番，浑身上下没毛病啊。

“发布会才过几天，你怎么胖成这样了？！”

导演！你再说一遍？！到底是谁给你的权力赤裸裸地说一个青春洋溢的美少女胖的？你知不知道对于一个女孩来说，最无法忍受的就是别人说她胖！况且自己到底哪里胖了？她的身高、体重无限趋近于国际标准体重，这是健康时尚的身材比例好吗？

柳爱刀锋般的目光中闪过一丝寒意，她瞬间萌生出现场把导演神不知鬼不觉地做掉的念头。

冯余斌尴尬，确……确实柳爱看上去比柳雯胖点、可爱点。

明星这个职业和普通人的胖瘦标准不太一样，普通人眼中的正常体重，对于明星来说那就是胖。尤其是上镜以后，这种微胖还会被镜头无限放大。

“你现在多少斤？”导演问。

“如果……把头发和腿毛剃掉的话，九十八斤左右。”

冯余斌崩溃，捂住额头，正常人报体重会剃头发和腿毛吗？

“十天之内，至少瘦到九十二斤，能做到吗？”

“没问题，魏导，雯雯前几天饭局比较多，可能吃胖了些。不过她是专业演员，我保证尽快让她瘦下来，不会影响拍摄的。”冯余斌立马上前解围。

“唉——”导演无奈地叹了一口气，“算了，先定妆吧，后期把她的脸 P 瘦一点。马上开机了，记得尽快减肥啊，尽快！”

定妆完毕，柳爱整个人萎成一坨泥，胃已彻底失去希望。

爱已不在，爱回不来，你这是逼我削胸的节奏啊导演！

接下来的几天，为了减轻体重，冯余斌对柳爱进行了魔鬼般的摧残。

跑完健身房跑瑜伽馆，跑完瑜伽馆跑练舞厅，每天青菜、萝卜、西红柿、水煮面条、小米粥，不给一口肉，不加一滴油，真正清汤，彻底清淡。

在此炼狱瘦身计划下，柳爱成功在十天内暴瘦六斤。

十天后，柳爱拖着身轻如燕的身体顺利进组，准备跟组进行拍摄。而这时，剧组已经开机六天，次日下午，柳爱就被安排了不少戏份。

剧组住宿的宾馆内，柳爱精神萎靡地翻开剧本，记得明天是要拍全城游戏那一场吧。

“砰！”

冯余斌猛地推开门，火急火燎地从外面闯进来。

“小爱，排戏有变动，原本租好的场地临时出了问题，需要把下月 23 号那场提前到今晚拍，你台词背到那儿了吗？”

柳爱随性地摊手，没有，她完全没看，“勤奋”的她都是前一天才看第二天的拍摄内容。

柳爱平静地翻到下月 23 号的戏，噗……一口老血瞬间涌上心头。你们确定真的不是在搞我？刚进组就演激情戏真的合适吗？这场戏男女主角意乱情迷，走上不归路，剧情发展得这么迅猛，本女主都没有做好心理准备呢！

“啊……我的胃、我的肝……我好像病得很厉害。”

冯余斌冷漠地把柳爱拎出被窝：“装病没有用！赶紧背台词！”

大约晚上八点，冯余斌带着柳爱提前到达拍摄现场，此时江莲远已经上好妆，坐在不远处的凳子上低头看剧本。

“余斌，我……”柳爱深沉地思考了一下人生，看着现场忙着布景的工作人员，“我……演不来。”

冯余斌崩溃：柳爱你到底能不能行？这么紧急的时候不要掉链子好吗？能不能别这么突如其来地骄傲放纵？

“不行，已经走到这个地步了，如果你不演，后果很严重。”

“可是我不愿意！以前和男朋友都只是拉过手而已！这种戏我放不开！”

悲伤那么大，盆都装不下，这可是激情戏！她又不是职业演员，这部戏冲击了她“八荣八耻”的道德底线，会对她幼小的心灵造成毁灭性打击。

冯余斌犹如青楼老鸨，苦口婆心地拉住柳爱的胳膊，安慰道：“放心吧，不是你想象的那样，拍这种戏都会提前做好充分的防护措施，而且合作的人还是江莲远，他的人品绝对可以信任，不会趁机占你便宜的。”

“真的？”柳爱挑眉。

“我保证。”

柳爱的转了转眼珠，偷偷扫一眼在认真背词的江莲远，又深沉地思考了一下人生：“那……那好吧。冯余斌我就再信你一次，你如果敢诓我，我就直接罢工。”

“赶紧给希虹化妆，时间不多了。”

柳爱被服装组和化妆组的工作人员团团围住，辛苦折腾俩小时后，她里面穿着肉色的防护衣，外面身着彩虹裳，被精心打扮成了美丽的希虹。

现场布置好后，魏元把江莲远和柳爱叫过去，简单地讲了几句，两人又初步走了一遍戏，听得柳爱一头雾水。

很快，拍摄开始了。

“来，咱们正式来一遍，各部门准备，争取一条过啊。”副导大喊一声。

“72 场 1 镜 1 次。”场记打板。

希虹和长空来到偌大的天空之城，这里是长空居住的宫殿。希虹第一次来，觉得殿前河池干涸，随意地挥了挥手，一道七彩泉水便从泉眼中缓缓流出，将整座池子映得五光十色，绚丽多彩。

“假如我不死，那这池子也将永不干涸。”希虹微笑。

“Cut!（停）”

柳爱只说了一句台词，导演就崩溃了。

魏元生平阅演员无数，见过演技差的，却没见过这么差的！已然差出世界新水平、国际新高度了！用一句话来概括就是——静则呆若木鸡，动则行尸走肉，挥手都能挥出国际领导人的傲娇风姿。

“你这样不对，应该更柔软一点。”魏元耐心地给柳爱示范。

“哦。”柳爱点头。

“再来。”导演重新坐回监视器后面。

这场不是很难，柳爱凑合凑合拍了三遍，导演也懒得再拍，总算过了。

下一场就是宫殿内的激情戏，这一场戏是希虹与长空感情的一个爆发点，两人在心态上有了微妙转变，很考验演技上的功夫。

一切准备就绪，魏元这次打算让“柳雯”自己发挥，看看她对剧情的理解，所以特意没有给她讲戏。

柳爱神情恍惚，脸色发白，明显有点紧张。

江莲远微微皱眉，心里相当无语。柳雯在圈子里混了八九年，污名远扬，演过的尺度比这大的戏多了去了，今天这种程度几乎就是毛毛雨。她演技差劲，装纯倒是挺在行的。

“Action（开始）。”

江莲远纯熟的演技让他在导演喊开拍的瞬间就完全进入了角色。他穿着湛蓝色铠甲，看向柳爱时目光柔和，深情款款，宛如看着自己生命中的挚爱，愿意为之付出一切。

“希虹，没有你，我将永坠黑暗。”江莲远缓缓向柳爱伸出手。

“Cut！”

魏导悲痛地把额头一捂。我在爱琴海彼岸望着你，你却在看鱿鱼！到底是什么样强大的念力，让她面对江莲远这种超级大帅哥充满爱意的眼神，却眯着一双雷打不动的死鱼眼！

“希虹你的眼神要欲拒还迎，表现出犹豫和爱。”导演强调，“爱！懂吗？”

可惜柳爱完全没听清导演在说什么，她的关注点是自己的初吻即将没有了！

“重来！”导演语气不善。

柳爱求救地看向冯余斌。冯余斌冲着柳爱比了个心后，就再也没了下文。

柳爱气炸，比心干吗！现在比心没有用！这么关键的时刻，能不能靠谱点啊冯经纪人！

“Action！”

“希虹，没有你，我将永坠黑暗。”

“七万亿年前，我已发誓终身守护世界树的尊严，可能无法陪你走到尽头。假如世界再次迎来毁灭，我也会再次忘记所有，包括你。你真的不在意吗？”柳爱奇迹般顺利说出了这一长串台词，居然一个字都没错！

“自始至终，我爱的人只有你一个。”江莲远走上前，紧紧抱住柳爱。

“长空……”

江莲远缓缓闭上眼睛，额头碰了碰柳爱的额头，鼻尖贴着她的鼻尖，柔和的目光染上一层欲望，快速吻上了她的唇瓣。

濡湿的唇瓣相贴，感受着江莲远柔情似水的拥吻，柳爱的脸腾地红成了西红柿，不由自主地沉浸在这醉人的感触中，整个身子松软下来，彻底失去抵抗力。

就在这沉迷的时刻，江莲远主动发起进攻，娴熟地脱掉了外衣。

“Cut！”

“柳雯！你能不能配合一下？一直都是莲远在主动，你完全傻掉了。”导演从椅子上站起来，急不可耐地用手指敲了敲桌子，“干柴烈火，一点即燃，我要的是那种情感爆发，OK？”

不OK导演，从搬砖到睡人，专业差距隔着至少五个太平洋的距离。

江莲远的脾气出了名的好，面对柳爱的无数次NG依旧淡然处之，也没有生气，只是静静地等待柳爱调整好状态，想不到这一等……

“Cut！”

“Cut！”

“Cut！”

……

十多次 Cut 就这样过去了，剧情还是一点进展都没有。

江莲远身心俱疲，双手往桌上一撑，整个人都蒙了。

不是吧……光亲就亲了十多遍，嘴都亲肿了，一会儿脱衣服不得脱得他肩部肌肉拉伤吗？最让他难过的是，出于对搭戏演员的尊重，开拍前他还习惯性地刷了两遍牙，早知道这么虐他，他就应该多吃两根大葱啊！

柳爱看见江莲远崩溃的模样，心里也很焦急，可越急就越演不好。

她又不是不想好好拍，可她没有拍过戏，一会儿站位错了，一会儿表情僵硬了，在专业导演眼里，她浑身上下都是毛病。

“对不起啊魏导，雯雯今天状态可能不太好。”眼看魏元的情绪已经濒临爆发，冯余斌急忙出来道歉。

“对不起？对不起有用吗？”魏元忍无可忍，不打算再忍了，“剧组开机一天，钱就像流水一样花出去，现场这么多工作人员都陪着她耽误时间，好意思吗？我当初就不同意她当女主，是投资方强行把她塞进来的。现在这个烂摊子，你满意了？”

“实在对不起，魏导，再给雯雯几天时间，她肯定能演好的。”

“给她时间？谁给我时间？”魏元的目光从没有像此刻这样认真过，“冯余斌，你回去告诉周宗弈，这个项目，要么她走，要么我走，二选一。”

“魏导……”

“收工，今天不拍了。”魏元大手一挥，直接罢工。

柳爱就这样被撂了挑子，只能呆立在拍摄现场，看着周围人收拾道具，感受着他们嫌弃的目光。江莲远也立即换上自己的衣服，准备回宾馆休息。

当晚，冯余斌带着柳爱回到宾馆，柳爱就开始马不停蹄地收拾衣服。

“你干吗？”

“没听导演说吗？要么他走，要么我走，那肯定是我走啊。”柳爱蹲在地上，合上行李箱，低头说，“反正我也不想拍戏，现在回家还能赶上我妈的晚饭。”

“柳爱！你真的忍心毁掉你姐姐的前途吗？”

柳爱无奈地叹了一口气，言语间很是委屈：“那还能怎么办？他是导演哎，今天在片场，他话都说到那个份儿上了，我赖着不走，难道还等着他强制执行吗？”

“小爱你先不要冲动，我再去和魏元谈一谈。临时换女主不是那么简单的事，涉及很多方面，他一个人做不了主的。”

柳爱的眼珠子转了转：“真的吗？”

冯余斌点点头，目光清冷，语气里也带上了一丝难以察觉的凛冽。

“相信我，如果你们俩必须走一个，那最后走的一定是他。”

## 第三章

### 看着我，就像看着一生的挚爱

当天夜里，魏元就把在外地忙疯的制片人给叫了过来。

鉴于“柳雯”的演技着实揪心，魏元准备和制片商量换女主的事。毕竟一部电影的成功，是多方努力的结果。古语云，一颗老鼠屎，坏了一锅汤，“柳雯”的存在已经严重拖了整个剧组的后腿，再拖下去，只怕电影都保不住了。

冯余斌过去和魏元进行谈判，凌晨时分，三方会晤召开紧急会议。

清晨，冯余斌回到房间，柳爱正在熟睡，他就静静地等了两个小时。

“结果怎么样？”柳爱睡醒后，睡眼蒙眬地问。

“魏导答应再给我们三天时间，如果魏导还是不满意你，那这个电影项目就暂时黄了。”冯余斌深呼吸，无奈地挠了挠头发。

项目暂时搁浅，这对于所有人来说都是极不乐意见到的事。

“这么严重？”柳爱完全没想到事情会发展到这种地步。

“对。”冯余斌点头，“如果你退出，投资人就会撤资；如果魏导退出，江莲远之前就是看魏元的面子才留下的，到时他肯定不会留下。”

一部电影，一方是男一号和导演联盟，一方是女一号和投资人联盟，缺哪一方都相当于半壁江山塌了，一时间去哪里填补这么大的缺口？项目只能搁浅了。

“我退出，投资人就会撤资？为什么？”柳爱不解地眨眼。

“自然是……你姐姐和投资人的关系……不一般。”冯余斌给了柳爱一个意味深长的微笑。

个中意味，玄之又玄，柳爱似懂非懂，不过大概能猜出是哪种关系。

“那现在怎么办？”柳爱萎成一坨泥。当她是四季速生小白菜吗？就算现在给她全身打满催化剂，三天之内也催不成影后啊。

“江莲远是出了名的演技好，制片提了个折中的法子，意思是想让他教你几天。你虚心和江莲远好好学学，只要演技稍微过关，别让魏导太难做，这件事就有转机。”

嗷……江莲远教……岂不是要对她挥舞小皮鞭的节奏！

“我学。”

为了姐姐，她就算拼了这条命，也得坚持下去。

诚恳的心，谦虚的脸，还望前辈多指点。满怀大无畏的勇气，半天后，柳爱跟着冯余斌去江莲远的房间拜访他。

“莲远，你在吗？”

几秒钟后，江莲远打开房门，见到是柳爱和冯余斌，瞬间便明白了两人的来意。

“进吧。”

江莲远貌似刚洗完澡，头发还有点湿。模特般高挑的身材，乌黑简短的碎发贴在额前，他一双清澈如水的眸子扫过柳爱，又扫过冯余斌，缓缓坐在床边。

“你们昨天风风火火地开会，商量的结果就是把我推出去？”

哈哈——你真聪明，说得一点也没有错，谁让你看起来比较好说话。

“莲远，你就帮帮忙吧。”冯余斌请求说。

“你早就知道魏元不满意柳雯的演技，这个责任该我负吗？”

“我知道，这件事从一开始就是我们这边做得不好，可事已至此，最重要的还是顾全大局，顺利完成拍摄，毕竟班子搭起来很不容易。这次真的麻烦你了。”

“真是……”江莲远深呼吸，冯余斌和柳雯这对搭档脸真是够大的。他最不愿意和这种万事不靠自己，只想着靠别人上位的人打交道了。但冷静地考虑一番，最终他还是不忍心这么好的项目就此黄掉。

“我试试吧，但不一定能行。”

“好好好，只要你肯教。雯雯，你跟着莲远学表演，我就在隔壁，有什么事千万记得叫我。”

之后，冯余斌把空间腾出来给两人，合上门撤了。

空气静谧，落针可闻。这一对一高端教学模式，氛围莫名有些尴尬啊。

柳爱盯着有些疲惫的江莲远：“前辈你很累吗？”

江莲远给了她一个大大的无语的眼神：你说呢？昨天大晚上陪你NG了三十多遍，今天早晨起来，前辈我整个人都虚脱了。

“那……前辈我们事不宜迟，赶紧开始吧。”柳爱直奔主题，多年理科生养成的习惯让她拥有高度的执行力，绝不拖泥带水。

“在这之前，我想问你一个问题。”江莲远对这个其实很在意。

柳爱眨眼，什么问题？

“为什么想要拍戏？当初是什么原因让你想入这一行的？”

原因……被冯余斌逼上梁山……柳爱当然不能实话实说，不然江莲远肯定会怒。

“因为梦想。”不管三七二十一，柳爱张口就先挥了一面梦之大旗。

“梦想？”江莲远唏嘘，太天真了吧，倒不如说直接点，你就是想红，就是虚荣，就是享受那种被万人追捧的感觉，“你的梦想是什么？”

“就……”柳爱一时词穷，很快脑中灵光闪过，“像圈里最红的明星那样。”

娱乐圈是个更新换代很快的地方，红也只是一时的。她说这话未免幼稚，毕竟在这个圈子里，大浪淘沙，新人辈出，谁也不敢说自己最红，最多能称个当红而已。

“你觉得，谁是圈里最红的咖？”江莲远刁难，这是个没有答案的问题。

“章亮。”柳爱没有丝毫犹豫就脱口而出。

啊？江莲远整个人都蒙了，不是吧！回答得这么干脆？！为什么会是章亮？章亮不是主持人吗？他跨行进入电影圈也就是近几年的事，而且他人气并不是很高，最近也都没什么新动作。算一算圈里有地位、有名气的一线明星，从哪方面看也轮不到章亮吧。

“为什么？给个能说服我的理由。”

“他家麻辣烫超好吃，我家小区门口就有三家，我几乎每天都去，还有临街区的杨国福。”

噗……江莲远一口老血涌上心头，娱乐和餐饮根本不是一个圈好吗！你到底活在哪个圈儿里，能事先说明白吗？就算章亮在你家门口开了三家麻辣烫，那也不代表章亮就是娱乐圈最红的咖！这压根儿只是章亮麻辣烫包围你家小区所造成的局部错觉！

强压下心头翻涌的气血，江莲远逐渐控制了情绪，恢复平静状态。

换上一副认真的表情，江莲远准备先从最基础的开始给柳雯练练手。

“你觉得表演是什么？”

柳爱眼珠子微微一转：“浮于表面的演戏。”

江莲远感觉自己的心脏已经有点儿承受不住了。她这理念从本源上就直接铸成大错，一错再错，她居然在圈里待了八九年，简直有鬼了。

“表演是借助身体，再现作品细节与人物特性。严格意义上的表演是用肢体去传达，而不是台词。舞蹈和哑剧都是表演的一种形式，表演不局限于影视剧。”

柳爱恍然大悟，点头道：“我懂了！就像憨豆先生的喜剧。”

“对。”见柳爱理解了他的话，江莲远准备进行下一步。

“首先是对于物的模仿，一棵树、一粒种子、猴子、猫、大象、狮子、兔子等。”江莲远缓缓道来，“抓住某种动物的特点，模仿一种你最擅长的动物，什么动物都可以。”

柳爱微微皱眉，手抵着下巴，低头沉思片刻，模仿一种动物……

思考完毕，准备就绪，柳爱从椅子上站起身来，径直躺到地板上，就再也没有了下文。

江莲远蒙了：“这是什么？”

“咸鱼。”

江莲远心累成狗，一手扶额：“换一种。”

柳爱在原本的基础上努力地上下动了动腰肢，费力地向前移动了一寸。

“这又是什么？”江莲远整个人都迷茫了。

“毛毛虫……在蠕动。”

行了，洗洗睡吧，在这种毫无表演天赋的人身上浪费时间，是对时间的巨大侮辱。

“你还是回去吧，我教不了你。”江莲远语气决绝。

“我不回去，在没有学到真谛和精髓之前，我绝不放弃。”

江莲远面无表情：没等你学到真谛和精髓，我已经气得半身不遂了。

“你不走，那我走。”江莲远起身就往门口冲，大有奔流到海不复回的气势。

说时迟，那时快，电光石火间，柳爱飞身跃起，泪眼迷离地抓住了江莲远的胳膊：大佬！大佬别走！我觉得我还可以再抢救一下。

江莲远被柳爱一步一步硬生生地拖回床边："别这样，江前辈，我们好好继续，我只是状态不怎么好，拜托你了，千万不要走。"

"我真不明白，你以前到底是怎么演过来的？居然能撑到现在！"

"就……前段时间……"柳爱终是在江莲远的无情逼问下，硬生生编了一个自认为足以瞒天过海的理由，"我被人震断了全身经脉，演技……被废了。"

噗……江莲远嗓子一甜，感觉自己的血小板又被吐出来不少。

"但是我一定会好好学的，你放心吧，我学习能力很强的。"柳爱信心十足地冲着江莲远微笑了一下。要知道，她可是本科毕业的高才生。

江莲远深感再这么教下去不会有任何结果，估计得尝试从其他方面入手。基础的不行，那他就从更直接的方面切入吧。

"电影表现人物，最重要的就是进入角色，你也可以称之为代入感。"

柳爱认真地点点头，拿出随身携带的小笔记本记上一笔。

"把自己想象成你要演的角色，你就是她，她就是你。你的行为和思想都要符合角色的心理、行为特点。"江莲远缓缓道来。

"我懂。"柳爱忍不住给自己竖了一个华丽丽的大拇指。

"那我们试一下。"江莲远信手拈来，现场编题，"假如你是一个富家千金，你喜欢的男人却喜欢另一个各方面都不如你的女人，无论你怎样为他付出，他都不会多看你一眼。这种情况下，你会怎么想？"

柳爱爽朗一笑："果然这世上还是瞎了眼的男人多啊。"

谁能送她离开千里之外？让她不要再回来！

"你平常都不看影视剧的吗？按照你刚才所设想的那样，剧情还能发展吗？矛盾冲突还能升级吗？开机不就基本等于杀青了？”

柳爱仔细思考了一下：“不太清楚耶，我看影视剧一般不看剧情，所以没什么概念。”

“不看剧情看什么？”江莲远表示完全无法理解。

“脸啊，比如嘉雪。”柳爱忍不住侧面表白任嘉雪。任嘉雪是她人生中不可侵犯的神圣，是精神支柱，幻想男神担当。

江莲远心酸地点头，她说得没错！他已经很努力在提升演技了，但他的演技还是无可避免地被颜值耽误。虽然他有粉丝数千万，可绝大部分看的还是他的脸，完全不看他怎么演。无论他如何努力，都会被理所当然地贴上偶像派的标签，这是不争的事实。

于是两人在这一点上莫名其妙地达成了共识。

教了半天，柳爱有些累，江莲远也有些累，于是，两人慢慢聊起了其他的。

“江前辈，你没有助理吗？”柳爱见到江莲远这几次，他身边都没有人跟着。反观其他一些十八线开外的小明星，却端着架子，对身边的助理颐指气使。

“助理？我有啊。”江莲远无奈，“宋江最近交了一个新女朋友，他特别宝贝那个新女友，正忙着陪她逛街，能抽出时间的话，他就会过来的。”

柳爱惊得花容都扭曲了，宋江？！这孩子父母对《水浒传》爱得是有多深沉，才能起出这么牛气冲天的名字！话说江莲远，你能不能别这么心大？助理就是负责时刻照顾你的，他这么经常性、习惯性离岗真的合适吗？

“每次在片场，我都叫他小江，毕竟本名太过招摇。”江莲远汗颜。

嗯！是招摇了点！明天我就跟斌哥哥提要求，我招助理的一个重要附加条件，就是必须姓爱新觉罗。

“我以前没有接触过魏导，感觉他好严厉。”柳爱有些发愁。

“魏元？”江莲远摇头，“那是你不了解他，他其实是个很不错的导演，在国际上拿过好几项电影节大奖。他只是性子有点直，你不要太介意。以前他一门心思只想拍艺术片，觉得拍商业片是埋没了他的才华。”

“《世界树》不就是商业片吗？”

“没办法，魏导有一部特别想拍的艺术电影，可不赚钱的片子没人肯投。《世界树》给了他相当高的薪水，拍完这部电影，他就有资金拍自己想拍的东西了。”

“哇，感觉拍艺术片的导演都好厉害。”

……

两人一个教一个学，再时不时侃个大山，日子就这么匆匆而过。

这三天，冯余斌几乎是把江莲远当祖宗一样供着，每天亲自去饭店取营养餐，带回宾馆给两人吃。江莲远则认真地教授柳爱演戏方面的知识。

其实，演技这种东西是要日积月累才能够掌握的，一两天并不能速成。但演戏真正的灵魂并不在技巧和套路，而在于内心的感动。江莲远知道，魏元喜欢有灵气的演员，更甚至是有演技的演员。如果能够让柳爱释放自己的天性，未必不能力挽狂澜，让魏元改变主意。

百闻不如一见，江莲远对柳爱的印象也发生了一些微不可察的转变。

传闻柳雯是个磨人的小妖精，可几番接触下来，这哪里是小妖精……这是磨人的小神经！

规定的三天时间已到，魏元特意给柳爱排了一场戏，检验一下这三天以来的修炼成果。假如柳爱演得还是那么差，那这次就没得商量，他拼了这条老命都得把她换掉。

检验要拍的这场戏是神王大典，就是希虹晋升神王的仪式。

第九层天空是七位神王的居住之地，同时也是世界树生长的地方，柳爱需要踏着时空天梯，从第八层走到第九层。

天阶之上，长空作为第一神王，在其他神王的见证下，亲自授予希虹神王之光，表示诸神王对她强大实力和高贵灵魂的认可。

柳爱提前四个小时到达片场，化妆师整整折腾了三个小时才上妆完毕。这一场希虹晋升神王后，妆容出现了细微的变化，加重了王者之气。

开拍前，江莲远特意赶过来，嘱咐柳爱一些值得注意的事项。

“这场戏你不要太拘束，神情要放松，完全忘记镜头，不要刻意去看它，你只要把希虹演成自己就可以了，不用太在意人物设定。”江莲远坐在柳爱身边，“我们先对一遍台词。”

演成自己？柳爱认真地想了想，这个貌似不难耶，应该可以做到。

“莲远……”任嘉雪看到江莲远和柳爱坐在一起，立即凑过来，“你们两个准备好了吗？”

“你来得正好，和她对一遍词。”江莲远平静地扫过任嘉雪。

任嘉雪找了个大马扎，三人扎堆，把台词顺了两遍。

“各位老师，安静一下，走戏了。”

很快各部门准备就绪，场记打板，拍摄正式开始。

“Action！”

神王晋升，天地异象，整个神界的天空都出现了绚丽的七彩虹光，无数神祇从其他层面赶到第八层，想看看究竟是谁晋升成功。希虹平静地站在通往第九层的阶梯前，抬头仰望天之阶梯。

第一神王长空、第二神王初光、第四神王罗轨、第六神王神音、第七神王华斐，逐渐现身于王座之上。

希虹身披虹衣，缓缓踏上阶梯。

她一步一步走在阶梯之上，神色非常从容。要知道，如果是普通神祇，在走上阶梯的瞬间，就会被强大的力量碾碎，瞬间灰飞烟灭。

江莲远看着柳爱脚步踏上第九层阶梯，一时间目光失神。

“长空，还愣着干什么？”任嘉雪饰演华斐，嘴角轻轻勾起冷笑，静待江莲远的表现。

江莲远努力压制着内心的震惊，目光灼灼地看向希虹：“请告诉我你的名字。”

柳爱缓缓摘下遮挡额头与眼睛的面具：“不认识我了？”

当她摘下面具的那一刻，灿烂的微笑宛如白虹贯日，彩云遮阳令光明失色，使天空绚烂。

“希虹……”巨大的惊喜淹没了长空。

“Cut。”魏元叫停。

魏元看着希虹微笑的画面，没有说话，彻底陷入沉思。

打一开始他就不赞同柳雯来演希虹，因为希虹是希望与美好的象征，干净而明澈。投资方把柳雯塞进来的时候，他就主动翻阅了冯余斌送来的视频资料，毫不客气地说，柳雯以前演的所有角色，给人的印象都是满眼欲望。

凭他多年的导戏经验，仗着脸蛋漂亮，演技普通却欲望深重的人，根本不可能驾驭希虹这种内心纯净的角色。

可刚才到底是怎么回事？！镜头里，希虹的微笑简直能让整个世界都感到温暖。这种打动人心的笑容就是希虹的本质，更是他翻遍各大演员的casting（选角照片）都没能找到的心中最佳微笑。

这简直不可思议……

“怎么样导演？行吗？要不重来一遍吧。”

柳爱几步跑到魏元身后，发现魏元正在回放她微笑的那一幕，于是着急地推了魏元的胳膊一下：“导演？过了吗？”

“别烦，你让我再考虑一下。”魏元深呼吸。

然后情况发生了一百八十度大转变，当天下午，魏元通知冯余斌，他决定留下柳爱，继续让她出演电影女一号，并且还说如果遇到不理解剧情的状况，他可以亲自指导她。

冯余斌激动地抱着柳爱，几乎喜极而泣。

为了庆祝这场伟大的胜利，冯余斌大发慈悲，破例给柳爱买了一份牛肉胡萝卜馅儿的水饺。柳爱激动地抱着冯余斌，喜极而泣。

换角风波有惊无险地度过后，拍摄总算步入正轨。柳爱每天跟着剧组各个场地跑，每次开拍前，她都会事先找江莲远对台词。

柳爱的 NG 次数一如既往居高不下，发挥要么极差，要么极好。但就算她 NG 再多遍，总有那么一次能够戳中魏元敏锐的心，达到让他十分满意的效果。

十天之后，柳爱坐在剧组的大巴车上，利用转场时间准备背下一场的台词。

她记得下一场戏是坠入永夜，便翻开剧本瞧了瞧。

永夜河是神界与魔界的边界线，神如果坠入永夜河，全身就会被黑暗之力浸染，无法再次踏入神界，只能游走在魔界边缘，称之为“神堕”。

剧组大巴开进山区，周围丛林环绕，悬崖峭壁林立。

这地方取景自然是极好的，然后……车在柳爱迷茫的目光中，逐渐驶离了森林。

强忍着晕车的痛苦，柳爱晃晃悠悠地从车上走下来，目光迷离地放眼一望。

我去！不是说要坠入永夜吗？在这一片黄土高坡，你们就打算坠入永夜了？另外，说好的荫魂草呢？这旁边种的不都是大葱吗？

柳爱站在黄土高坡上，整个人风中凌乱。

旁边剧组工作人员正在铺轨，看样子他们是来真的，就打算在这高坡上拍了。虽然景色并不如想象中优美，但总归还是有其他值得期待的事情。

据说，她的神兽今天就到了，哈哈哈——

希虹的神兽名为“彩虹吞云兽”，是生长于极光之巅的强大兽类，高大威猛，熠熠生辉，性格高傲，体态优雅，张口便可吞噬半边天，位列神界十大神兽之一。

柳爱化好妆，照例去找江莲远对词。剧情里有一段她不是很理解，正打算问问他该怎么演。

“江前辈，我这个地方不太懂，想问一下。”柳爱倒是一点也不客气。

江莲远疲惫地揉了揉眉心：“哪里？”

“由于误会，希虹被初光所伤，坠入永夜河。神堕前一秒，长空赶到黑暗崖，眼睁睁看着希虹跌入永夜河汹涌的河水中。”柳爱长长地叹了一口气，“这种时候，希虹应该用怎样的眼神看着长空呢？”

悲伤？深情？柳爱无所谓地一耸肩，要么直接认命吧，反正有主角光环撑着，一时半刻也死不了，只是神堕而已，又不会真的死掉。

“看我的眼神，就像看着你一生的挚爱。”江莲远提点道，“渴望而无法得到。”

柳爱赞同地点头，内心忍不住给江莲远点了二百五十个赞。

“我懂了，thank you！”

得到江莲远的友情提点，柳爱兴高采烈地回到马扎上，信心十足，准备上阵。

就在这时，远处传来一阵轻微的骚动，冯余斌面带微笑地走过来：“雯雯，你不是一直想见神兽吗？刚运过来，过去瞧瞧？以后它就跟着剧组一起行动了。”

哇！真的吗？

柳爱立马甩了手里的剧本，屁颠屁颠跑去看她的神兽。

见到神兽的瞬间，柳爱就崩溃了：我去，这不是羊驼吗？说好的高大威猛、熠熠生辉呢？你们摸着良心说，这真的不是在搞我吗？你们这样……容易失去本女主的信任！

“希虹，和它好好亲近亲近，以后一起拍摄的机会很多。”道具组小哥开心地把羊驼宝宝牵到柳爱面前。

不！不要过来！她对羊驼这种生物根本没有抵抗力！

粉嫩嫩的小羊驼围着柳爱转了一圈，水汪汪的大眼睛盯着她。

“你……你好。”柳爱羞涩地伸手，与神兽驼打了个招呼，“嘿，以后我就是你的主人了。”

羊驼宝宝伸出蹄子，猛地踢了柳爱一脚，之后撒丫子逃跑了。

柳爱怒，小羊蹄子，要不现在就烤了吧，她已经等不及了。

铺轨完成，威亚上身，各部门准备就绪，拍摄很快开始了。

魏元盯着监视器，喊道：“Action。”

柳爱的虹衣被血浸染，她身上多处受伤，被初光逼到了黑暗崖边。如果从这里跳入永夜河，她将会迎来神堕，变为充满黑暗力量的暗神。

“初光，你迟早会为今天的行为付出代价的！”

“是吗？我只知道，你与长空，永远没有可能。”初光冷漠地剑指永夜河水，“神堕吧，永远不要再靠近他，否则下一次，我会让你灰飞烟灭。”

“如果我说不呢？”

“死路一条。”

说罢，两者便在黑暗崖边打了起来。希虹的力量没有恢复，自然打不过实力原本就比她强的初光，很快她便落了下风。一道强大的光刃穿透希虹的身体，她身受重伤，从黑暗崖掉了下去。

此刻，长空赶到崖边，奋不顾身地跳了下去，准备将希虹拉上来。就在两人的手即将触碰的时候，希虹却用尽最后一丝神力，将长空撞回了崖上，因为她绝不能连累他一起神堕。

长空满眼泪水，心脏仿佛在这一刻被撕裂，痛不欲生地喊出了希虹的名字。

“希虹……不要……”

柳爱看着江莲远，就像看着她一生的挚爱。

“Cut。”魏元猛地从椅子上站起来，“柳雯你到底想干什么？这么悲情的时刻，你这口水横流的状态是闹哪样？”

江莲远吊着威亚缓缓落地，走到柳爱面前：“怎么回事？不是让你把我当成生命中的挚爱吗？”

“对啊，我把你想象成最爱的照烧鸡腿了，渴望而不得。”

来人啊，谁能把她给朕拖走！

×

# 第四章

## 靠天不如自力，他救不如自救

时值半月后，柳爱如同往常一样，待在片场背词。

冯余斌今天临时有事，说有个重要代言要谈，出去和对方负责人吃个饭。走之前，冯余斌对柳爱千叮咛万嘱咐，让她务必安静地待在片场，不要轻举妄动，有什么问题等他回来再处理。

现在已经是下午四点，据说今天有大夜戏，看来会忙到很晚。

任嘉雪和江莲远正在不远处聊天，柳爱想过去，但怀着一颗对任嘉雪崇敬的心，又不敢凑上前去，就偷偷拿出手机，给任嘉雪拍了一张完美侧颜照，幸福地收藏在了相册里。

就在这时，一辆漆黑的宾利从远处快速驶来，停在了片场旁边的空地上。一位年轻男子从驾驶室走出来，随手关上车门，大步朝着这边走过来。

柳爱还没反应过来，就被男人一把抓住了手腕。

怎么回事？

男人抓着她的手腕的力道很轻，丝毫没有弄疼她，却完全掌控住了她。他稍微加大力气，轻轻一扯，就把柳爱从椅子上扯了起来。

剧本掉落在地，柳爱刚准备弯腰去捡，人就被男子拖走了。

“那个……”

柳爱被男人拉到了魏元面前。魏元正准备拍戏，却被突然过来的男人打断，眉间有些不悦。

“魏元，柳雯我借走了，余下的事你看着办吧。”男子语气平静，却不容拒绝。

“这个时候借人？”魏元的目光扫过男人，又扫过一脸茫然的柳爱，冷哼一声，“走吧，明天中午之前还回来，别耽误太长时间。”

“魏导，不是说今天还有夜戏……”

“没关系，那场不太重要，找个替身拍就行了。”

噢！No！说好的艰苦奋斗的职业精神呢？那年那天，是谁声色俱厉地告诉我们，戏没拍完，就算天塌下来也不能中途离开片场的？导演你这样容易失去本宝宝的信任！

“可……”柳爱下意识地准备自救一下。

“雯雯，我们走吧。”

当下，柳爱就被男人无情地拖走了。第一，柳爱的力气没他大，完全挣脱不开；第二，面对这个身份不明的男人，在冯余斌不在场的情况下，她也不敢轻举妄动，否则容易露出马脚。

男子利落地替柳爱打开车门，看着柳爱坐到副驾驶座上，关上门，从另一侧上车，坐到驾驶座上，熟练地转动方向盘，开车离开片场。

窗外是一闪而过的高楼，车内气氛异常尴尬。柳爱内心忐忑，完全搞不明白此刻的状况，紧张得一句话都说不出来。

“怎么？心情不好？”男人首先开口询问。

“没……没有。”

柳爱缓缓转头，瞧了自己身边的男人一眼。现在离得近了，她才有机会仔细看他。他穿着一身看不出品牌的浓咖啡色休闲服，完美的侧颜线引人心荡，目光幽深，宛如星夜迷雾，神秘得让人看不出深浅。

“见到我不开心吗？如果有人惹你，你就告诉我。”

“也不是。”

男人将他俊美的脸凑近柳爱，露出一个迷人而充满魅力的微笑：“雯雯，这么长时间没见，有没有想我？过两天剧组这边的戏拍完，跟我一起回家。”

我去，你谁啊？！甜蜜浪漫、如胶似漆之前能不能先做个自我介绍，让我认识一下！

“好，听你的。”不管其他后续，柳爱打算先稳住他。

这时，车行驶到高速路口的一个拐角，男子似乎烟瘾犯了，从镶着白金镂丝的金属烟盒里取出两支香烟，自己含在嘴里一支，随手递给柳爱一支。

柳爱：“……”

“我这几天嗓子不舒服，就不抽烟了。”柳爱尴尬一笑，轻轻地将烟推了回去。她姐姐会抽烟，她……估计也就能抽个风。

见柳爱推辞，男人没有勉强，尊重地把烟拿了回去，掏出打火机，点燃香烟。很快，淡淡的烟雾弥漫了整个车内空间，又渐渐被车顶的吸烟器吸走。

车子重新启动，就在柳爱身心放松下来的时刻，一个热烈的吻就这样猝不及防地落在了柳爱松软的唇瓣上。

口腔里浓烈的香烟气味一直蔓延到底，沿着咽喉，在身体里扩散开来。迷醉的尼古丁刺激着柳爱所有的大脑神经，霸道而充满挑逗意味的舌吻，带着难以言喻的危险，勾引着柳爱最原始的本能与欲望。

“咯咯——咯咯咯——”

一吻作罢，柳爱被呛得猛烈咳嗽，心狂跳不止。

我去……苍天大地，八方神灵，要不是本宝宝拥有气吞山河的肺活量，这一吻就能活活要了老命。

男人颇有趣味地盯着柳爱，随意地抬起手，看看腕表：“已经这个点了，肚子饿吗？我们先去吃晚饭，想吃什么？”

柳爱猛地抬头，这个可以有！随即……她又泄气，萎成一坨泥：“魏导说我太胖，最近正在减肥，还是……不吃了。”

“哈哈，怎么会，你身材这么好，不要听魏元胡说，你在我心里永远是最美的。”男子随口说出的话，听在柳爱耳朵里那是相当受用，非常赞同。

“虽然我减肥，但不能让你一起饿肚子，我们还是看看路边有什么好吃的东西吧。”柳爱瞬间反悔，心里的小算盘打得“啪啪”响。此刻冯余斌不在场，她就算吃一顿荤的，他也根本不可能知道。

男人点了点头：“好，随你。”

车开进闹市区，速度逐渐降下来。柳爱趴在窗口，仔细盯着道路两旁，看有没有喜欢的餐馆。

“停一下，我们就在这里吃饭吧。”柳爱指了指前面的高楼。

男人点点头：“行，就这里吧。”他记得带柳雯来过这家餐馆，法国料理做得很好，便立即转动方向盘，将车停在附近的停车位。

柳爱开心地从车上奔下来，在男人即将迈腿前往法国餐厅的瞬间，一把将他拽进了拐弯处的蔚州凉粉铺。

男人：“……”

“老板，两份红烧牛肉，两份水捞凉粉，一份要糖醋味的，一份……哥哥，你吃什么口味的？”柳爱回头，发现男人正在掏钱包。

男人低着头，快速打开钱包扫了一眼，皱了皱眉，又不动声色地合上。

柳爱暗道：别匆忙遮掩！我锐利的福尔摩斯眼都看到了！在我大华夏领土之上，竟然还有带着一沓子欧元出门的大佬！真是惊得我花容都掉色了……

“老板，除了现金支付，还有其他方法吗？”男人尴尬地从窗口伸头进去。

“墙上有二维码。”老板指了指贴在窗口旁的微信付款码。

“刷卡行吗？”

“也行。”老板把布满灰尘的POS机从抽屉里拿出来。

男人缓缓松了一口气，拿出一张黑金卡，利落地将钱划了过去。

“这里人多，你去那边的位子等我。”男人轻轻搂了一下柳爱的腰肢。

柳爱听话地点点头，去远处找了个双人餐位。

很快，男人端着餐盘过来，不但有凉粉和红烧肉，还额外增加了一盘清炒小油菜。

环境嘈杂，柳爱伸手从旁边的筷筒里拿了两双筷子出来，一双递给男人，一双留给自己。之后，她就冲着桌上香喷喷的饭菜大快朵颐起来。

“其实和我出来，不必这么委屈自己。”男人扫视了一眼周围。

“不委屈啊，我已经好久没吃到过这么好吃的饭了。”柳爱超级心满意足，天知道她已经多久没闻到过肉味，今天能逃出来吃上一顿久违的红烧肉，简直就是上天的恩赐，哈哈哈——

男人放松地一笑，拿起筷子：“你高兴就好。”

这顿饭柳爱吃得着实舒心，男人也跟着柳爱简单地吃了几口，两人便从凉粉铺出来，开车继续前行。

“我们还要去哪里？”柳爱盯着窗外的繁华之都，心情不由得开心起来。

此刻天色已晚，暗夜降临，周围穿行而过的车辆、流光溢彩的霓虹灯，让整座城市都染上一层灯红酒绿的奢靡之色。

“我们到了，雯雯，下车吧。”

柳爱迷茫地走下车，抬头一望，金鹿大酒店？这家酒店装饰华贵，格调高雅，标准的五星级。整个二楼是公共餐厅，明亮干净的玻璃大窗与精致的水晶灯，柳爱依稀能看到几个衣着精美的男女捧着高脚酒杯在聊天用餐。

男人伸手轻轻抓住柳爱的小手，将她领进这家酒店。

酒店的大理石地板被擦得纤尘不染，整个大堂光线极好，将夜晚中的酒店照得宛如白昼。两人刚进酒店，就有面容姣好、身材挺拔的服务员微笑着前来招待。

男人在柜台开了一间总统套房，便领着柳爱往房间走。

电梯内，柳爱整个人从头到脚冷汗直流。

不……不是吧……刚吃完饭就直奔酒店开房……这速度，这激情，这奔放，这酸爽，简直让人难以置信！最重点的是我们才刚刚见面，连名片都没互换就直接高潮了，谈恋爱这么草率真的合适吗哥哥？

男人将柳爱带进房间，轻轻合上门，目光中染上了一层淡淡的欲望。

“那个……”柳爱大脑里的亿万细胞高速运转，企图想出一个能够顺利逃走的借口，“余斌说，今晚有个很重要的活动……”

“什么活动，比我还重要？”男人眉间有些不悦。

此路不通，需另寻一密道。

随即，男人的嘴角挂上一丝微笑，从身后伸手搂住柳爱紧致的小腰。他俊美的脸轻轻靠近柳爱的耳朵，略带磁性的声音极为好听，轻柔地哄她：“好了，我今天专程从意大利赶回来，只是为了见你一面，你忍心抛下我一个人吗？”

柳爱汗颜，我要是不忍心抛下你，一会儿心痛的人就是我！

男人亲昵地在柳爱的额头上轻轻落下一吻，正准备更进一步，却像是突然想起什么，停下了手上的动作。

“等一下，差点忘了，有个东西要给你。”男人走到桌前，打开随身携带的手提包，从里面拿出一个精致的玫瑰色小礼品盒。

柳爱接过男人递来的盒子，小心翼翼地打开，里面躺着一部 Vertu 红钻手机。

柳爱平常不太接触奢侈品牌，不过这个牌子她碰巧认识。上大学时，她见班里一个富二代女生拿着这种手机炫耀过，室友说这种手机普通的也需要十几万，如果是高端的，几百万都很正常。

这是要用贵重的手机买她的肉体吗？No！她的内心是拒绝的！

“样式喜欢吗？你不是一直缠着我想要吗？前几天厂家刚刚做好，瞧瞧合不合你的心意？不满意的话，我再让他们拿回去改。”

还是姐姐亲自点名要的……看来这是想拒都拒不成了。

“谢谢，只要是你送的，我都很开心。”柳爱微微一笑，把手机收进包里，准备以后有机会交给姐姐。

“我先去洗个澡，乖乖在床上等我。”男人有些疲惫地扫了一眼柳爱，又缓缓露出一丝意味深长的魅惑之色，“要不，一起洗？反正池子足够我们两人。”

“不了不了，我早晨刚刚洗过。”柳爱连忙摆手。

“那好，我去冲凉。”说完，男人便走进了浴室。几秒钟后，浴室里响起“哗哗”的水声。

柳爱猛地从床边跳起来，十万火急地冲到门前，使劲一拧门把手。噢！No！他居然把门设了密码！这是摆明了早有防备啊！柳爱拉开窗帘，从微风阵阵的窗口往下一探，48 楼，这真是上帝关上一扇门，连狗洞都不给你开的节奏啊。

柳爱着急地来来回回转圈，在有限的时间和空间内几乎转成了陀螺。

“我去，完蛋了，这下怎么办？”柳爱捂脸，内心崩溃。

就在这火烧眉毛的紧急时刻，柳爱灵光一闪，对呀！都急糊涂了！紧急求救冯经纪人啊！冯余斌一定有办法的。

说时迟，那时快，柳爱赶紧给冯余斌打了个电话。可在这性命攸关的时刻，冯余斌没有接电话！

眼看着男人即将洗澡完毕，柳爱将速度发挥到极致，在关键时刻几乎爆发出了聊天打字最高手速，短信和微信同时给冯余斌发了一条信息。

内容：SOS，我在金鹿大酒店4873房间，斌哥哥速来救我啊！速来！

她信息刚发送成功，男人就穿着洁白的浴袍从浴室里走了出来。

柳爱猛地一抬头，妈呀，冯余斌就是坐火箭估计都赶不过来了，怎么办？！

男人拿着干燥的毛巾擦头发，将沾着水珠的黑发擦得半干，修长的身材比例完美，半露的胸膛性感诱人，勾引得柳爱的眼睛不由自主地往他身上瞅。

“我听冯余斌说，魏元为难你？”

“没……没有啊。”

“剧组拍戏生活一向辛苦，经常早起或者熬夜到很晚，如果有什么困难，记得和我说，不要一个人强撑。”

“哦。”柳爱连忙点头应付。

“秦埕说下周俱乐部有个私人party，让我带你过去，你有时间去吗？”

“下周的话，拍摄进度比较赶，可能……”

男人放下手中的吹风机，转头冲着柳爱说：“雯雯，帮我拿一下包里的打火机。”

柳爱倒是心大，屁颠屁颠地跑去给他拿打火机，然后将打火机递给了他。

谁知他根本没有拿打火机，而是快速转过身，一把将柳爱抱起来，温柔地搁在了床上。他的手稳稳地按住柳爱的手腕，不让她有机会挣脱，唇轻轻挑逗着她敏感的锁骨，动作快而娴熟，看得出他与女性发生关系的次数绝对不在少数。

嗷——苍天——再这么下去，估计她真的要为姐姐光荣献身了！

古语云，靠天不如自力，他救不如自救！在此万分紧急的情况下，柳爱能依靠的只有自己聪颖的大脑。

眼看男人漂亮的眉眼逐渐逼近，温热的身躯就要贴到她身上，她像条滑鱼一样，将手从魔爪下抽离出来，猛地抵住他的胸口，将他的身子缓缓推远一寸："好……汉饶命。"

男人："……"

柳爱内心瞬间坠入冰窟，我去，到底是什么神奇的力量，让她说出了这让气氛迷之尴尬的四个字……

"如果，我不想饶呢？"被柳爱三番五次打断兴致，男人有些不耐烦。

百般思考下，她灵光一闪，突然想到了办法！

"其实……我'大姨妈'来了。"

气氛瞬间跌入谷底……

柳爱尴尬地从男人身下钻出来，滚到大床的另一边，抱着被子挡在身前。她身心无比舒畅，终于让她找到了一个拒绝侍寝的正当理由。

男人听到柳爱这话，整个人就像瞬间泄了气的皮球，软趴趴地趴在了床上，颇有阴谋未得逞的遗憾。他旋即推了柳爱的胳膊一把："你怎么不早说？"

"你也没问啊。"柳爱"嘿嘿"一笑。

"好吧，这次算我栽了，接下来想干点什么？"

柳爱左顾右盼，当机立断，一指电视墙："我看会儿电视吧。"

男人随手撸了一把头发，缓缓平息自己的情绪，拿过床头柜上的遥控器递给柳爱。他自己坐在床上，拿出平板电脑，浏览一些工作上的信息。

大约过了十分钟，连续的门铃声响起，柳爱脚底生风地冲到门口，想着一定是冯经纪人身披龟壳，脚踩泥巴来救她了！

“弈哥，开门，我是冯余斌。”

冯余斌熟悉的声音响起，柳爱整个人都乐开了花儿。男人走到门前，面色平静地输入密码，将一脸焦急的冯余斌放进来。

“斌哥哥。”柳爱内心激动，颤抖着手迎面就给冯经纪人来了一个再见革命战友般的熊抱。

冯余斌给了柳爱一个安心的微笑，便小心地跟着男人走进房间。

男人穿着浴袍，与之前的柔情蜜意已然完全不同。他随手点了一支香烟，坐在旁边的沙发上，将烟灰轻轻磕在茶几上的烟灰缸里，缓缓开了口：“说说吧，她是谁？柳雯的双胞胎姐妹？”

柳爱震惊，不是吧？！已经露馅了？！她没说什么奇怪的话啊！她以为自己已经装得足够好了。

“弈哥，您怎么看出来的？”冯余斌很尴尬。

“骗陌生人还行，我和柳雯交往快一年了，她什么脾性我不知道吗？”男人目光扫过柳爱，“柳雯烟瘾很大，她根本不会抽烟。柳雯每次和我出来吃饭，低于四星的地方都会闹脾气，上菜后第一件事就是拍照发朋友圈。见到红钻手机，柳雯估计能把我晾一边，而她连看都没看一眼就装进包里了。两人长得虽然很像，但性格差别太大。”

柳爱噘了噘嘴，非要这么说的话……可能……是不太像。

“她叫柳爱，是雯雯的孪生妹妹。”冯余斌伸手拉了拉柳爱，给她介绍说：“周宗弈，你姐的男朋友，叫他弈哥就好。”

“哦，弈哥。”柳爱眨眨大眼，和周宗弈打了个招呼。

“柳雯呢？你们把她弄哪儿去了？”

冯余斌愁眉不展地叹了一口气：“雯雯在广州出通告时发生了车祸，

直到现在还躺在医院没有醒来。”

“出这么大事，你怎么不告诉我！”周宗弈目光凌厉。

“弈哥当时在意大利，我也是怕耽误了您的正事。您不是说下个月才回来吗？我原本打算等您回来再告诉您的，没想到您提前了这么多天回来。”

周宗弈语气平静，却带有些警告的意味：“别以为我不知道你打的什么算盘，不要自作聪明，下次再出现这么大问题，不会简单了事。”

冯余斌悬着的心缓缓坠地：“我知道了。”

“医院地址给我。”

冯余斌立马把柳雯住院的地址发到周宗弈的手机上。

“那小爱……”

“这个不用担心，我之前开了两间房，小爱今晚住隔壁，明天我送她回去。”

柳爱哭瞎，原来他早就看出来了，只是一直在逗她吗……

冯余斌点点头，这么做再合适不过了。如果周宗弈把柳爱接出来，柳爱却跟着自己回去，难免会有人猜测事情的经过。如果明天周宗弈亲自送柳爱回去，便顺理成章了。

第二天上午，柳爱回到剧组，和周宗弈在片场大秀恩爱后，相拥告别。

经此一役，柳爱脆弱的小心脏遭受了百万伏特的雷击伤害。

裸替的人生……果然精彩无限。

# 第五章

爱的翅膀和爱的翅根儿

时光如箭，日月如梭。

转眼，两个月悄然而过。

其间除去拍戏，柳爱还得到了一个非常好的消息，柳雯已经苏醒，正在逐步康复中。柳雯醒来之前，柳爱特地去广州医院瞧过姐姐两次，当时她的状态还不是很好，需要良好的环境静养，因为每次去看望都时间紧迫，柳爱只是隔着住院处的玻璃小窗匆匆忙忙看几眼，就得赶回剧组拍戏。

在江莲远的友情帮助下，柳爱的演技渐渐步入正轨。由于编剧写的女主戏份多数情节都在卖惨，柳爱终是由原来的一窍不通，变成现在的经常性七窍流血。

长时间接触下来，魏元被柳爱的种种恶劣行径折磨得慢慢习以为常。她的演技依旧烂泥扶不上墙，工作态度也让人十分无语，不过奇怪的是，与她相处起来还挺舒服的。

深夜四点，柳爱头晕目眩地从床上爬起来，开始了新一天的工作。

今天这场戏是跳诸神之台，希虹为了寻找自己遗失的记忆碎片，不顾一切跳进诸神之台，然而隧道内部时空错乱，力量狂暴，如果自身实力不够强大，会瞬间被挤压得爆体而亡。

长空得知希虹跳了诸神之台，也跟着跳下去替她阻挡狂暴的时空之力，之后两人双双身受重伤，一同跌入号称弑神之地的第二度空间。

柳爱囫囵吞枣般吃了几口冯余斌送来的早餐就匆匆赶往片场。她到达的时候，江莲远和任嘉雪正站在摄影棚外，两人有一句没一句地聊着天。引起她注意的是，江莲远身旁还站着一个神情淡漠的青年，看上去年纪比江莲远小几岁。

“嘉雪，你来啦。”柳爱内心荡漾地冲任嘉雪打了个招呼。

“嗯，过来和莲远说两句话。”任嘉雪淡红的双瞳看向柳爱，“今天没我的戏，一会儿就撤了。”

“话说……他是？”柳爱指指江莲远旁边的青年。

“忘了吗？之前和你提过的，我的助理宋江。”江莲远随意地靠在身后的木架上，“最近一段时间，宋江都会跟着我。”

“江莲远是大江，宋江是小江！双江合璧，天下无敌。”任嘉雪猛地搂住宋江的脖子，笑嘻嘻地问：“见你一面比见莲远都难，你的小女朋友呢？又吹了？”

任嘉雪的玩笑话明显戳中了宋江此刻内心最深的忌讳，女朋友……

“红眼兔子，你别哪壶不开提哪壶。”宋江使劲挣脱任嘉雪的禁锢，“放开我！小心我对你不客气。”

“好好好，我放，行了吧？”见宋江心情不好，任嘉雪不再招惹他。

与温和的江莲远相比，宋江眼中透着一股清冷的寒流，让人难以接近。

“莲远，你过来一下，这段戏估计得改。”魏元在棚里大喊。

听到魏元叫自己，江莲远立即领着宋江进棚，留给柳爱与任嘉雪二人美妙的独处时光。

“嘉雪，我有个问题想问你。”柳爱想和任嘉雪多说几句话，特意开口留他，“宋江看起来不太好相处，而且开机快三个月了他才过来照顾江前辈，这也太……”放荡不羁爱自由了吧！

任嘉雪忍着笑：“他不过来还好，过来也是帮倒忙，不信你一会儿自己瞧。”

啊？柳爱一惊，这世上居然还有帮倒忙的助理？简直无法理解。

“莲远不能辞退他吗？”

“喀喀，他们两人之间关系特殊。”任嘉雪目光扫了一下周围，确认没有其他人，才轻声叹气说，“宋江是个孤儿，少年时候误入歧途，因为打架斗殴还进过少管所。后来江莲远见他可怜，觉得这是缘分，就给他办了领养手续，入了江莲远父亲的户口。确切地说，小江是江莲远领养的弟弟。”

柳爱若有所思地点点头，怪不得江莲远这么忍他，原来还有这么一段孽缘。

“虽然小江不太会察言观色，性格也不适合做助理，但他的身手特别好，关键时刻救过莲远好几次。”

好吧……江莲远这么大的咖，请保镖的钱算是省了。

送走任嘉雪，柳爱乐颠颠地走进影棚，抬眼一瞅……

我去，说好的诸神之台呢？说好的时空隧道呢？这黄金大菊花一样的神台设计是要闹哪样！你们这样做容易让本女主过早地心如止水，立地成佛！你们知道吗？

柳爱进到棚里没多久，服装师和化妆师就开始给柳爱上行头。

旁边的化妆师悉心给柳爱上妆时，柳爱特意观察了宋江一番。不得不说，宋江当真是一个内心耿直的冷酷 boy。

棚里闷热，江莲远似乎有点儿口渴，顺手将水杯搁在桌上：“小江，倒水。”

宋江认真地把杯底仅剩的一点儿水也倒了出去，将空杯塞进江莲远手里。

江莲远：“……”

江莲远拍完一个镜头，准备换衣服。宋江原本一直站在旁边帮江莲远拿衣服，见江莲远拍完，立马快步走上前来，帮江莲远换上另一套衣服。

江莲远拖着疲惫的身躯穿了半天，微微一抬胳膊，整个人都僵在了原地。

“小江……衣服穿反了……”

不远处的柳爱忍笑忍到手抽筋，任嘉雪没说错，他真是来帮倒忙的！江莲远你能活到现在不得不说是一个奇迹啊。

准备了大约两个小时，拍摄即将开始。

魏元将柳爱拉过去，指手画脚地给她讲戏：“在这里留恋地转一下身，你就从诸神之台跳下去，跳的时候一定要富有美感，不要太生硬，懂吗？”

不懂，导演，你的心思太缥缈，令人捉摸不透，猜之不中。

“导演你再说一遍，从哪里跳下去？”柳爱忍不住再次确认一遍。

魏元大手一指菊花中央的那个洞。

噢！No！我内心深处是拒绝的！设计师你们这么污地球人知道吗？你们威逼诱使演员做一些奇怪的事情，容易让演员过早地放弃人生，放弃希望！

“没关系，江莲远陪你一起跳，你跳完他就跳。”

柳爱犹豫，这……这个……既然作死还能拉个垫背的，按理也不是不能考虑。

“来来来，现场的各位老师，安静一下，演员走戏了。”

现场各路人马准备就绪，拍摄正式开始。

“Action。”

希虹吊着威亚，缓步踏上阶梯，来到诸神之台，前面就是时空隧道，她留恋地转身回望，看了看这个缤纷又复杂的世界，第二度空间九死一生，或许这一次，她无法再活着回来。

在转身后，柳爱华丽的纵身一跳惊煞了现场所有人。

“Cut！”

魏元捂脸，内心崩溃，她这花样跳水般的纵身一跳是想干什么？！校游泳队跳水比赛吗？他真有一种把她全身打马赛克的冲动！

这一次，魏元没有训柳爱，而是把江莲远叫过去大吐苦水。

“莲远，我真的不知道该怎么办了。”

江莲远长长地叹出一口气，安慰地拍了拍魏元的肩膀：导演节哀，日子还是得过，片子还是得拍，坚持坚持，马上就杀青了。

“你看别人家的女主，都是傻白甜，我们的女主不白也不甜，就剩下傻了。”

柳爱：喂！你们适可而止啊！导演我都听到了！我可是你们一波三折亲自选定的最佳女主角，不要片子拍摄过半而中途后悔。

江莲远走过来，耐心地给柳爱讲解跳的技巧。有了江莲远的指点，柳爱几乎当下就开窍了。

站在诸神之台上，柳爱目光扫过遥远的时空，眼底似乎含着无尽不舍。随即，她收敛情绪，缓缓闭上双眼，衣袖飞舞的瞬间，如同仙子一般跳了下去。

魏元对拍摄要求甚高，就这一个镜头，柳爱足足跳了十几遍才勉强通过。

所以说，处女座导演真心伤不起！

转眼时间已近年底，按照原定计划，剧组过年将会继续拍摄，不出所料，柳爱今年估计是不能赶回家过年了。

除夕夜，柳爱给老妈打电话报平安。前几天柳妈给她寄了一个超级无敌零食大礼包，作为送给女儿的新年礼物。

结果……在柳爱偷偷摸摸往回抱零食的时候，正巧碰上刚拍完戏回来的江莲远。江前辈一改平常宽容大度的作风，向柳爱索要一半礼包作为教学费，并称如果她不给，就跟冯余斌打小报告，说她偷开小灶，没收并处罚绝食。

柳爱：“……”

宾馆内，柳爱睁着一双呆滞的大眼，躺在床上享受难得的清闲时间。

“砰！”

冯余斌风风火火地打开门，拉过凳子坐在柳爱旁边。

“小爱，有件事情得提前和你说。”冯余斌表面上神色平静，眼底却隐隐透露出忧虑，“有个重要饭局，你估计得抽时间参加。”

柳爱猛地在床上“诈尸”：“饭局？这个好啊！什么时间？和谁吃？菜单有吗？”

冯余斌说：“三天后下午六点，道格斯林酒店，咱们公司的饭局。”

公司？！她拍戏这都多久了，怎么从来没听说过还有个公司？这公司运作得这么没存在感真的可以吗？

“这不是到年底了吗，每年的这个时候，咱们公司全体员工都会聚一次餐。”

她懂！传说中的年终饭局，在这辞旧迎新的时刻，回望一下过去，展望一下未来，给我一片青草，还你一片蓝天……什么的。

之后，冯余斌简单介绍了一下公司的基本情况和当天可能见到的人。

“你姐姐签约的公司叫欢桃影视，刘总是公司唯一的老板。咱们欢桃下属共有两个部门，经纪部和水泵部。”

等！等一下！柳爱整个人都震惊了："水……水泵部？"

冯经纪人咱们能不能稍微符合一点正常影视公司的基本配置？经纪部尚且还能理解，水泵部是要闹哪样？你觉得这个部门的存在真的合理吗？

"刘总原来在四川老家的生意就是卖水泵，咱们欢桃经纪部基本不赚钱，全靠水泵部卖水泵才能勉强维持公司盈利。"冯余斌微微一笑很倾城。

柳爱崩溃，把额头一捂，冯经纪人你怎么还有脸活在这个世上？怎么还有脸微微一笑？

"姐姐接拍《世界树》，担任女一号，难道就没有片酬的吗？"

冯余斌语重心长地一拍柳爱的肩膀，犹如一个深谋远虑的军师看着无知懵懂的皇帝："周宗弈花了这么多钱捧你姐，加上平常杂七杂八送的名牌物件，你姐还能觍着脸伸手跟他要片酬吗？况且，等你姐有名气了，高片酬自然是水到渠成的事。小爱，钓鱼要放长线……目光要放长远……"

柳爱："……"

三天后的下午，冯余斌找来一个和他关系不错的造型师，给柳爱悉心打扮了一番。

夜晚，柳爱穿得美丽妖娆，跟冯余斌一起参加公司的年终饭局。

进酒店大门之前，冯余斌小心叮嘱柳爱："你放心，公司除我以外，你姐几乎没有深入接触过其他人。不过为了避免露出马脚，你进去以后，还是尽量多吃菜，少说话。"

柳爱认真地点点头。

两人一前一后进入刘总预订的包间。

这时刘总还没到，里面已经坐了十几个人，公司主管、财务、签约艺人、宣传、水泵售货员等。

"Hi，大家好。"柳爱妩媚地和大家打了个招呼，"好久不见。"

"哎哟雯姐来了，快坐，快坐，刘总马上就到。"

柳爱和冯余斌两人挨坐在一起，服务员已经在忙里忙外地上菜。

很快，包间外走进来一位大腹便便、面带福相的中年男子，旁边还挽着一位同样面带福相、白白胖胖的中年女人。别说，两口子往那里一站，还真的很有夫妻相。

“刘总，你可算来了，我们都等好久了呢。”

“这回我才发现，平常叫你们来公司，那叫一个难啊，一个个不是这里有事就是那里有事，就年底吃白饭这一次，随叫随到，聚得最齐，是不是？”刘总看着屋子里的十多个人，哈哈一笑，打趣道。

“刘总你总是这么一语道破真相。”某女员工说。

“平常我们都在外面出通告，确实没有时间回公司，刘总你也是知道的嘛。”

“好好好，这一顿就是犒劳大家这一年的辛苦付出。”刘总找了张空着的椅子，和自己夫人坐在一起。

柳爱混杂在众员工中，尽量在伟大的群众中隐藏自己脆弱的身影。

“又一年匆匆而过，咱们欢桃的业绩一如往常地稳定。我希望在新的一年，咱们欢桃众人能够齐心协力，一起奋斗，继续咱们未完成的事业。”刘总在众人的拥簇下，开始了滔滔不绝的讲话。

开局讲话完毕，刘总又开始展望公司未来的雄图大略。

“咱们公司年底准备推出一个偶像天团。”刘总大手一挥，激情无限。

柳爱只觉无语，刘总这还没喝呢为什么就醉了……我们不是影视公司吗？为什么要推出偶像天团？刘总，话说明天就过年了，时间上真的来得及吗？

“真的假的？”

“刘总你不要诓我们，咱们公司要推新艺人吗？”

“那自然是真的。”刘总认真地点头，心怀美好，目光望向遥远的未来，

“这次是小何亲自发掘的几个艺人，天赋和才艺都不错，形象气质我也很看好，现在尚处于保密阶段。不过今天我还是特意把他们都叫来了，一方面算是给大家一个额外惊喜，另一方面，大家以后都要一起共事，联络联络感情嘛。”

柳爱小心地将头凑到冯余斌耳边，小声地问：“小何是谁？”

“咱们经纪部的另一位经纪人，除你以外，公司其他艺人都归他管。”

“刘总，新天团名字想好了吗？”

刘总随意地往椅子后背一靠，似已然胜券在握：“小何的意思是叫DFBOYS’，但依我的意思，还是应该叫DFBOY’S。”

我去，大佬！拜托你们山寨得再高端一点好吗？这名字和当红偶像组合相似度几乎达到百分百了！最重要的是！你们俩执着的S’和’S的区别到底在哪里啊！

“新天团成员们，大家进来吧。”刘总高喊一声，在门外整装待发的男子偶像天团就这样齐刷刷地出现在众人面前，进行了一次史无前例的绝美摆拍亮相。

柳爱看着面前自带闪光特效的偶像天团，几乎闪瞎了她这双眼。

话说这五个大发样的壮汉从哪个角度看像天团了？！拜托你们不要再挤胸肌了！再这么挤下去，连食欲旺盛的本宝宝都要突发性消化不良了！

“刘总，我们的DFBOY’S组合，为什么要起这个名字呢？”

“大发男孩。”

这么说来，柳爱还是误会刘总了，名字和组合本身完美契合，几乎挑不出毛病来。就是他们这形象太过粗犷，容易让热情的粉丝们心寒。

“来，自我介绍一下，以后咱们大家就是一家人了。”

“我是队长赵黑，身高一米八，体重九十二公斤，才艺是做大锅饭。”

“我是王伍义，身高一米七五，体重八十公斤，才艺是锄地。”

“我是李树根，身高一米七六，体重七十九公斤，才艺是大棚蔬菜种植。”

“我叫张愣虎，身高一米八八，体重九十三公斤，才艺是挤牛奶。”

“我叫二捣蛋，身高一米七二，体重六十公斤，才艺是踩泥巴。”

二捣蛋是闹哪样？！踩泥巴又是闹哪样？！亲，你们的人生还能再随意一点吗？

“我们组合在刘总的支持下，已经准备了两个多月，预计在年后推出新专辑《爱的翅根儿》，敬请大家期待。”

柳爱崩溃，爱的翅根儿……你怎么不叫爱的拆骨肉、炖羊排？收拾收拾就要在村广播电台出道了是吗？

刘总“啪啪啪”地鼓掌，众人亦紧随刘总的脚步，现场掌声热烈。

柳爱整个人都是蒙的，机械地跟着大家一起鼓掌。

“来来来，DFBOY’S 的成员们，不要再呆站着了，赶紧入座吧。”

菜肴上齐后，刘总先动筷子，其他人立马紧跟着动筷子吃饭，大家你一句我一句地聊起来，场面异常热闹。

“雯雯呀，你是咱们公司的顶梁柱，有时间可要多提拔提拔咱公司的新人。”

“刘总说的哪里话，这是应该的。”冯余斌替柳雯回答。

“余斌，不是我说你，你是经纪部主管，有时间多签几个新人进公司，手底下就柳雯一个艺人，业务上怎么能施展开嘛。”

冯余斌不住地点头：“刘总说得对，我这几天得空也在选人。”

“雯雯最近接了一部新戏？还是大制作的女一？”

“可不是，魏导对她赞不绝口。”

柳爱汗颜：斌哥哥你到底是用什么样厚颜无耻的精神，脸不红心不跳地说魏元对我赞不绝口的？

刘总询问了一些“柳雯”最近的状况，都被冯余斌一一挡了回去。

渐渐地，大家在桌上喝开了，好几个公司新人前来给“柳雯”敬酒。冯余斌以“柳雯”身体不适正在吃药为理由，将酒杯一一接过去，一饮而尽。其间，冯余斌又敬了刘总好几杯，手中的酒杯几乎就没放下过。

柳爱低头吃菜，又吃了几大口虾肉，这才心满意足地抬起头。

很快，欢桃的年终饭局顺利结束了。

柳爱跟着冯余斌走出饭店包间，打车离开了道格斯林酒店。

路上，冯余斌脸色泛红，平常话痨的他，此刻却一句话都没有说。柳爱在旁边盯着冯余斌，她看得出来，喝了这么多酒，此刻他应该很难受吧。

“斌哥哥，你没事吧？”

冯余斌露出一个温柔的笑容：“没事，吃饭哪有不喝酒的，小意思。”

“如果你不愿意，我们以后不要再参加这种饭局了，好吗？”

“傻丫头……”冯余斌勉强伸出手，轻轻地摸了摸柳爱乌黑柔软的发丝，“你什么都不用想，专心把戏拍好，剩下的一切，都交给斌哥哥就好了。”

“嗯，我答应你。”

靠着车辆松软的后靠，冯余斌安心地闭上眼睛，深沉地睡了过去。

冯余斌，就算全世界都只看到了柳雯的缺点，你也坚信她拥有与众不同的优点。总有一天，她会变得无限耀眼的，对吗？

×

## 第六章

### 秀恩爱，分得快

忙碌的拍戏日程还在继续，新春如期而至。

大年三十上午，剧组一票人依旧在赶进度拍戏。当天夜晚，全剧组人员聚在一起，在场地附近的顺风园饭店开了个大包间。在这鞭炮齐鸣辞旧迎新的时刻，大伙儿开开心心吃了顿年夜饭，也算是凑合过个年。

两月后，电影《世界树》终于顺利杀青。

在这接近半年的时间里，全剧组工作人员团结协作，付出辛劳的汗水，收获喜悦的成果，尤其是各位主创人员，倾注了相当大的心血。

为了犒劳大家，更为了庆祝电影圆满完成拍摄，杀青宴订在当地市里数一数二的德合大酒楼。柳爱作为电影女主角，自然也在受邀请之列。

前往杀青宴的市中心路口，一辆银灰的凯迪拉克上，冯余斌坐在驾驶座上开车，柳爱美美地坐在车后座，偷偷从后视镜里看了自己一眼，今天的装扮格外华丽。

镜中，她柔顺的咖啡色长发高高盘起，双耳垂坠着晶莹剔透的绿宝石耳环，柳眉明眸，灿若星辰。肤色白皙，宛如佳瓷美玉，丝质的淡红长裙穿在身上，轻盈不失优雅，镶着彩钻的高跟鞋更衬得她一双脚丫格外娇小可人。

“斌哥哥，前面是不是堵车了？杀青宴几点开始？”

“没事，还有半个小时，车已经疏通开了，照现在的趋势，应该能及时赶到。”冯余斌微微叹了口气，像是突然想到了什么忘记嘱咐的事，“对了，小爱，这次的宴席是弈哥做东，他也会出席，到时候有需要你配合的地方，记得妥善处理。当着众人的面，可千万不要露出马脚。”

“啊？”柳爱蒙了，随即心焦地说，“这么重要的事情，你不早说？”

周宗弈？！曾记否，那年那天那夜，金鹿大酒店你的行为对我幼小的心灵造成了毁灭性打击！一别多日再相聚，宝宝心里真是千番愁苦，百感交集。

“斌哥哥，有件事情我一直很好奇。”柳爱眨眨大眼，双手扒住驾驶位的座椅，“周宗弈家里到底是做什么的啊？”

冯余斌听到柳爱问这个问题，猛地刹车，犹豫了一下，才解释说：“他是恒远集团董事长周勋的独子，但这只是明面上的身份。以我和他接触的情况来看，他没有这么简单，或许你姐比我清楚一些。只能说，周宗弈和其他有钱人家的子女不一样，神通广大，很少有他办不成的事。”

哦……神通广大……我懂，悟空嘛。

“总之，不要得罪他，他的事情很复杂，但与我们没有关系。”

车辆疏通，冯余斌开车直奔目的地。

两人很快到达德合大酒楼，冯余斌将车停在酒楼后院停车场，替柳爱缓缓打开车门。

柳爱高跟鞋落地，一席长裙翩翩动人，款款走下车。

这时，江莲远碰巧赶到，将车停在柳爱的对面。

古语云，每一个成功男人的背后，都有一个默默付出的男人。

而这个男人，就是宋江。

只见宋江身穿西服搭配蓝领结，一派严肃地从驾驶位上走下来，替江莲远打开他对面一侧的车门……江莲远淡然打开自己旁边那侧车门，下了车。

江前辈消消气，他还只是个孩子，至少给他一次重新投胎的机会啊。

“江前辈。”柳爱微笑着摆摆手，小跑过去和江莲远打招呼。

江莲远今天穿了一件笔挺的深灰色西服，他的目光永远那么清澈而明亮，仿佛这天地间所有的美，都融进了他灿烂的笑容里。模特一样的身材加上超高的颜值，这件普通得不能再普通的西服，穿在他身上却显得格外大方典雅，气质脱俗。

“真巧，能在这里碰上，一起进去吧。”江莲远走过来，两人肩并肩一起走进德合大酒楼。

德合是一家五星级高档中式餐厅，装修风格古色古香，富丽奢华而别具中国风韵。一路从长廊穿过，红砖银瓦，绿景环山，小桥流水，绕岸垂柳，各处拐弯旗杆上还挂着浓情的红色中国结，每个服务员身上都穿着青花旗袍。

“我们是不是来晚了？”柳爱内心忐忑。

“不晚，宴会应该还没开始。”江莲远语气平和，一路上和柳爱说话，“嘉雪刚才和我通电话，他现在还在飞机上，可能来不及了，就算勉强赶过来，估计也会被罚酒。”

两人到达预订包间，里面已经坐了不少人。半年以来，大家同吃同住基本也都混熟了，所以江莲远和柳爱一进去，就受到了大家的热烈欢迎。

“哎哟，咱们的两位主演过来了，赶紧入座吧。”

“来来来，莲远你坐这边。”监制直接把江莲远拉到他身边。

柳爱刚想往江莲远旁边落座，说时迟，那时快，在电光石火的一瞬间，她就被一起陪同过来的冯余斌拽到八丈开外。

柳爱："……"

柳爱跟着冯余斌绕过偌大的圆形饭桌，堪堪坐到了江莲远的正对面。

大约过了两分钟，一道熟悉的身影从包间外走进来。

剧组人员纷纷看向这位风度翩翩的年轻人，他穿着一身烟灰蓝的休闲服，英俊的脸上挂着一丝迷人的微笑，双眸深沉，气质高贵，仿佛他一出现，就自然而然地成了众人瞩目的焦点。

在座剧组绝大部分成员都很好奇，因为他们从没见过这位新出现的身份神秘的陌生人，于是……他到底是谁？

柳爱自然认得这位神一般的人物——她的"现任男朋友"周宗弈。

制片人见周宗弈过来，立马起身迎接他。

"宗弈，你可算来了，见你一面真不容易啊，大忙人。"制片人笑着和周宗弈握了握手，转身向大家介绍："这位是咱们电影的投资人，周宗弈。"

"大家好。"周宗弈简单地打招呼，之后，他直接坐到正席的位子，目光转向柳爱："你还愣着干什么？"

柳爱迷茫，怎么个意思呢？

周宗弈伸手拍拍自己身边的位子。

我去！这么明目张胆？！在座诸位可都是影视圈有头有脸的资深人物，我是主演，你是投资人，咱们这么高调地坐一起，当真不怕别人说闲话吗？

柳爱犹豫片刻，又偷瞄了周宗弈一眼，见他没有改变主意的意思，于是脸不红心不跳地乖乖坐到他身边。

"雯雯，这段时间有没有天天按时想我？"周宗弈伸出修长的手指，轻巧地勾了勾柳爱的小下巴。

柳爱汗颜……哥哥，每日一想是麻辣小龙虾才有的特权，你确定要与其比肩？

当着众人的面，柳爱不好驳他的话，勉为其难地“嗯”了一声。

“今天很漂亮，冯余斌给你选的衣服？”

“斌哥哥带了一个造型师给我做头发，还挑了好几套裙子让我换，说今天的晚宴很重要，让我穿得好看一点，千万不能丢脸。”

“他这经纪人当得还算称职。”

时间过得很快，影片各主要负责人基本聚齐，菜品是提前就定好的，众人刚进来时桌上就已经摆了清茶，彩花瓷大碟里装着新鲜的果蔬、蜜饯和精致的传统糕点。

柳爱端庄大方地随手拿起好几块桂花糕，姿态优雅地全部塞进嘴里。她内心激动，双手颤抖，等的就是这一刻有没有！

随着时间流逝，晚宴正式开始。

制片人作为电影的总负责人，首先说了开场词。一番长篇大论，大概意思就是这半年来，相聚即是缘分，大家不分昼夜地工作辛苦了，作品是大家共同努力的结果，祝咱们的电影大卖云云……

饭局开始后，大家便自由地聊天吃饭，场面逐渐热闹起来。

银耳燕窝羹、鲍鱼烩珍珠菜、野鸡煨蘑菇、西施豆腐乳、清蒸银鱼、鱼翅螃蟹、嫩笋粥、挂炉走油鸭……就连筷子都是银质的。周宗弈做东出手真是大方，柳爱看着满桌山珍海味，高兴得花儿都开了。别说柳爱了，就是在座其他人，也很少有机会能来德合这种档次的饭店吃饭。

柳爱吃得兴高采烈满口香，旁边的周宗弈面对满桌极品佳肴却一口没动。

“弈哥，你怎么不吃？”柳爱夹了一块酱鹅肝塞入口中。

“看不出来吗？”周宗弈缓缓将俊美的脸靠近柳爱的脸，一双充满魅力的眸子盯着柳爱，似乎在暗示什么。

柳爱摇头，完全……没看出来……

“我在等你……”周宗弈笑颜迷人，“亲手喂我。”

噗……柳爱一口刚嚼碎的酱鹅肝差点喷出嗓子眼儿。拜托！大佬！城市套路深！不要太认真！咱们逢场作戏能不能不要这么敬业地就假戏真做了！这还没老呢，眼怎么就花了！睁大双眼看仔细！我是妹妹柳爱！不是你魂牵梦萦的甜心小宝贝儿柳雯！

面对柳爱微抽的脸，周宗弈把自己面前的碗碟推远，一脸的理所应当：“你不喂，我不吃。”

柳爱猛地一捏筷子，忍一时风平浪静，退一步海阔天空，这种场合着实不能跟他掀桌。

我喂！我喂！我喂喂喂！我就是现代版的饲料养猪专业户！不就是情侣之间喂个饭而已吗！谁让他现在是拥有特权的男朋友呢！

柳爱灿烂一笑，伸筷子夹起一块全桌看起来最难吃的豆腐。

“弈哥……”柳爱声音清甜，大方地将豆腐喂进周宗弈嘴里，“好吃吗？”

“你亲手夹的，就是苦瓜也是甜的，再来一口。”

喂！蹬鼻子上脸了周少爷！人生要懂得适可而止，及时收手才是王道！

喂食周宗弈完毕，柳爱偶然间一抬头，发现对面的江莲远正面瘫样地看着自己。江莲远平常都自带微笑，很少有这种拉长脸的时候。不能吧……难道……有什么人惹他不开心了？

两分钟后，监制过来敬周宗弈，周宗弈自然地拿起酒杯，和监制喝了一杯。

柳爱坐在红木椅子上，感觉硬邦邦的不太舒服，总是不由自主地挪动位子。

“怎么了？不舒服？要不给你换把椅子？”冯余斌低声问柳爱。

“没事，我怎样都好。”柳爱豪气地伸手，又拿了一块牛肉馅的长饼。

周宗弈抬头，眼睛一眯，一把抓住柳爱的胳膊，将她拉到自己怀中：“换什么椅子，坐我腿上不就行了。”

柳爱满口饼渣：“……”

少爷，你的行为很危险。

柳爱坐在周宗弈腿上的瞬间，餐桌上所有人的目光齐刷刷地集中到两人身上。

“弈……弈哥……”

“怎么了？”

“我们这样……是不是不太好？”柳爱汗颜，周少爷……你没看到这么多双惊愕的大眼在赤裸裸地盯着咱们吗？！

虐狗虐得这么高调，晚上容易睡不着觉，对面江前辈的脸都黑成铁了！

“没关系，想看随他们好了。”周宗弈莞尔，搂着柳爱的细腰，手指有一搭没一搭地在她腰间轻叩，微微偏头，发现她白皙的耳垂竟然有些泛红。他语气平静，像是寻常聊天一般询问：“这才多久没见，就瘦了这么多，上次我抱你的时候，你应该比现在沉不少，在剧组没有按时吃饭吗？”

“按时吃了啊，和大家一样定点吃盒饭。”

“盒饭？拍戏还真辛苦，早和你说过，有空去国外玩一玩，买点喜欢的东西，你不听我的，非要出来吃这份苦，怎么样？演戏不是那么容易吧？”周宗弈眼神深情款款，这份关心，这份疼爱，完全是把柳爱当成了柳雯。

柳爱认同地一点头，别的惊险刺激、摸爬滚打暂且按下不提，拍戏时灌了四大罐黑芝麻糊，几乎活活要了她的老命。

“做演员确实辛苦，不过总靠你也不好，我还是想自食其力嘛。”

“你自食其力了，还要我做什么？”周宗弈宠爱之意尽显。

呵呵，少爷你这情深似海的本色出演，不去奥斯卡拿影帝，简直就是世界电影界的损失。好在本宝宝经过半年时间的艺术熏陶，演技已然上线，尤其是在这种吃饱喝足的情况下，得好好反抗一下这逆来顺受的处境。

来啊！造作啊！谁怕谁呀！

柳爱露出一个风情万种的微笑，坐在周宗弈腿上的身子往前一探，两只纤细白嫩的手臂直接环住周宗弈的脖子，嗓音足能甜倒两颗大门牙："弈哥就会哄人家开心！出来之前，你这嘴上是抹蜜了吗？"

"怎么是哄呢，我说的都是真话。"

周宗弈随手从包里摸出烟盒，柳爱自然地从烟盒里拿出一支烟来，递到周宗弈口中，又拿过桌面上放着的打火机，替周宗弈把烟点上。

烟雾袅袅，他抽到一半多的时候，柳爱一扭腰，又嗲上了："弈哥，你少抽点啊，烟这种东西，对身体很不好的。"

"雯雯说得对，听你的。"

然后周宗弈还真听话地把烟掐了。柳爱立马拿起筷子，夹起一块看起来味道辛辣十足的红辣椒："来……弈哥张嘴……啊……"

周宗弈："……"

柳爱和周宗弈旁若无人地秀恩爱的场景，皆看在在座众人眼中。

坐在不远处的灯光师一脸"人不可貌相"的表情，小声和旁边的摄影师聊天："这个柳雯真是不简单啊，平常在组里嘻嘻哈哈，装疯卖傻，关键时刻果然还是有手段的。你看她把周家少爷迷得那叫一个神魂颠倒。"

"可不是，要不然白瞎了她那张妖精一样的脸喽。"

姐姐包子样可爱的脸庞硬让你们折磨成了妖精，到头来还怪我喽？

就在这时，魏元和制片人走过来，与周宗弈攀谈起来。

"这次电影能成功拍出来，多亏了宗弈。"制片人端着酒杯，言语之中对周宗弈十分佩服，又和旁边的魏元说："当时从日本拿版权的时候，我都感觉没戏了，宗弈亲自跑一趟日本，这事居然真的就成了，我代表整个剧组感谢宗弈。”

“刘哥客气，好项目本就应该支持。”周宗弈站起身，拿起面前的酒杯，和制片人一干而尽。

魏元陪着制片人过来，但压根儿对周宗弈不感冒，没说话，只陪着喝了一杯。

“我听说拍戏期间，魏导对雯雯多有照顾，这杯我敬魏导。”周宗弈将酒杯轻轻搁在桌面上，柳爱立即识趣地站起身来，替周宗弈把酒杯满上。

魏元对柳爱真是服了，这女主简直就是一活宝。虽然一开始相处并不愉快，不过后来他慢慢也就被折磨习惯了。半年一起工作下来，此刻即将分别，他还真有些不舍。

“小雯，希望以后还有合作机会。”魏元难得地笑了一回。

周宗弈和魏元碰杯，柳爱也和魏元喝了一口。

当晚九点，杀青宴顺利结束。

宴席散后，柳爱挽着周宗弈的胳膊，周宗弈搂着柳爱的纤腰，两人你侬我侬地走出包间。江莲远和宋江一同前往后院停车场，亲眼看着柳爱上了周宗弈的阿斯顿马丁，消失在自己的视野之外。

“秀恩爱，分得快。”江莲远面无表情地打开车门。

宋江迷茫：“啊？哥你说什么？”

索菲特大酒店，总统套房。

周宗弈坐在松软的沙发上，柳爱坐在八丈远的窗台上。

“离得近一点我会杀了你吗？”周宗弈无奈。

自从柳爱跟他进到宾馆房间，态度瞬间来了个一百八十度大逆转。

她刚才还热情得像冬日里的一把火，关上房门的那一刻起，就冷漠成了夏日里的一块冰。人前人后，待人的差距怎么就这么大呢？

柳爱眼观六路，耳听八方，一脸严肃地拖着裙子坐在窗台上，这未雨绸缪的高度警觉，分分钟能赶上中国特种兵了。

“不要越过这块地砖线，不然我就报警了。”

孤男寡女！共处一室！干柴烈火！一点即燃！更何况现在和她在宾馆共度春宵一夜的人还是风流潇洒的周大少爷！安全的人生需谨记三防原则——防火！防盗！防周宗弈！

周宗弈看着地上那条柳爱指定的安全线，忍不住抽了一下嘴角。

“如果是因为上次宾馆的事情，我道歉好不好？不该那么和你开玩笑。”

柳爱：“……”

“到底怎样才能原谅我呢？”周宗弈头疼，一捂额头，“我今晚喝了不少酒，真的有些乏了，明天上午还得去深圳见一个老总，咱们睡吧。”

睡？！

听到关键性、刺激性字眼，柳爱瞬间拉起了驴脸：今夜就祭出我八十米长的斩魄刀！誓死捍卫我冰清玉洁的贞操！周宗弈你今日要是敢动本宝宝一根手指头，本宝宝二话不说，即刻与你同归于尽。

面对柳爱的无动于衷，周宗弈双眼一闭，完全没辙了。

“那你准备在窗台上待一晚上吗？”

柳爱窘，在窗台上过夜什么的……好像确实不太现实。

“放心吧，我不会对你怎么样的。今天真的已经晚了，我们早点休息吧。”周宗弈劝完之后，脱掉外套，随手挂在床边的衣架上。

这时，周宗弈的电话突然响起来。

他接起电话，对方貌似是个外国人，他全程面色平静地讲了一串英文。柳爱听得云里雾里，大概是什么“foundation”（基础），什么“key program”（重点项目），什么 led（领导）的。柳爱英文口语听力一向很差，基本没听懂周宗弈在说什么。

他挂断电话时，柳爱已经从窗台上走下来。

“昨天，我去广州医院看了雯雯……”

周宗弈话还没说完，柳爱眼睛一瞪，立马接话询问起来：“我姐怎么样？她现在还好吗？”

“她昨天刚刚转醒，身体基本没大碍了，再休养几个月就能恢复健康。只是……她额头碰伤，靠近右耳的发线旁边留了一条两厘米左右的疤痕。对于明星来讲，脸就等于一切，这种程度的伤会对她以后的路有不小的影响。”周宗弈像是在说一件很平常的事情。

柳爱焦心，这怎么办……姐姐那么爱漂亮，如果脸上留疤的话，对她来讲肯定是很沉重的打击。

周宗弈见柳爱表情凝重，伸手揉了一把柳爱的头发，安慰道：“你担心什么？我已经联系了韩国一个技术很好的整形医生，专门做疤痕修复的。我保证，再过几个月，一定能还你一个完美无瑕的姐姐。”

“真的吗？”柳爱瞬间心情大好。

周宗弈微微点头：“广州那边的医院设施条件都不是很完善，我把雯雯转入了朋友名下的一家私人医院，更有利于她以后的康复。”

“谢谢弈哥，你对我姐姐真好。”

“应该的，她是我女朋友。”周宗弈拿起茶几上的瓷壶，在玻璃杯中倒了一杯清茶，缓缓喝下醒酒。

柳爱最担心的就是她老姐的安危，既然周宗弈对姐姐这么上心，想来也是真心爱老姐的。关键时刻，有这样关心老姐的男朋友，老姐真是幸福的女人。

“感觉拍戏有意思吗？”

“没意思！”柳爱这段时间忍辱负重，好不容易找到个能说真话的人，忍不住直接抱怨，“每天都要背海量的台词不说，身上带的卡也都让冯余斌没收了，限制我的人身自由，现在连刷个淘宝买饼干的权利都没有！”

拍别人的戏和推自己的土，柳爱明显还是喜欢后者。

抱怨完毕，柳爱抬头，看到周宗弈拿过自己的手提包，从里面取出一个黑色皮夹，拿了一张银行卡出来，递给柳爱：“密码是我手机号的后六位。”

柳爱伸手将银行卡平行推回去。

周宗弈又取出一张卡，手指间夹着两张银行卡，递给柳爱：“这回够了吗？”

柳爱：“……”

弈哥你是不是误会了什么……

柳爱摆摆手，又把卡推了回去：“斌哥哥没收我的卡，目的是让我掉膘，但当演员的话，真的不能再胖回去了。”

周宗弈点点头，把卡收回卡包里：“那这样，过段时间我请一位营养师，给你量身搭配一下每日三餐，让你既能保持现在的身材，又不至于亏了胃口。”

柳爱瞬间乐成一朵灿烂的太阳花，一把抓住周宗弈的胳膊晃来晃去：“弈哥你就是我的大救星！我爱你，哈哈哈哈——”

周宗弈：刚才是谁坐在窗台上装特种兵来着……

周宗弈抬起手腕看了一眼表，已经十二点了，明天还有事要办。于是他有些疲惫地拿起床头的固定电话，拨通客服：“再送一床被子和一个枕头上来。”

“小爱，帮我去浴池里放水。”

“哦。”柳爱听话地点点头，周宗弈今天喝了不少酒，看起来确实很累，估计是想洗个澡解解乏，“弈哥稍等，马上就好。”

然后柳爱跑去浴室，帮周宗弈放洗澡水。

大约十分钟后，周宗弈正仰面躺在床上休息，听到拖鞋声，睁开眼睛，发现柳爱头发湿漉漉的，露着诱人的锁骨，穿着一件深蓝色的大浴袍，从浴室里走了出来。

周宗弈崩溃，把额头一捂："你怎么自己洗了？"

"那个什么弈哥。"柳爱穿着一双大拖鞋，尴尬地挠挠头发，"浴池太大，我不小心掉到水里，身上的衣服湿了一大半，现在怎么办呢……"

周宗弈大脑空虚，长长地吐出一口气："先晾衣服吧。"

柳爱火急火燎地把湿衣服晾在阳台上，重新放了满满一浴池热水。

"报告，弈哥，热水放好了。"柳爱圆满完成任务。

周宗弈起身，走进浴室，伸手试试水温，问身边的柳爱："这么烫？你想把我煮了吗？"

柳爱面色一沉：你洗不洗？再废话我撒底料了啊！

周宗弈扫了一眼柳爱清晰诱人的锁骨，脸上浮起一抹微笑："反正你的衣服湿了，不如顺便一起洗？"

"您慢慢享受，小的撤了。"柳爱光速退出浴室，"砰"地合上门。

周宗弈在里面泡澡，柳爱坐在沙发上玩手机，不多时，门铃突然响了。

柳爱输入密码，打开房门，发现是前来送被子和枕头的服务员小姐。

"您好，这是您要的东西。"

服务员看到柳爱的瞬间，震惊到说不出话来。

"你……你是柳雯？！"服务员居然一脸震惊地当下叫出了柳雯的名字，言语间甚是激动，"我看过你演的《倾城决》！我！我……我……我是你的粉丝，能给我一张你的签名吗？"

柳爱眼睛一瞪，我去！太阳这是打西边出来了！这年头还能碰见我的粉丝？话说我真的有粉丝吗？这比大腿上练出腹肌都让人难以置信！

“好呀，你有笔吗？”柳爱风情万种地一撩头发，瞬间就柳雯上线。

服务员紧张地摇头，面色尴尬：“我没带，上来只是送被子。”

柳爱无奈地耸耸肩，看来只能作罢。她也没有带笔，没笔拿什么签？

“那……那能合张影吗？就一张！拜托拜托！”

“行吧，就一张哦。”柳爱正装得高兴，完全没意识到她现在内里一丝不挂，身穿男人浴袍的尴尬处境。

柳爱把被子枕头抱进屋内，然后出去和服务员亲切地合了一张影。

服务员欢天喜地地抱着手机离开，柳爱则继续回屋刷朋友圈。

不多时，周宗弈穿着宽松的背心和短裤走出浴室，看到柳爱已经穿着睡袍钻进被子里，占用了一半床位。周宗弈关了床头灯，盖上另一床被子。

“弈哥晚安。”

“晚安。”

这一夜过得安详而甜美，两人睡得都很沉静。

第二天清晨，柳爱醒来时已经九点半，太阳东升，阳光明媚。她伸了个大大的懒腰，才发现周宗弈早已离开。

床头柜的台灯下压着一张白底黑字的字条，字体清晰而随性——三楼餐厅订了早餐，有时间再来见你。

# 第七章

## 真粉丝接机还是假粉丝接机

电影《世界树》杀青宴结束后的第二天，柳爱坐飞机返回帝都。

冯余斌作为柳雯的经纪人，为提高柳雯的知名度，为柳雯营造良好的公众形象，在机场组织策划了一场热情的粉丝接机活动。

这种自我炒作方式在娱乐圈早已经见怪不怪，不少十八线明星为了显示自己人气高、受欢迎，不惜雇群演来冒充粉丝接机。除了基本酬劳一百元外，举牌挥手另加三十元，尖叫呐喊另加五十元，追着明星大巴车疯狂奔跑另加七十元。

不知道跪下哭坟是不是另加一百元……

快下飞机的时候，冯余斌一个劲儿地催柳爱赶紧再补个妆。柳爱冲着镜子龇了下牙，这眼线再补都能冒充国宝了，大佬。

“我联系了几个视频网站的记者，一会儿千万记得保持女神般的微笑，走路要风姿动人。无论现场发生什么事情，绝对不能黑脸，知道吗？”下飞机之前，冯余斌千叮咛万嘱咐，生怕出一点错，“还有，我安排了几个狂热粉丝冲上来，你先有个心理准备，到时候不要自乱阵脚。”

“放心吧，我懂！”柳爱靠谱地竖起大拇指，“我都懂！”

怀揣偶像包袱，头顶明星光环，柳爱拾起自己的范儿，拿起自己的腕儿，风风火火迈步走下飞机。

今天，她上身穿了一件英伦时尚夹克衫，黑色单排扣紧身裤将她挺翘的小蜜臀充分勾勒出来，一头浅米色大波浪随性地散落肩头，眼戴黑墨镜，手挎香奈儿，潮气十足地走进航站楼。

冯余斌替柳爱取了行李，之后跟在柳爱身后。

一行人浩浩荡荡穿过出港通廊，一众黑衣型男保镖开道，眼睛朝天，柳爱一路跩得二五八万似的，四六不分。

只是……冯经纪人，我们都已经在机场游荡了这么久，说好的锣鼓喧天、鞭炮齐鸣、人山人海、红旗招展呢？说好的脑残粉、骨灰粉、死忠粉、僵尸粉呢？放眼望去，偌大的机场大厅一片空旷，都忒安静了好吗？

“怎么回事？”冯余斌皱眉，他作为雇主都不知道这是怎么一回事。

“斌哥哥，我们现在怎么办？”柳爱无语，嘁，害她白高兴一场，她还以为能看到多大阵仗呢，耍了半天大牌，敢情连个毛毛雨都没下。

“你等等，可能是出了一点故障，我先给之前联系的群头打个电话，问问他把人都带哪里去了。”冯余斌明显有些愠怒，他可是花了钱的好不好，现在的群演能不能有点职业精神！

然后，冯余斌一通电话打过去，“嘟嘟”响了二十来声都没人接。

冯余斌：“……”

柳爱忍不住偷擦一把汗，斌哥哥，有你这样的经纪人，我这个做明星的真心很焦灼……

“斌哥哥，我想问你件事，你到底雇了多少粉丝？”

“七个。”

我去！冯余斌你到底能不能好了？带的保镖比雇的粉丝都多，经纪人你不觉得尴尬吗？

“不是，七十个，口误了。”

柳爱长长地叹出一口气，这个数量还凑合。

“先出机场吧，钱是后结的，咱们飞机又没晚点，他们没按规定时间把人带过来是他们的失误，没有我们在这里干等的道理。”冯余斌怒气冲天地迈开步子，准备出机场。

柳爱叹气，看来这次行动以失败告终了，及时撤退吧。

于是一票人在几个旅客诧异的目光中穿过机场大厅，直接奔向出口。然而，就在离出口处不远时，柳爱终于听到了粉丝热情的尖叫声。

柳爱定睛一看，足足有几百号人，连带着现场围观看热闹者，几乎将前方道路堵了个水泄不通。

“苏沐曦！苏沐曦！”

“苏沐曦往这边看！”

“沐曦！沐曦！颜值第一！沐曦！沐曦！我们爱你！”

“大家请让一下！让一让！”

随着前面疯狂的呐喊和尖叫声，柳爱总算是明白为什么冯余斌费心雇了那么多群演，结果到头来却无一人接她了。

很明显是对面另外一个比她早出来的明星卷走了她的粉儿！

直到现在，她还能看见好几个大爷举着“柳雯”的荧光牌，混迹在苏沐曦的粉丝堆里，迷茫而不知所措地起哄！

前方热火朝天地拥挤着，后方柳爱带着一众保镖走了过来。

“斌哥哥，这情况……有点不对头啊。”柳爱汗颜。

“再看看情况，前面堵成那样，估计我们一时也出不了站。”冯余斌愁得眉毛都拧成麻花了。

“柳雯！”不知是谁高声喊了一句，“柳雯来了！大家快看！”

就是这混乱之中的高声一喝，彻底点燃了整个机场。

现场有苏沐曦的脑残粉，不断拥向苏沐曦的方向；有不明状况盲目追着苏沐曦跑的群众演员，有急于想要出站的旅客，更有大量凑热闹的围观者。

有人高声喊柳雯的名字，唤醒了那些冯余斌雇的群演，这些群演急于摆脱苏沐曦粉丝的拥堵，往自己偶像那边冲。

众人你推我挤，现场一片混乱，彻底失去控制。

“啊……谁挤我啊！”有人被推倒在地，发出惨叫。

“让一让！都让一让！不要挤了！大家先让开一条道路！让沐曦先走！”

“苏沐曦……”

“柳雯……我是你的粉丝，求签名啊……”

“大家不要推！注意安全！不要发生意外！”

“让开！都让开！让柳雯先过去！”

“我是机场的安保负责人！请无关人员迅速离开机场！不要妨碍公共交通的正常运行！无关人员迅速离开机场！不要在场内逗留！”机场安保人员喊话。

“我的行李箱……你站住！别走！赔我的行李箱！”

柳爱身边的保镖将她护在中心，打算开出一条路来。可是想要从这人山人海中挤出去，哪是那么简单的事。

混乱中，柳爱被各路人马挤来挤去，嘈杂的环境让她整个脑袋都在嗡嗡作响。就在这时，一个身上穿着“雯雯”字样的年轻男子，突然被人群挤到柳爱身边。不知是谁在他身后推了一把，他一不小心身体失去平衡，往后倒去，皮靴正好直接踩在柳爱的脚丫子上。

“嗷……”柳爱忍不住哀号一声，脚背钻心地疼。

在长达几乎半个小时的混乱中，苏沐曦终于龟速挪到来接自己的轿车前，逃命一般冲进车内。司机一刻都不敢耽搁，在车门合上的瞬间开车飞驰而去，留下后面疯狂追着苏沐曦轿车的宅男粉丝们。

“让开！都给我让开！”保镖一声怒吼，“柳雯受伤了！”

有一个黑衣保镖迅速抱起柳爱，另外的保镖在前方开道，一行人终于火急火燎地冲出机场，千辛万苦坐上了前来接应的车子。

前往附近医院的公路上，柳爱脸色阴沉地坐在车内，一言不发。

“怎么样？脚有事吗？伤得重不重？”冯余斌急得一头汗，不断地询问她的伤势，“让我看看，稍微动一下？还疼吗？”

冯余斌你别说话！我怕我这一巴掌下去，你会死！

“你们几个到底怎么办事的？”冯余斌指着车内一众保镖，难得一见地发了脾气，“请你们来就是为了防止这种事情发生，你们知不知道，雯雯作为明星，她的身体比任何事情都重要！需要你们优先考虑！”

保镖哥哥们也是无奈得很，都是临场雇的，当初不是说好过来摆摆样子吗？谁知道临场会发生这么严重的踩踏事件，真用得上他们力挽狂澜。

一众人在车内待了大约二十分钟，柳爱就被送到了临近的医院。

拍了片子，医生说没有大碍，瞧着柳爱青紫的脚背，诊断为软组织受伤，没有伤到骨头，嘱咐她最近不要用热水泡脚，休息几天自然就好了。

下午四点左右，冯余斌送柳爱回到世爵枫墅小区，用钥匙打开屋门，小心翼翼地把她扶到客厅的沙发上。

柳爱看着眼前的这栋别墅，当初冯余斌把她骗到这里，一哭二闹三上吊让她冒充姐姐步入娱乐圈，这一桩桩、一幕幕，现在回忆起来，真是辣心！辣肝！辣脑袋！

“小爱，电影已经拍完了，剩下的通告都不太重要，我尽可能帮你推掉。这段时间你好好休息一下吧。”冯余斌把别墅钥匙交到柳爱手中。

柳爱老气横秋地夺过钥匙：这还差不多，让本宝宝拖着受伤的小脚丫工作，谅你良心也会过意不去。

此刻安静下来，冯余斌缓缓松了口气，疲惫地坐在柳爱旁边的软椅上："这栋别墅是周宗弈给你姐买的，你可以随便使用这里的东西，有什么急事，随时电话联系我。"

柳爱认真地点头，别墅上下两层，生活用具一应俱全，占地面积至少三百平方米，足够她在这段时间自由地飞奔。

就在这时，柳爱腰间的电话突然响了起来。

柳爱看了一眼手机屏幕，来电显示：偶像。柳爱激动得手止不住地颤抖，差点把手机摔在地上。我去！今天这是中彩票了吗？居然是任嘉雪的电话！

"喂？嘉雪。"

"柳雯，我听说你受伤了？"对面任嘉雪的语气有些担心。

要不说娱乐圈真是个神奇的地方，好事不出门，坏事传千里。家里沙发还没把屁股焐热，她光荣受伤的消息就已经传遍神州。

"呵呵……是……受了点小伤，不过只是被踩了一脚，不碍事。"

"没事就好。"任嘉雪在电话对面缓缓松了一口气，转而提到其他，"你好好休息，不过我建议你还是看一下新闻头条吧，你似乎上热搜第一了。"

What（什么）？消息来得太突然，直教人原地蒙掉。

"热搜第一？为什么？"柳爱完全想不出她全身哪点有上热搜的潜质。

"今天上午，你的粉丝不是和苏沐曦的粉丝在机场打起来了吗？苏沐曦现在都已经住院了。"

"等……嘉雪你稍等一下，我一会儿打给你。"

柳爱火速挂断电话，冯余斌已经在刷新闻了。

整个网上，铺天盖地全是今天柳雯机场粉丝接机的新闻，现在流传的版本至少有七八个，云里雾里，众说纷纭。

版本一：柳雯和苏沐曦搭乘同一趟航班，苏沐曦比柳雯提前五分钟出来。稚嫩的柳粉第一次接机，不明真相下追着苏沐曦的粉堆儿跑。柳雯出来后，柳粉想要强行冲破人群去找自家爱豆（偶像），结果引发了严重的机场踩踏事件，柳雯被自家粉丝踩伤，苏沐曦住院。

版本二：柳雯和苏沐曦搭乘同一趟航班，苏沐曦比柳雯提前五分钟出来。柳雯雇群演接机，热情的群演们误以为苏沐曦就是自己要接的明星，一路摇旗呐喊敬业追星。柳雯出来后，群演想要强行冲破人群去找自家雇主，结果引发了严重的机场踩踏事件，柳雯被自己雇的群演踩伤，苏沐曦住院。

版本三：柳雯和苏沐曦搭乘同一趟航班，两人几乎同时出来，由于明星被人群围在中心，导致外围的粉丝们看不到里面哪个才是自家爱豆，发觉自己追错爱豆的粉丝们纷纷拥向另外一个粉堆，导致现场混乱，柳雯被自家粉丝踩伤，苏沐曦受伤住院。

流传度最广、可信度最高的是以上三个版本。

这件事最先发酵的源头，是苏沐曦的粉丝后援团团长怒刷苏吧和各大苏粉聚集地，在群里发了很多现场混乱的视频，声称自家爱豆因为柳雯受伤住院，激起了苏粉对柳雯的一致怒火。

然后柳雯的微博就受到了苏粉自发组织的围攻讨伐。

如果只是这样，事情是不会闹大的，最多就是局部小规模战争，以柳雯完全被碾压为终结。让人崩溃的是，冯余斌联系了好几个亲爱的记者朋友去现场，然后……这场景实在太过震撼，记者朋友们忍不住拿着相机各种狂拍，都快把现场拍成一部自带视觉特效的科幻级灾难片了。

几家媒体同时报道，微博大V集体转发，借着苏沐曦的高人气，短短几个小时，柳雯的名字就蹿上了热搜排行榜单。

柳雯辛辛苦苦十几年，一朝火遍艳阳天，惊不惊险？意不意外？刺不刺激？

冯余斌激动地一拍大腿："哎呀！这可是千载难逢的好机会，我去雇水军骂死苏沐曦的这帮脑残粉。”

柳爱崩溃，把额头一捂，我去……冯经纪人你到底能不能行了？就这智商，哈士奇都甩你半条街知道吗？只要是脑子没进水的正常经纪人，都知道此刻应该先雇水军给我洗白白，多少维护一下我在公众面前的形象，可你第一时间雇水军骂死苏沐曦的脑残粉是要闹哪样？！

冯经纪人，你已经彻底失去本明星的信任！可以收拾收拾回家喂奶了！

“小爱，你先休息，这件事全权交给我，放心吧，我一定会处理妥当的。”

说完，冯余斌就火急火燎地冲出别墅，去雇水军了。

柳爱心累成狗，往沙发上一倒，算了，无所谓了，随冯余斌折腾去吧，只要别让她干活就行。

这几天，网络上关于柳雯的新闻层出不穷，各大媒体急于找到柳雯本人，却都被冯余斌以受伤休养为理由挡了回去。对于此事件，苏沐曦方面的回应是，苏沐曦被粉丝围堵，引发了自己原本就有的低血糖症，只是在医院进行两天时间的调养，与柳雯无关，感谢大家的关心，苏沐曦的身体并无大碍。

经过各路人马调查取证，证实了柳雯雇粉接机的行为。

接机事件关注度达到最高的时候，柳雯以前的黑历史也被神通广大的网友强行扒了出来：演技差，智商低，潜规则，靠前男友上位……

总之，这是一个典型意义上胸大无脑的女人，除颜值在线以外，其他方面几乎完败。

接机事件发酵至后半段，万能的网友们终于从一个路人的微博中发现了一张五天前某星级酒店迷妹和柳雯的合影。

照片中，迷妹胸前佩戴酒店胸卡，身穿服务员制服，柳雯内里一丝不挂，身穿深蓝色男士浴袍。

这还用解释吗？这还能解释清楚吗？分分钟脑补一段激情戏的节奏啊！最重点的是，刚和男人开完房就直接合影，而且还是与身穿酒店制服的工作人员合影，智商是有多低才能干出这么脑残的事？

经此一役，柳雯的微博粉丝数突破两百万大关，内含僵尸粉至少五十万。

柳雯雇群演反被踩，彻底奠定了柳雯无脑一身黑的公众形象，两斤漂白粉都洗不回来了。此接机事件也成了最近一段时间内广大网友喜闻乐见的笑料。

虽然网络上流言蜚语不断，柳爱却在家里闲得发慌。

冯余斌给柳爱放了长假，给了她一张银行卡供她这段时间的花销，还借用了一辆挂在别人名下的普通小面包车作为柳爱低调外出的交通工具。

柳爱预订了附近果蔬超市一个月的外卖，每天清晨，骑自行车的小哥会把当日预订的新鲜蔬菜放到别墅外的小篮筐里，柳爱又从网上订购了海量的零食和甜点储存在冷藏柜里。虽然此刻还是春暖花开，但柳爱感觉自己的食物储备量过冬完全不成问题。

由于柳爱对自己太好，营养过剩，她原本就不碍事的脚伤恢复得快过头了。这还没到三天，青紫和肿胀完全消退，她已经可以肆无忌惮地在别墅里飞奔了。

不过……每当冯余斌前来探望的时候，柳爱动辄捂腿呻吟，瞬间病得跟林黛玉似的。

时过半月后，柳爱陪着冯余斌又回了一趟欢桃影视公司。

柳雯和欢桃签的合同期限是五年，离到期还有两个月时间，必须亲自去和刘总见一面，从刘大玉那里拿到解约协议的签字。

一路上，柳爱瞧得出来，冯余斌对待了五年多的欢桃还是有感情的，只是像欢桃这样的小公司，很难替柳雯接到女二号以上的角色。

想要红，就得靠上有实力的大公司，所以在此刻解约，或许是最好的选择。

解约后，柳雯便重新恢复了自由之身。

冯余斌这几天正忙着接触业界各大影视娱乐公司。像柳雯这样已经在圈内待了数年、演技尚可、小有名气、正值芳年的女演员，无论哪家公司都十分愿意抛来橄榄枝试一试。只是每家公司的实力、开出的条件、签约的诚意都不同，这中间的衡量与把关就得靠冯余斌的能力了。

接下来的五年，是柳雯事业上升最关键的时期，寻找一个有实力的新靠山，已然成为迫在眉睫的首要任务。

柳爱依旧赋闲在家，这天上午，冯余斌给柳爱打来电话，说要给她街拍几张照片，好好打理一下微博，摄影师已经联系好了，下午派车过来接她。

中午的时候，柳爱正准备去街拍，突然收到了任嘉雪的微信。

任嘉雪：今天下午我和江莲远正好都在帝都，准备在大江家里聚餐，你有时间过来吗？

柳爱一个激灵坐起身来，几乎是秒回。

柳爱：都有谁？吴青阳在吗？

任嘉雪：这么关心青阳在不在？难道还余情未了？放心吧，青阳在外地拍戏，没时间过来。就只有我、我老婆、我儿子、江莲远和你五人。

柳爱：OK，我过去，地址发我。

然后……柳爱耐心苦等了五分钟，都没见任嘉雪把地址发来。柳爱刚准备问一下他人去哪儿了，对方就把地址发来了：北纬 39° 28’，东经 116° 30’。

噗……柳爱一口老血喷出中华上下五千年，我去！嘉雪大佬！大家朋友一场，就聚个餐聊个天而已，整这么高级真的有意义吗？

柳爱：有……直观一点的地址吗？

然后信息再一次石沉大海，大约又过了五分钟，任嘉雪终于有了回应：不好意思柳雯，汽车出了点故障，我下去修了一下。刚才的地址是我老婆发的，我下车以后，她用过我的手机，我再给你重发一个。

柳爱忍不住擦了一把冷汗，未见其人，已然给跪：嘉雪你老婆真是个神一样的人物，我越来越期待与她近距离接触了。

柳爱早就知道任嘉雪有老婆，他不像其他娱乐圈的明星，为了事业甘愿牺牲稳定的婚姻，一把年纪不成家，即使成家，另一边也多半是个明星。他不但早早结了婚，还有个七岁的儿子。因为他老婆是圈外人，所以身份从没有公开过，家人隐私他也保护得很好。

相比街拍，柳爱肯定更喜欢和江莲远他们聚会了。毕竟经过半年时间的相处，柳爱和任嘉雪、江莲远早已成为朋友，相互之间也都很熟悉了。

于是……柳爱临场致电冯余斌，告诉他紧急撤销下午的街拍活动，让摄影师和司机各回各家，各找各妈，街拍的事情她会自己想办法解决的，保证给他几张完美的街拍时尚照，请他不要担心此事。

还没等冯余斌说话，柳爱就直接把电话给挂了。

聚会约的时间是下午两点，柳爱出门后，懒得开冯余斌给她的那辆面包车，直接打了一辆出租车。由于柳爱的知名度不高，所以开车的大爷完全没认出她来。

按照任嘉雪给的地址，柳爱来到一处高档住宅小区。小区的安保设施很严，外来人员需有小区业主的许可才能进去。柳爱刚到大门口，保安直接拦下了她的车，她火速给江莲远打了个电话，保安才给她放了行。

下车后，柳爱乘电梯到达十七楼，按响门铃。

很快，门从屋内打开，柳爱又见到了我们人见人爱的江大明星。江莲远今天穿着居家休闲服，宽松又不失韵味。因为在家，自然是素颜，看着江莲远俊美精致的眉眼，柳爱这才发觉，任何妆容对这个人来说完全就是多余的。

“江前辈。”柳爱灿烂地露出一嘴小白牙。

“前辈就免了，这又不是在剧组，没必要这么客气。我们认识时间也不短了，你还是叫我江莲远吧。”江莲远单手插在宽松的裤兜里，随意地侧身，放柳爱进屋。

柳爱进屋后，火速换鞋，第一时间直奔江莲远家的冰箱。

她满怀期待，猛地打开冰箱，里面就两根枯萎的芹菜……话说江前辈，这样真的好吗？聚餐就吃两根芹菜？这么寒酸的伙食，不符合你大明星荣光万丈的身份啊！

江莲远双手环臂，轻轻地倚在门框上："你看什么？在冰箱里找什么？"

“嘉雪不是说聚餐吗？”面对空荡荡的冰箱和迎面扑来的冷气，柳爱内心很寒冷，或许……还有那么一点点淡淡的忧伤。

“他老婆带着任嘉树正在附近超市采购，等他们回来，自然会有足够的食材。”

“原来是这样。”柳爱释然。

就在这时，任嘉雪从江莲远的卧室里走了出来，头发还湿漉漉的。

“这么快，已经来了吗？”

任嘉雪貌似刚刚在江莲远的浴室里洗了澡，直到现在，柳爱还能闻到他身上淡淡的汽油味。

“嘉雪……你……漏油了？”柳爱震惊。

“哈哈，不是，我家在唐山，虽然帝都这边也有房子，但欧阳和嘉树都在唐山定居。今天自驾过来，没想到汽车在高速上漏了油，只能自己下车修了。”

“唐山？”柳爱疑惑，唐山离帝都确实不远，开车快的话，一个多小时就能到，只是……“嘉雪你在这边工作，不如把家人也接过来啊。”

任嘉雪擦擦半干的头发，端起桌上的茉莉花茶喝了一口：“欧阳在唐山经营一家动漫店，是我一个好哥们儿送给她的，她不想离开她的店铺。而且，我不拍戏的时候，大半时间回唐山住，没什么区别的。”

柳爱羡慕嫉妒恨，不得不说，任嘉雪对他老婆当真是极好。

“你们两个总站着干什么？过来坐啊，随意一点，把这里当自己家。”任嘉雪拍拍自己身边的沙发，在江莲远家里，却完全摆出一派主人的架势。

江莲远：“……”

这本来就是我家。

两人坐在沙发上，屁股还没坐热，任嘉雪的手机就响了。

任嘉雪立即接起电话：“寒儿，怎么了？”

“爸，老妈刷微博掉坑里了。”电话对面，男孩平静的声音传来。

柳爱崩溃，把额头一捂：嘉雪你老婆到底行不行了？她这自强势登场以来，一系列令人捉摸不透的迷之行动，着实叫人心颤啊。

“别急，儿子，老爸马上过去。”

接到儿子的求救电话，任嘉雪抱着手机，第一时间撒腿奔出了江莲远家。

此刻，客厅只剩下柳爱和江莲远两人。

柳爱仔细瞧了瞧江莲远的房屋与布局，整个房子目测两百平方米左右，干干净净，纤尘不染。卧室内有一张能容纳四人的超级大床，书房架子上摆放着许许多多图册和书籍，明媚温暖的日光透过大玻璃窗照进来，显得格外明亮。

江莲远不紧不慢地喝了一口清茶，漂亮的眸子看向柳爱：“别太介意，我都已经习惯了，任雪老婆一向这样。”

“任雪？”

“任嘉雪是艺名，他本名叫任雪。”

柳爱睁着圆圆的大眼：“那江前……莲远你的名字也是艺名吗？”

“我的是本名。”

“我一直很奇怪，嘉雪为什么不签公司？我听余斌说，他一直单独接戏，连经纪人都没有。”柳爱完全不拿自己当外人，俯身从桌上抓一把酸角梅吃。

“吴湘玉，咱们圈里一个很厉害的制片人，她和任雪的关系很铁，基本她筹备的戏，任雪都能上一个重要角色。加上其他外面邀的，他不缺戏拍。”江莲远解释说，“重要的是他要照顾家庭，每年都会抽很大一部分时间陪家人，档期安排得非常宽松，不怎么需要经纪人帮他处理工作。”

“说实话，我很羡慕他老婆，能嫁给嘉雪这样顾家的好男人。”柳爱说的都是真心话，要是任雪没老婆，是不是也能考虑一下她？

“哦？”江莲远微微挑眉，漫不经心地问，“你这话中的意思，我可以理解为你想和周宗弈分手了吗？”

前辈你……想象力这么丰富，扯话题技术这么高超，家里人知道吗？

“我从不轻易在背后议论别人，但你和他接触这么长时间，如此浅显的事实，你应该比我看得更清楚。”江莲远修长性感的手指托着下巴，语气轻缓，就像是普通朋友在聊天一样，“周宗弈那样出身的男人，别指望他会围着女人打转。”

呃……江莲远这么一说，似乎确实有一定的道理……

不过江前辈你跌破脑袋估计都想不到，周宗弈根本不是我男朋友，而是我姐夫！哈哈哈哈哈——

过了十五分钟左右，任雪背着一个身材娇小的女子回来了。

女人留着短短的波浪头，穿着咖啡色的小短裙，戴着黑金相间的圆框眼镜，双臂从身后搂着任雪的脖子。任雪身后还跟着一个穿浅蓝色运动衫的男孩，六七岁的样子。

“雪男，我怀疑……”女子从任雪背上下来，当下严肃认真地凝眉深思，“有人想暗害我。”

我去！任夫人！想象力这么丰富，对你我他来说都是一种忧伤知道吗？你儿子刚才在电话里明确说过，你是走路刷微博掉坑里的！心胸应该更宽广一点！人生应该活得更简单一点！

“介绍一下，这是我夫人欧阳刘寒。”任雪轻轻把她和男孩搂到身旁，“这是我儿子，任嘉树。嘉树，和你柳姐姐打个招呼。”

“姐姐好。”任嘉树向柳爱微微一笑。

哇，任雪的儿子真是谦谦有礼，帅气可爱，和任雪长得真心太像了，简直就是缩小版的任雪。幸运的是，任嘉树没有遗传任雪的白化病，是个肤色正常的男孩。

“你好啊，嘉树。”柳爱蹲下身，温柔地伸手，摸摸任嘉树额前的碎发。

“你就是柳雯？”欧阳刘寒一扶圆框眼镜，“我听说过你，机场雇粉丝和苏沐曦干架，好生猛啊。”

柳爱整个人瞬间不好了，这世界上竟然还有见面第一句话就能戳中别人痛点的高人，任雪你老婆的存在已经超出我的理解范围了。

欧阳刘寒今天掉坑里，貌似心情不大好，忍不住满口抱怨：“今天真是扫兴，超市货不全，我转了好几圈也没找到一块唐僧肉。”

任夫人，你胃口有点儿大，超市已经满足不了你膨胀的欲望了。

“这是刚买的食材，我下厨去做。”对于做菜，她倒是十分积极主动，一撸袖子，大有冲锋陷阵的气势，“不用客气，你们想吃什么尽管告诉我。”

“我随意，刘寒你什么菜拿手就做什么。”江莲远身子往沙发上一躺。

“红烧鸡翅。”柳爱看到了购物袋中的速冻鸡翅。

“清炒木耳吧。”任雪说。

“那你们先坐着聊一会儿，等我做好饭以后马上叫你们。”欧阳刘寒系上围裙，信心满满地走进厨房，大有家庭好厨娘的贤妻风范。

大约四十分钟后，五人围坐餐桌边，气氛一片黯然。

我去！这桌上黑乎乎的玩意到底是哪个领域的不明物质啊！柳爱自诩翩翩美食家，人生风雨二十年，从没见过如此造诣高深的黑暗料理！欧阳刘寒你刷新我人生反胃新底线了！

“我……们……”柳爱尴尬地盯着满桌菜肴。

“楼下有家新开的馆子，这桌菜我们留到晚上吃怎么样？”江莲远自认对食物从来不怎么挑剔，但桌面上这堆不明物体很明显已经超出食物的范畴，正向着毒物发展。

任雪神情自然，完全没有感到丝毫惊讶，想来平常也一贯如此。

在此众人绝望的关键时刻，一直沉默的任嘉树缓缓开了口：“我妈做饭可能不大好吃，江大伯和柳姐姐不要介意。半个小时前，我在网上订了烤鸭和卷饼，外卖应该马上就能送到。”

机智如嘉树，临危救众人，缄口默无言，深藏功与名。

我等喝核桃露几十年长大的成年人，到头来处理危机的手段竟还不如一介七岁小儿，试问，有何颜面面对江东父老乡亲？

“嘉树真乖真懂事，谢谢你。”柳爱疼爱地摸了摸任嘉树的小脸蛋，尤其是“姐姐”这两个字，叫得真是贴切极了。

对面江大伯脸黑成酱油色：“嘉树，以后叫大姨。”

柳爱：“……”

“既然嘉树点了外卖，那我们就吃外卖吧。”欧阳刘寒瞬间就这么愉快地决定了。相比起自己做的饭，看来她更愿意吃外卖。

于是，接下来的半个小时，五人几乎是饿着肚子在等待外卖员的到来。

“柳雯，你和原来的公司解约了？”江莲远目光不经意间扫向柳爱。

“是啊，你怎么知道？”

“圈子里消息很灵通，冯余斌前几天刚和华世接触过，我听我的经纪人说的。”江莲远有些困倦，轻轻打个哈欠，“你自己有想法吗？想签哪家？”

柳爱忧伤地一捂脑袋：“别问我这个问题，头疼，冯余斌还在忙这个事情，暂时定不了。”

任雪看向江莲远：“对了，青阳刚才发短信过来，问你最近档期怎么排的。沙宏亮导演的戏里有个客串角色，戏份也就两三场，你有时间过去吗？”

江莲远：“在哪里拍？”

“桂林。”

“让他把具体时间发给我，我看看有没有时间过去。”

大约两分钟后，江莲远的手机邮箱里就收到了来自吴青阳的信息。江莲远粗略浏览片刻，直接电话联系沙导，自己就把戏给接了。

柳爱眨眼：我去，这么果决？

话说……江莲远作为华世一哥，感觉本人已经完全被公司放养。虽然是个客串角色，可连招呼都不和经纪人打，自己直接拍板决定真的可以吗？

“柳雯，我一直很好奇，你当初为什么和青阳分手？”任雪问。

柳爱无奈地叹口气：“你去问他，反正这事已经过去了，何必再提呢？”

面对守口如瓶的柳爱，任雪没有问到任何关键信息，只能哀叹一声，不再追问。

“青阳拍的这部戏，主演是楼景行，任雪你接触过吗？”江莲远重新坐回沙发上。

“楼景行？他本人怎样我倒是不清楚，不过他那个团队我真是服了。”任雪忍不住笑起来，“记得两年前，我参加一个探索类的综艺节目，当时电视台总监和候平导演关系不错，就把节目组两百多号人集体拉过去，给候导的新片发布会充人数。然后第二天，楼景行的团队就给他写了一篇通稿‘潜力新星楼景行受邀参加候平导演新片发布会’，之后有个记者采访候导，随口问新戏楼景行有没有参演，然后候导一脸迷茫：‘楼景行是谁？’”

呵呵……牛皮吹破，一不小心就把脸打了。

不过话说回来，任雪，你笑得这么灿烂，就没发觉你对面还坐着一个雇群演把自己踩了的人气女星吗？

“任雪你别笑，不管之前做过什么，但你不能否认，人家现在红了。”江莲远嘴角勾着一丝温和的笑，“怎么说，也算是准二线。”

这时，安静坐在欧阳刘寒怀里的任嘉树突然好奇地抬头：“老妈，二线是什么意思？”

欧阳刘寒温柔地抱着任嘉树，俨然一副慈母面容：“就是二两米线的意思。”

欧阳刘寒！是谁给你的勇气，让你脸不红心不跳地在这里一本正经地胡说八道？按照你这样的教育方式，得毁掉多少个祖国花朵珍贵的“三观”啊！

“不对！老妈！”任嘉树果然智商在线，一语道出个中真谛，“刚才江大伯说，楼景行是二线，楼景行是人，不是吃的，米线是吃的，你这样解释不通。”

“你江大伯说的线呢，就是划分明星等级的一个标准。”柳爱耐心地给任嘉树解释。明星之间划分几线，是根据很多数据综合划分出来的。如果具体和嘉树这么小的孩子说，他肯定也不太能理解，姑且简单地说明一下就好。

“那……江大伯是什么线？”任嘉树小手一指江莲远。

“你江大伯……肯定是一线啦。”柳爱笑眯眯地回答，江莲远红起来的时候，她还在初中卷子上画李白呢。

江莲远是娱乐圈常青树，票房保证，颜值担当，全国九亿少女的梦中情人。多少红极一时的明星都随着时间的流逝而泯于众人，穿着大裤衩和大背心，可江莲远不同，他已经足足红了十年，能够拿出手的影视作品相当多，称其为人气巨星也绝不为过。

“柳阿姨和老爸呢？”嘉树指指柳爱和任雪。

欧阳刘寒依旧温柔地抱着任嘉树：“柳阿姨是脱线，你爸是总占线。”

呵呵……娱乐圈这么多线穿起来，都缝不住你妈扭曲的脑洞。

“对了，嘉树今年上几年级？”江莲远把话题转到嘉树身上，总聊一些工作上的事情，他自己也觉得烦闷，还是关心关心嘉树的学业吧。

“该升小学二年级了。”欧阳刘寒回答。

“学习好吗？”

“这次期中考试，貌似是全校第一。”欧阳刘寒满脸自豪，无比光荣。

柳爱满脸无奈：你用不着自豪，用脚丫子想也知道，这成绩铁定不是你教出来的，是嘉树自己聪明又肯努力，才能有这样的好成绩。

“嘉树，有时间一定多读点书，书能告诉你很多有用的道理。”

“是啊，你江大伯说得对。嘉树年纪小还不懂事，我就怕他万一误入歧途，经常给他推荐一些有营养的好书。”欧阳刘寒一扶圆框眼镜，对江莲远的话表示相当认可，“比如，《高端黑帖》《三十招玩转朋友圈》《水军的自我修养》《伪娘的正确装扮方式》。”

柳爱痛苦地捂住心脏：我的亲娘，真心承受不了了。

犯蠢的母亲总是过早地让孩子挑起人生的重担，嘉树，这些年你所吃的苦、受的伤、流的泪，这一桩桩、一幕幕，光是在脑海中想象一下，都足以让人痛彻心扉。

“外卖怎么还不到？”任雪已经饿得头晕眼花，四肢发麻。

这时，江莲远去厨房泡茶。柳爱见江莲远的电脑开着，想着坐着也是无聊，不如打会儿小游戏，打发一下等外卖的时间。

“江莲远，我玩一下你的电脑，可以吗？”柳爱高声喊。

“随便。”

于是，柳爱坐到书桌面前，打开网页，浏览网上的免费小游戏。

柳爱正聚精会神地盯着电脑，江莲远居然悄无声息地坐在了她身边。等她一回头，就看到江莲远完美的侧颜。他长得真心是好看极了，浓密的眉毛，挺翘的鼻梁，微红而诱人的薄唇，那一瞬间，她竟看呆了。

“你平常都玩什么游戏？”江莲远伸手，挪了一下鼠标垫。

“啊？”柳爱回神，露出一嘴灿烂的小白牙，“哦，宫斗游戏。”

江莲远脸上挂着淡淡的微笑，仿佛划开碧波的莲花。

“宫斗游戏？还有这种游戏种类吗？我平常很少有时间玩游戏，都没怎么接触过。”

“现在可以玩一玩，很有意思的。”柳爱一边说，一边抓着鼠标来回在鼠标垫上移动，眼睛则快速地在各个免费宫斗游戏当中悉心挑选。

“好，一起玩。”江莲远貌似也对宫斗游戏感兴趣起来。

大约三十秒后，柳爱在游戏大厅挑了一个看起来很好玩的宫斗游戏，点了进去。

加载三分钟……

页面显示：网络或服务器异常，资源加载失败。

柳爱眼睛一瞪，这么不给面子？于是她只能刷新网页，重新加载一次。这次，游戏终于如愿打开，画面配合字幕，给人以身临其境的感觉。

至此，游戏正式开始。

字幕：时值纷争，战火不断，天下版图被割据为齐、楚、秦、韩、金、魏、良七国。乱世纷争，百姓凄苦，流民四起，怨声载道，世人盼望有人一统山河，还人间盛世。

柳爱点击鼠标换页。

字幕：你是魏国李丞相府的二小姐，年方七十，名唤雏儿。

我去！做游戏的大神你能走点儿心吗？年方七十还名唤雏儿？这名字起得和人物设定差距太大了吧！我这个玩游戏的内心真的很焦灼！不过她转念一想，算了，反正是免费游戏，不能要求太高，姑且先当十七岁，继续玩吧。

字幕：风和日丽的午后，日光悠远，太阳西斜，你独自在丞相府内的花园玩耍。春暖花开之际，花园内芬芳四溢，蝴蝶蹁跹，你手拿长箫，坐在楠木秋千上怡然独奏，陶冶着情操。就在这时，你听到大夫人院落内有愤怒的斥责声传出，便走过去一看究竟。你看到大夫人厢房外的青砖地板上，有一头奶妈跪在那里。

柳爱嘴角忍不住抽搐，一头奶妈……是个什么鬼？到底是一头奶牛还是一个奶妈你能说清楚讲明白吗？姑且就算做游戏的大神脑抽打错字了，按照常理来讲跪头奶牛实在太奇葩，还是奶妈更符合逻辑。

果然，换页字幕出现后，印证了柳爱智慧的猜想。

字幕：奶妈胸大而诱人，可怜兮兮地抹着眼泪，全身颤抖，眼神中充满恐惧。

柳爱瞬间崩溃，谁能出来解释一下，为什么跪在那里的奶妈……头像配图是江莲远！大神你们这么搞，良心真的不会痛吗？

江莲远看到奶妈的头像是自己，好脾气如他，都有点不能接受。不过江莲远理智尚存，毕竟经历过的比这精彩的大风大浪多了去。于是，江莲远一脸平静地拿起手机，给自己的经纪人打了个电话过去。

很快，电话接通。

江莲远：“裴均州，有人侵犯我的肖像权，你管不管？”

裴均州：“具体怎么回事？”

江莲远把有人在免费小游戏里抠他的脸 P 成奶妈的事一五一十地和自己的经纪人说了一遍，希望经纪人能够挺身而出，维护他的尊严和良好形象。

裴均州："你是公众人物，这种事情多如牛毛，管得过来吗？我在湖边钓鱼呢，没重要事情别来找我，你自己看着办吧。"

江莲远："……"

裴均州无情地挂断电话，这边游戏继续。

大夫人："你这个下作的女人，也不看看自己什么身份，仗着自己胸大，居然敢勾引老爷？真是活得不耐烦了！来人，给我拖下去，乱棍打死！"

奶妈哀号："大夫人！不要……我没有……大夫人开恩……饶命啊……"

屏幕上飞字幕：奶妈是你最亲近的人，从小给你喂奶，陪伴你成长，你深知以奶妈的性格绝对不会干出这种事，一定是大夫人陷害奶妈，这时你会……

选项一：自顾不暇，对奶妈爱莫能助。

选项二：落井下石，对奶妈冷漠无情。

我去！大佬！就没有选项能救一下奶妈吗？你这是眼睁睁看着奶妈去死的节奏啊！

柳爱抬眼瞧了一下江莲远，指指电脑上两个支线选项："选哪个？"

江莲远无所谓地说："选项 2 吧。"

由此，剧情转入选项 2 支线。

字幕：奶妈惨死，你心中哀伤不已。当天夜晚，在丫鬟翠儿的陪同下，你溜出丞相府，去街上逛灯市，缓解心情。

就在你逛街的时候，一道飞驰而过的身影瞬间吸引了你的注意。你识得这是一匹难得一见的千里良驹，马上男子衣着华贵，剑眉星目，气质不凡，乃名震京都的八王爷。

我去！大神你这是有多缺素材，才能让男主和奶妈共享一张脸？你以为抠了江莲远的另外一张剧照，就没人认得出这是同一个人了吗？天真得你自己不觉得尴尬吗？

字幕：八王爷眼看自己的良驹失控，即刻就要撞向你，当机立断一勒缰绳，掉转马头，力挽狂澜。而你则受惊过度，虚弱地摔倒在地。八王爷从马上跃下，有力的手揽住了你的细腰："这位姑娘，没事吧？"

字幕：你脸色微红，缓缓站起身来，福了福身子："我没事。"

王爷："那就好，姑娘，我撤了。"

这就撤了？男女主爱的火花还没擦出，男主就这么着急忙慌地肇事逃逸？

屏幕上又飞字幕：你看着男子远去的身影，你对他……

选项一：对他产生好感。

选项二：对他产生厌恶。

柳爱觉得，按照正常逻辑来讲，对男主产生好感是正确的。如果不出所料，这个男人，传说中的八王爷！就是未来的皇上！所以她选了二。

字幕在继续：时值半月后，皇上选妃的消息传遍整个大魏，无数出身高贵、貌比天仙的适龄少女进宫选秀，你与大夫人所生的姐姐年纪都在招选范围内。选秀当日，你乘轿子进宫，可惜因相貌太丑，未被选上。

半年后，齐国大军压境，朝堂众臣提议和亲，皇上下旨赐你远嫁塞外。

一、愿意 → 不久，你远嫁塞外和亲，不堪受辱，上吊而亡。

二、不愿意 → 不久，大魏亡国，你沦为女婢，不甘受辱，投河自尽。

三、无所谓 → 不久，你重病缠身，吃错药而死。

在结局出现的一刹那，柳爱瞬间掀了桌角的鼠标垫，这是什么鬼游戏！直接在进宫之前 game over，这样的宫斗游戏真心伤不起！

"这游戏倒是蛮有趣的，如果奶妈头像不用我的，就更有趣了。"江莲远还惦记人家抠他脸的事情，看来心里这道坎儿一时半刻是过不去了。

“这不证明你人气高嘛。”柳爱随口先夸上，“不然怎么不抠别人的。”

就在这时，“叮咚叮咚”的门铃声响起，柳爱心里一高兴，直接从椅子上站起来，撒腿就往门口冲。

透过猫眼往外瞧，确实是穿着外卖服装的外卖大哥，柳爱笑呵呵地打开屋门，喜迎烤鸭。

大哥气质粗犷，看上去三十五六岁的年纪，身高足有一米八，体格健壮，皮肤黝黑，一看就有着风吹雨打练就的铁打的好身体。

“姐，你的外卖。”

柳爱瞬间郁闷：你一个三十多的叫我姐……你怎么不叫婶儿呢？你咋不上天呢？像宝宝这么如花似玉的美娇娘，你这姐字怎么叫得出口！

“谢谢叔叔。”柳爱平静地接过外卖员手里的晚餐。

没等外卖员回过神来，柳爱动作麻利地闪身后撤，“砰”地合上门。

“各位，外卖已经送到，可以开饭了。”柳爱神情激动地转过身，走进餐厅，把外卖放在桌面上，然后抬眼寻找任雪此刻的位置，准备催促他入席，却发现欧阳刘寒正拿着一把钢铁菜刀在给他修眉毛。

啊！这世界上为什么会有拿菜刀修眉毛的高人啊！最重要的是，她修得居然还不错！修出来的眉形凑合凑合居然还能看！

江莲远从卧室走进厨房，第一个坐到桌旁，准备开动。

柳爱立即入座，然后任雪一家三口也挨坐在一起，大家一起吃任嘉树订的外卖。

“有时候……看见你们一家三口，我真是很羡慕。”柳爱戴上塑料手套，拿起一张卷饼，夹几块鸭肉片，幸福地塞进嘴里。

“羡慕？那你和青阳复合啊。”任雪给她提了一个不错的建议，“我感觉……青阳到现在也没忘记你，虽然你们俩对分手原因都缄口不言，不过……该过去的始终会过去，各退一步，海阔天空。”

柳爱：“……”

雪啊……青阳对我来说，至今都只是活在百度图片里的人物。

“说起结婚，江莲远，你今年三十一了吧，再过两个月就三十二了。”任雪眼睛一眯，“全世界都在谈恋爱，你就这么一直单着，好意思吗？”

“可就算现在谈，也不一定能结婚啊。”江莲远一派风轻云淡，他又不是没谈过，可重点是谈了没多久也会因为各种各样的事分手。

任嘉树抬头问欧阳刘寒：“老妈，江大伯的话什么意思？为什么谈恋爱不一定能结婚？”

“你江伯伯的意思是说，世界总是这么残酷，就像……吃了老婆饼也不一定能娶上老婆，吃了圣女果也不一定变成圣女，吃了黑加仑也不一定变成拿破仑是一个道理。”欧阳刘寒耐心地解释。

什么一个道理！你确定你说的和我们说的是一回事？你这三个措辞严谨的理由除了三个不一定以外，真的有其他相似之处吗？你这是典型意义上的歪楼！

“那你打算一辈子不结婚？拖到四十岁可就很惨了。”任雪这个早早就打上已婚标签的男人，每每看到江莲远已到适婚年纪却迟迟不作打算，作为好兄弟，真心替他着急。

“看吧。”江莲远自己心里有数，“缘分这种东西，强求不来的。”

“也对……”任雪点头，“咱们这行，普遍结婚晚。”

很快，五人的聚餐顺利结束，下午五点左右，江莲远开车送柳爱回家。

就快到世爵枫墅小镇的时候，柳爱才突然想起一件至关重要的事情。

“江莲远！停车。”

江莲远缓缓转动方向盘，将车停在街道旁的停车区。

“怎么了？”

“冯余斌交代给我的任务，说今天要街拍，我转头就把事情忘了。你在车里稍等一会儿，我出去街拍一下，马上就回来。”

说罢，柳爱立即打开车门，冲着对面街道跑了过去。

这个地方的街道……虽然没有市中心繁华，但仔细一瞧，还是蛮有韵味的，作为街拍背景，应该可以。

柳爱找到一家看起来装修别致的甜品店，可爱小兔子形状的牛奶馒头、精致的玫瑰月饼、花瓣形绿豆糕等，各式各样小巧玲珑的点心摆在干净的橱窗食品架上，这个作为街拍背景，应该还是不错的。

柳爱手轻轻按在橱窗的大玻璃上，摆了一个自认为无比性感的poss，冲着手机镜头，嘴角缓缓扬起女神般的微笑。

“喂！我说外头那姑娘，干什么呢？”

大妈一嗓子怒吼震塌半边天，全身燃烧着熊熊怒火，大步流星地从店里冲出来：“我刚擦的玻璃！干干净净的，水还没干呢，你看看这手指印！是你弄的吧？指纹都在上头呢，别想抵赖啊！”

柳爱：“……”

被大妈一通训，柳爱道了个歉，破罐子破摔地举起手机，拍了一张街边的垃圾桶，面无表情地坐回江莲远的车里。

刚才江莲远看着不远处的柳爱，整个人笑趴在方向盘上。

为了街拍，柳爱感觉心累成狗。

## 第八章

### 一秒都等不了，就想吃你

柳爱吓得昨天一晚上没睡觉。

为什么？说出来怕吓死人！对！这所坐落于帝都的高档别墅，闹鬼了！

柳爱已经在世爵枫墅这个地方住了三十多天，原本一切平静安稳，柳爱自己小日子过得舒心惬意，游刃有余。

然而就在前天，这栋别墅内发生了一些瘆人的灵异事件。

前天早晨，柳爱像往常一样醒来，从二楼卧室出来走下楼梯，到洗漱间刷牙洗脸，洗漱完毕后去厨房做早点。她记得昨天明明把茶碗放进了橱柜里，结果今天茶碗却莫名其妙重新出现在茶几上。

但柳爱并没有在意这些细节，谁都有记错的时候，更何况是常犯健忘症的柳爱，于是她就若无其事地出门采购了。

夜晚时分，柳爱一个人窝在沙发上看电视，看着看着，就上眼皮打下眼皮。不知不觉中，她就在沙发上睡着了，电视机开着没关。

然而……昨天清晨醒来，柳爱却发现自己躺在二楼的卧室里，身上还完完整整穿着昨夜的衣服。

这……可就令人恐慌了！难不成她还有梦游症？

于是……柳爱昨天一晚上没睡，整个人处于高度警觉的状态。

所幸的是，昨天晚上并没有发生什么特殊情况，那个“鬼”好像也知道柳爱一直醒着，所以没有出来作祟。

今天早上七点，柳爱迷迷糊糊地睁开双眼，慵懒地打了个哈欠，穿着睡衣走下楼梯，先去洗漱间洗漱。

对着自己面前的大镜子，柳爱整个头睡得像是奓毛了一样，于是先拿木梳和皮筋扎了个辫子，拿起刷牙筒里的牙刷，挤了一点牙膏上去，开始认真地刷牙。

刷完牙，洗完脸，柳爱撕开塑料篓里的一片面膜，美美地贴在脸上。

贴完面膜，柳爱抬头。周宗弈拿起她的牙膏，在自己的牙刷上挤了一点。

啊！周宗弈！到底是什么样神奇的魔法之力，让你悄无声息出现在我姐家的洗浴室里！事先就不能给个友情的征兆吗？！好歹让宝宝有个心理准备啊！你这样随心所欲地突然袭击，吓得我面膜都炸裂了！

“弈哥！你怎么会突然出现在我家？”柳爱惊吓。

“啊？”周宗弈迷茫地转头，看着柳爱，“这里也是我家，我有钥匙，并且……楼上倒数第二间卧室是我的房间。”

柳爱：“……”

怪不得二楼她隔壁房间一直锁着，她的钥匙全都无法打开，原来周宗弈偶尔会住那间屋。柳爱这才想起冯余斌所说的话，这栋别墅是周宗弈给她姐买的……就算他平常不住这边，那也有不可剥夺的居住权。

而且……柳爱总算想明白前天的灵异事件到底是怎么回事了！

“话说你到底为什么来？”柳爱脸贴面膜，机械地问。

“你猜。”

柳爱眉毛一挑，一副盛气凌人、不可一世、理直气壮、理所应当的模样：“收房租？我身上可没有多余的钱，况且我是替姐姐住在这里的，你应该去找姐姐要。”

周宗弈将头摇了又摇：“对于住在我心里的女人，我从来都是不收房租的。”

哟……周少爷，试问，不娶何撩啊？

“不要开玩笑，弈哥，到底为什么突然来找我？”柳爱不解。她已经在这边独居好久，一直没有人来，她都做好独守空闺的准备了！

“我平常住的那套房子是木制地板，阿姨不小心弄裂了水管，漏水把整个地板都给泡坏了，正在重新装修地面，所以这几天暂时来你这边过夜。”周宗弈拿起牙刷，对着镜子刷牙。

周宗弈过来住的话，柳爱自然很开心，她一个人住在这么大的空房子里真的好无聊，能有个大活人过来做室友，当然比一个人住要好太多！

“那你过来住几天？”柳爱一边问，一边洗毛巾。

“五天左右。”

“早点想吃什么？我去做啊。”

“你还会做饭？”周宗弈表示不敢相信。

“那是当然！我可是神级小厨娘！只有你想不到的，没有我做不出的！”

“长生不老丹和蒸熊掌。”

弈哥，人类已经满足不了你强盛的欲望，你就适合舔盘子度余生，赶紧洗洗睡吧，明天又是光明而美好的一天。

“今天的早点是栗子面包和豆浆，我去榨豆浆。”柳爱大步走出洗浴室。

在厨房做了大约十分钟早点，柳爱想起来，自己脸上还有面膜没摘，面膜如果敷太久，对皮肤貌似不好。于是，柳爱放下菜刀，转身回洗浴室。

她发现……周宗弈正在对镜刮胡子。

一阵强烈的电流穿过柳爱的身体，柳爱猛地一伸手："那个……弈哥……"

周宗弈转头："怎么了？"

柳爱"呵呵"一笑，轻轻拿过周宗弈手里的刮胡刀："要不还是别刮了。"

周宗弈迷茫地皱眉。

"我经常用你手里这个刮胡刀……"柳爱有些尴尬，"剃腿毛。"

周宗弈的脸瞬间黑成酱油，他伸手一捏柳爱的脸蛋："你怎么不早说！"

"你也没问啊……痛痛痛痛痛……轻一点。"柳爱整个人瞬间被完全拿捏。

"你还有什么遗言？给你三秒钟时间自我阐述。"周宗弈面无表情。

"弈哥……饶命啊……"

洗漱完毕，约早上七点半，柳爱已经做好今日的早餐。

周宗弈随手先拿了一块栗子面包，另一只手拉开木椅，缓缓坐在餐桌前。

"你不是说吃面包和豆浆吗？怎么多了葱花蒸蛋？"

柳爱端着两杯豆浆过来，眯着眼睛"呵呵"一笑："这不是擅自挪用了你的刮胡刀吗，为表歉意，多做一道蒸蛋犒劳你。"

"哦……给我做的？"周宗弈语气意味深长，"那蒸蛋上为什么缺了一块？"

柳爱"呵呵"一笑："就……提前帮你试试有没有毒。"

周宗弈无奈，拿起桌上的豆浆喝了一口，吃完面包，又把葱花蒸蛋一块不剩地吃光，然后穿好衣服换好鞋，准备出门。

"晚上什么时候回来？"柳爱穿着凉拖，从墙后探出头来。

“不确定，最晚应该不超过八点。”

“行，知道了。”柳爱点点头，“那我等你回来一起吃。”

周宗弈给了柳爱一个迷人的微笑，开车出门。

周宗弈走后，柳爱就自己上街去买衣服，逛完商场，又去书店看了一会儿书。等她回过神来，已经是下午四点左右。

柳爱急忙往回赶，前脚进门，周宗弈后脚就回来了。

“弈哥，你吃过晚饭了吗？”柳爱火速围上围裙。

“这才下午五点，自然没有吃晚饭。”周宗弈懒散地往沙发上一躺，嘴角扬起微笑，“早早回来，等着你做饭给我吃啊。”

“嗯……弈哥你着急吗？如果能等十分钟，我们就吃枸杞玉米糊；如果能等二十分钟，我们就熬小米粥；如果能等一个小时的话，我记得冰箱里还有一条鱼，咱们炖了它补补身子。”

周宗弈抬眼，盯着柳爱漂亮的双眸：“一秒都等不了，就想吃你。”

弈哥竟以同类为食，想法残忍至此，不得不让我们重新思考人生，思虑人性……于是斟酌再三，柳爱觉得周宗弈应该饿着重塑一下“三观”，降降心火。

柳爱去厨房开火炖鱼，又加了两道家常菜，西红柿炒鸡蛋和酱茄子，再焖了一锅香喷喷的大米饭。傍晚六点时分，两人准时开饭。

“味道还不错。”周宗弈夹了一块鱼肉。

“对吧，我可是业余美食家，别的不说，做顿饭还是手到擒来的。”见周宗弈面前的饭碗见底，柳爱立即把碗拿过来，给他盛满。

两人吃过晚饭，就一起窝在沙发上看电视。

柳爱眼睛有轻微的近视和散光，但平常她用不着戴眼镜，尤其是大学毕业后，不经常盯着书本看，就更不经常戴眼镜了。

她仔细搜索了一下电视各台，《铁血军魂》《尖刀连》《雄狮》……

满屏的抗日剧和豪门恩怨，貌似一部好看点的电视剧也没有。

于是，柳爱转战网络电视，看看有没有往期错过的好看的电视剧。

柳爱眯着眼睛认真浏览，片刻后猛地一拍桌子：“这部电视剧的名字起得严重冲击我的‘三观’。”

周宗弈正翻看手机里的电子邮箱，被身边柳爱一声喊叫惊得抬起头。

“怎么了？”周宗弈不解，“还行，挺正常的。”

“《人间至味是清淡》，很明显就是在胡扯！人生如果没有肉，根本不可能好好活下去，人间至味应该是红烧猪肘、红烧鸡翅、红烧兔头。”

“小爱……”周宗弈很郑重地告诉她，“是清欢，不是清淡。”

柳爱仔细瞅了一下，哦，确实是清欢，而且清欢貌似还是个人名。

这就尴尬了……还是换一个吧。

然后柳爱继续浏览都市剧分类，发现有一部探案悬疑的片子，叫《飞跃者》，看简介貌似是讲一个从精神病院跑出来的变态杀人狂，不断以各种手段杀害单身女性。

柳爱随便点了一集进去。

屏幕上，一个戴着黑色边框眼镜的男子正非常优雅地和一位靓丽女郎约会，男子眼神柔情似水，不易察觉的深处，却隐藏着冰冷的真实面目。

“我刚从英国回来，这家餐厅是跨国连锁，在英国时我就经常光顾，没想到在这边也能享受到正宗的英伦风味，真是太幸运了。”

“宋小姐，这瓶红酒的味道很香醇，我喜欢它，就像……喜欢你一样。”男子轻声说。

“是……是吗……”约会女子忍不住脸红心跳，羞涩起来。

柳爱瞬间就被这迷人的气氛代入，这是马上就要杀人了吧！这男人准备先花言巧语迷惑女人，等她完全放松警惕，再悄无声息地杀了她！

就在这紧张而关键的时刻……为什么跨国连锁英伦风情的餐桌上会摆

着一道正宗的东北大拉皮啊！剧组你们好好拍戏不行吗？有点职业精神不行吗？这么肆无忌惮地作妖，容易让热情如火的观众们心寒！

就在柳爱准备关电视的时候，传来周宗弈磁性而平静的声音。

“小爱……”周宗弈放下手机，“雯雯曾经和我说，她只有父亲一个亲人，从没有在我面前提过你，这是……怎么回事？”

“这个……”柳爱回忆一番，进行了简单的解释，“我爸妈离婚以后，姐姐是跟着我爸长大的，我是跟着妈妈长大的。”

“父母为什么离婚？”

“因为我爸是个烂人，就是那种典型的杀熟。谁对他好，谁就该理所应当被他欺负，到最后亲朋好友全和我家断绝联系了。他还很喜欢赌博，把房产证拿出去抵押，催债的人每天都来家里砸东西。我妈受不了，就铁了心离婚了。”柳爱其实不太愿意回忆这段糟糕的童年，“我问过我妈，当时为什么不带姐姐一起离开，我妈说她当时没什么固定收入，一个人养不了两个孩子。我小时候身体不好，我妈怕我跟着老爸会……活不下来，所以就带着我走了。大概半年以后吧，妈带着我回去找姐姐的时候，爸已经带着姐姐消失了。”

周宗弈大概明白了事情的经过，柳爱几岁的时候，手机还没有普及，那时候确实很容易失去联系。而且他爸爸身负债务，可能带着她姐姐出去躲债，想要找到两人，的确不容易。

“那后来呢？”

“后来……我妈带着我改嫁，继父对我很好，而且人很不错。”柳爱对继父的评价倒是蛮高，“我上大学时，姐姐做演员，开通了微博，我才又找到了姐姐。”

微博寻姐……

“我有些口渴，你这里有酒吗？”

酒那么难喝，谁没事常备酒啊！饮品自然还是要喝极品鲜榨果汁！

“没有，不过我有其他饮料，你等着，我去给你拿。”柳爱穿上凉拖，兴高采烈地往厨房奔过去。

大约五分钟，柳爱用托盘端着两杯鲜榨西瓜汁、一块巨大的香芋蛋糕卷，施施然走回来，将饮品和甜点搁在玻璃茶几上。

“仙草冻西瓜汁，还有刚从台湾寄过来的香芋卷。”柳爱热情介绍，“要不要尝尝？很好吃的。”

周宗弈：“晚上吃甜食，不怕长胖？”

“当然不怕，一会儿我要泡热水澡，很消耗身体能量的，应该在澡前及时补充热量。”柳爱为自己放纵的欲望寻了一个优秀的借口。

周宗弈身子微微前探，伸手拿了一杯鲜榨西瓜汁。

“味道怎么样？”柳爱等待周少爷给好评。

“还行。”周宗弈二字真言，然而很明显，他不是爱喝西瓜汁的人。

两人看完电视，柳爱忍痛割爱分了一半香芋卷给周宗弈。

“这……是我人生的挚爱，我很少与他人分享。弈哥，半块香芋卷分量这么沉，如果你吃不完，随时通知我前来收拾剩下的。”柳爱和这一半即将送出去的香芋卷做了个最后的告别。

看着柳爱肉疼的表情，周宗弈倒觉得很有趣，貌似他周围都是些赔着笑脸巴不得送他东西的人，很少有分他一半香芋卷却像丢了半条命的人。

“味道怎么样？”柳爱又眼巴巴地等好评。

“嗯，不错，很好吃，香甜可口。”周宗弈说了个小小的谎话，虽然这份香芋卷味道确实还不错，可他并不喜欢吃甜食。只是比起真相，他更爱看柳爱的笑脸。

得到好评的柳爱，肩头搭着大毛巾，乐颠颠地跑去浴室洗澡了。

周宗弈坐在外面客厅的沙发上，听着浴室里“哗哗”的水声，里面还不时传出柳爱轻柔的歌声。

大约十五分钟，柳爱冲完澡，穿着洁白的大浴袍，从浴室里走出来。

“弈哥你要洗吗？热水貌似还有很多，足够你用的。”柳爱从电视下的柜子里拿出吹风机。

周宗弈点点头。

柳爱帮周宗弈放好水，之后，周宗弈进去泡了一会儿澡。

趁着周宗弈洗澡期间，柳爱拿着吹风机上楼，在自己的房间换好衣服，吹干头发，然后下楼准备洗刚刚替换下来的脏衣服。

“柳爱，上楼帮我拿一下换洗的衣服。”浴室里传出周宗弈的声音。

柳爱立即跑去周宗弈的房间，在衣柜里挑了一套衣服，然后抱着衣服冲下楼梯，准备给他送进浴室。

然而……冲到一半，柳爱的脚步猛地刹住了。

周宗弈现在可是在洗澡！如果她就这么抱着衣服进去，那岂不是会看到周少爷的……（此处省略十万字对周少爷诱人身材和少儿不宜画面的描写）而且周宗弈是姐姐的男朋友，她需要与他保持一定距离，总之不能就这么冒冒失失地闯进去。

于是，情况万分紧急之下，柳爱智慧的大脑灵光一闪，去窗台拿了一根晾衣杆，把衣服拿衣架架起来，都挂在晾衣杆上，足足挂了一串。

她双手举着晾衣杆，头上蒙着神似枕巾的盖头，就这么步履轻盈地走进了浴室。

“弈哥，你要的衣服。”

周宗弈一丝不挂地躺在浴池里，见柳爱蒙着盖头进来，整个人都看呆了。

“你……”

周宗弈提醒的话还没说出口，他就眼睁睁地看着柳爱又往前走了一步，猛地踢翻地上的水桶，连衣服带晾衣杆带盖头，整个人一头栽进了他躺的浴池里。

周宗弈深呼吸，再深呼吸……

柳爱呛了两口洗澡水，跟个水鬼似的从周宗弈的浴池里爬起来。

衣服倒是都落在周宗弈身上了，该遮的地方倒是遮了，只是除了该遮的地方，其他地方貌似都没遮。

惊不惊喜？意不意外？刺不刺激？

柳爱看着周宗弈，他的身材确实很销魂，肤色健康自然，胳膊、小腹、腿上都有着匀称而紧致的肌肉，线条比例完美。此刻，他浑身湿漉漉的，一只手随性地搭在浴池边上，更添几分诱惑。

柳爱盯着他，他却没有丝毫动容和紧张，反而一脸自如。

“好了，小爱，看够了吗？”

柳爱：“……”

“以后不要蒙着眼睛进浴室，很危险的。”周宗弈的提醒为时已晚。

事到如今，柳爱也不想解释，看都已经看了，总不能看了以后还说“我不是故意要看的”这种话，况且落得此等下场，都是她自作聪明的后果。

“哦，知道了。”柳爱拉着脸，“那弈哥，我先出去了。”

周宗弈伸手，怜爱地摸了摸柳爱的头发：“刚刚吹干的，又不小心弄湿了，去外面等我吧。”

然后柳爱跨出浴池，失魂落魄地拿着晾衣杆往外走。

“小爱，把那件衣服也留下。”周宗弈指指她晾衣杆上唯一还挂着的湿背心。柳爱又趿着凉拖返回去，把背心递给周宗弈。

周宗弈穿着湿透的衣服出来，上楼去自己房间换了衣服。

柳爱走进浴室，收拾周宗弈刚替换下来的衣服，和她的衣服一起放进了洗衣机。洗衣机轰隆隆作响，柳爱却在走神。她觉得自己真是太笨了，居然在浴室里栽了两次跟头，看来是时候请道观的高人算一卦了。

洗完衣服，柳爱就把两人的衣物都挂在二楼通风良好的晾衣间。

看着衣杆上这一排排的衣服，柳爱一时还蛮有成就感。

晾完衣服走下楼，周宗弈正穿着背心和墨蓝色的大裤衩在家里晃悠来晃悠去，一会儿从冰箱里拿矿泉水，一会儿蹲下身在沙发缝隙里找东西。

柳爱瞧着……眨了眨眼。

“明天……弈哥你还要出门吗？”柳爱问。

“上午不出去，下午有事得出去一趟。”周宗弈貌似终于在家里翻到了很久以前他曾经用过的一个充电器。

“我一个大学时候的闺密，现在在北京工作，然后……她约我明天上午去商场逛街，所以明天早晨我做好早点以后，就早早地出门了。”

周宗弈点点头，示意他知道了。

两人一前一后走上楼梯，柳爱走到自己的房门前，周宗弈竟然准备跟她一起进她的房间，此等行为，目的不纯！

柳爱猛地一转身，将周宗弈拦在屋门外：“道友止步。”

周宗弈：“……”

“今夜月黑风高，你我孤男寡女，独处一室，望道友自重。”柳爱对金鹿大酒店的心理阴影还未完全消除，此刻绝不能引狼入室。

周宗弈顶着满头湿发，忍不住捏了捏柳爱的脸蛋，一字一顿地说：“把吹风机给我！”

“弈哥……饶命……我这就去拿……”柳爱含混地说。

第二天，柳爱早早起床，准备好蛋糕和热牛奶搁在餐桌上以后，就匆匆出门，前去赴大学同学的约。

早上九点左右，周宗弈才慢慢转醒，从床上爬起来。

周宗弈记得柳爱昨天把他的衣服都洗了，晾在了二楼晾衣间，于是去晾衣间找自己的衣服。

他发现，柳爱的衣服已经早早被她穿走了。而他昨天刚换下来的所有衣物都整整齐齐地挂在晾衣间，唯独少了一条黑色男士内裤，多了一条黑色女士打底短裤。

周宗弈望着满晾衣杆随风飘扬的衣服。

柳爱，为什么你总是在不经意间穿错别人的衣服，让别人无衣服可穿？

周宗弈和柳爱在别墅里住了六天，之后便又神龙见首不见尾地消失了。走之前，他照例在桌上留了一张字条。

字体一如往日地随性：茶几下的抽屉里有张卡，拿去花。

柳爱打开抽屉，看到了那张平躺在书皮上的银行卡。其实，在这一瞬间，她还是蛮感动的。

大约一周后，柳爱又见到了我们经常性脑进水的冯经纪人。

这段时间，冯余斌把柳爱一个人扔在别墅，任其自生自灭的最重要原因，就是他在不断接触各大公司，给柳雯找下家。

而现在，终于有了他期待的结果。

别墅内，柳爱自由散漫地坐在沙发上，一口一小杯葡萄汁。冯余斌则摆了一大堆资料在她面前，准备汇报他近期忙碌的成果。

"这都已经半年有余了，姐姐还不打算出山吗？"

柳爱千盼万盼，左盼右盼，上盼下盼，希望柳雯能赶紧好利索，出来继续偶像事业。而她作为一名光荣的土木工程师，不想将自己的美好一生都献祭在这浮华的名利场。

"你也知道，你姐姐鬓角位置留了一块疤，如果她现在出来工作，这块疤突然出现不好解释，要想将疤痕遮到看不见的程度，至少还需要四个月……"冯余斌微微一笑很倾城，"至少。"

嗷——至少个鬼！妈妈我要回家！话说冯余斌你怎么还有脸微微一笑！我自打出生以来，就从未见过像你这样厚颜无耻之人！

“然后呢……”冯余斌温柔地拍了拍柳爱的肩膀，宛如春风拂水，轻柔地说，“最近你风头正盛，话题度蛮高，现在签新公司的话，近期公司估计还会安排你接一部新戏。”

噗……柳爱一口老血喷出银河系，哎哟我去！冯经纪人！自己选的路，哭着也要让别人走完，好意思吗？你和老姐真是联手坑死人不偿命的节奏啊！

“这跟之前说好的不一样。”柳爱怒。

当初不是说帮姐姐度过最艰难的一段时间就够了吗！《世界树》电影是姐姐璀璨星途最关键的一步，所以为了姐姐，她只能拼了，可现在电影都已经拍完，替身游戏也该终结了吧！

“计划赶不上变化，现在热度这么高，正是趁热打铁的好时候。”冯余斌冲着柳爱比了个胜利的“V”字手势。

耶没有用！V也没有用！你们这是赤裸裸地二次赶鸭子上架！世道艰难，让我的心过早地蒙上了灰，而无法原谅的，正是来自亲人与朋友的欺骗！

“不行，我心意已决，不管你今天说什么，我都不会同意的。”

“小爱，你姐姐不像你那么幸运，读书读了那么多，她十几岁就只身一人来到北京打拼，没后台也没背景。咱们圈里是个鱼龙混杂的地方，有些剧组也不是真心拍片子，而是借着拍片子在骗钱骗色。你姐初期被一些心术不正的人下套，遭遇了很多不公平的待遇，遭受了很多常人无法体会的磨难，才一步步走到今天。”冯余斌如泣如诉，泣不成声，企图再次唤醒柳爱对姐姐无私的爱。

“假如十五年前被你妈妈带走的人是柳雯，你还会有这么幸福美好的生活吗？当初，是谁激情满怀地告诉我，要让柳雯的名字红遍全世界的？

难道……在你心里，你姐姐的位置就这么轻如羽毛吗？”

柳爱被冯余斌强大的嘴炮轰炸得瞬间泪如雨下，想起姐姐这十五年来所吃的苦、受的伤、流的泪，此刻就应该站在心灵的高峰，无声地呐喊一句：给我一架自由的高达！让我毁了这肮脏的世界！

“斌哥哥，请继续今天的话题。”柳爱大手一挥，目光坚定地盘坐在沙发上。

成功说服柳爱，冯余斌拿起桌上那一沓纸质资料，开始给柳爱逐家分析。

“我最近接触了这几家公司，心里已经大概有数，但还需要和你再商量一下。”冯余斌郑重其事。

签新公司是大事，尤其是柳雯现在正处于黄金时期，这次签约的一纸合同，几乎决定了柳雯未来到底能不能红，她必须三思而后行，慎之又慎。

“娱乐圈说大也不大，能有实力捧人的公司，数来数去也就那么几家，比如 SM、BL、H……”冯余斌话还没说完，柳爱整个人都惊呆了。

等一下！SM 是啥？！BL 又是啥？！H 又是啥？！现在的娱乐媒体公司到底怎么了？好好活着不行吗？名字起得这么黄暴！宣淫宣得这么高调！真当我国扫黄办公室都是摆设吗？全部抓起来请去喝茶！喝茶！

“斌哥哥，你不觉得这名字有点儿问题吗？”柳爱暴汗。

“没什么问题啊。”冯余斌不明所以地眨眨眼，“SM 你总不会不知道吧，Star Museum 算是韩国最有名的娱乐公司了吧，前些年红透半边天的 EXO 不就是他们公司推出的吗？”

“EXO？”柳爱的眉头扭成麻花。

冯余斌眉头皱成深海：“你不会没听说过 EXO 吧？”

“当然……我懂。”柳爱认真地一点头，“世界名酒 XO 的升级版，ABCD……E 级。”

冯余斌崩溃，把额头一捂：要不你还是回家开挖掘机吧，娱乐圈不欢迎你。

“他们公司总部在韩国，中国也有分部，主签中国艺人，包装后在中国发展。”冯余斌进行简单说明，“他们公司主要看中你姐姐的颜值，打算把你姐打造成综合型艺人，唱歌和演戏双向发展。他们公司今年打算重点推出一个女子偶像组合，想让你姐作为成员之一加入。”

“于是呢？”

“你姐姐唱歌还成，跳舞的话，她不做领舞，练习几个月问题也不大。”

妈呀，还尬舞……

“如果搁在十年前，我会考虑，但最近这些年，韩娱在逐渐退出主流，未来前景我同样不看好，而且全能型艺人精力分散太严重，还是算了吧。”

“那……那个什么BL和H的，又是什么？”柳爱迷茫的大眼紧盯冯余斌，不弄清楚这个问题，今天晚上都睡不着觉。

“伯乐影业和辉煌互动娱乐。”

哦——原来如此……话说公司名以后能不能不用简称？全称不好吗？全称会死吗？

“这两家……伯乐影业原本是做后期承包这一块的，去年开始才设立了经纪业务签约艺人，他们家都是玩技术的大神，对演员包装真的不在行，直接pass。辉煌互动算是业内极好的大公司，只是给出的条件太坑爹，十年全约，你姐姐进去以后容易被绑死。”

“还有其他公司可供选择吗？”

“盛天娱乐，业内龙头，众大神云集，新人挤破脑袋都进不去的地方，你姐姐去了也是当炮灰，没好资源给她。”冯余斌微微叹口气，将资料往桌上轻轻一摊，“星空传媒，曾经的巨星工厂，胡珊珊、程曦、何坤、向柏函，这些耳熟能详的大咖都是星空传媒捧出来的。但是近些年，他们公司高层决策出了很大问题，拍出来的剧一部比一部老套，一部比一部烂，明星都往外跑，咱就不进去送死了。千代嘉丽，原盛天副总离开盛天以后，自立门户创建的新公司，只签约包装女艺人，资源极好，高管都是业内资深人士，这家公司我很看好，只是他们签了米莎莎，我们去不成了。”

“为什么？人家签别的艺人碍咱们什么事？”柳爱完全不能理解。话说你野心够大的冯余斌，还想要独占公司，独占 CEO，独占董事长，独占总裁啊？

“米莎莎，原名米静，原本和你姐是如胶似漆的好姐妹，对你姐知根知底，后来因为……抢了你姐一部网剧女主角，两人就彻底掰了，现在关系闹得很不好，如果你碰见她，铁定会露馅儿。”

“这不行，那不行，我们到底去哪家嘛！”柳爱听得脑袋都大了，她才不管这些公司怎么样，她就关心最终结果。

“华世。”

柳爱放浪一笑后回归无情的冷漠，那不就是江莲远他们家……不是冤家不聚头，貌似苏沐曦还是华世一姐，就他们几个凑一锅，智慧的大脑思前想后这么一琢磨，妥妥能上演一部精彩绝伦的星斗大戏。

“我考虑很久，挑来挑去，觉得唯一能签的，就是华世。”冯余斌终于从无尽的黑暗中寻到了一丝黎明的曙光，“华世天下实力雄厚，仅次于盛天，渠道广泛，资源充沛，给出的条件也相当优厚。”

“哦……”柳爱百无聊赖地应付一声：随便你，签哪家不是签。

“不过小爱你放心，签约华世以后，我冯余斌依然在你身边，你姐姐未来的演艺路线，就由我来一手安排。”冯余斌自信满满，手一挥，大有冲破桎梏的恢宏气势。

一手安排？安排什么？安排群演把我踩死？冯余斌你怎么有脸说一手安排？你这明显是一手摧毁好吗？

“我对你姐的定位，一直都是性感女星，热辣妩媚。我相信，在不久的未来，她一定会成为无数单身男性的梦中情人，中国版的玛丽莲·梦露。”冯余斌展望无限美好的未来，为柳雯的人生编织璀璨蓝图。

柳爱感觉自己听得手脚冰凉，脑袋缺氧，冯余斌，你知道不知道，自接机事件以来，姐姐的演艺路线已经华丽丽地从性感女星变成性感谐星了！这都是你一手造成的结果！

“哦，对了，还有一件事，这段时间我有点力不从心，你姐姐的微博需要你及时打理一下，你有空可以翻翻评论，感受一下粉丝们对你的爱嘛。”冯余斌觉得把微博交给柳爱之后，她能及时地与粉丝互动，这对提高她的工作积极性有很大的帮助。

柳爱：“……”

“这是账号密码，你现在就登录一下，试一试，没问题就交给你了。”

冯余斌把账号密码写给柳爱，柳爱用自己的手机登录。

首先映入眼帘的是……9999 条未处理信息。不过柳爱肯定没有精力一一回复，干脆就只是翻翻微博和热门评论。

柳雯的粉丝后援会名为蚊子军，一听这名字，柳爱就再爱不起来。

说起来，柳爱已经很久没翻过柳雯的微博，以前柳雯的微博粉丝数只有几万，几乎都是柳雯一个人在自说自话。只是她做梦都没想到，短短几个月时间，柳雯的微博状态竟然已经达到如此惨绝人寰的地步。

两百万的粉丝两百条评论，买粉买得这么明显，老天爷都看不下去了，冯经纪人！说真的，我从未像现在这样肯定过，别在演艺圈混了，弱智吧明显更适合咱们。

点开最近几条微博，柳爱翻了翻热门评论。

路哥：不是我吹牛，集齐七百个赞，我直播吃屎。

约会神器：人生需要深思熟虑，也需要一时冲动，当你特别想做某件事，最好能付诸行动，不要总是和那些人生的美好擦肩而过。一个神秘的约会平台，我等你。

追风DE月：寒冬腊月后面的背景竟是一片绿意盎然。

深山养蜂人小汤：你们要蜜蜂吗？我年迈的父母辛苦养蜂一整年，却苦于没有销路，都是自家产的，希望大家帮忙，赞一下。

爱7艺APP：你们赞高仿都不赞蓝V，想想真挺可怕的。

红小逗：八九点钟的太阳还在等待含苞待放。

作者破凡：不好意思哈，借平台连载一下小说，请戳下方长图，喜欢的请到我微博观看后续情节。

柳爱整个人都震惊了，成千上万条评论，竟然没有一个跟老姐相关，这真是她的微博吗？讨论范围面积过大，言论自由太过离谱了！

“以后没事就多更新一下微博，多和粉丝互动，这样也有利于提高粉丝的凝聚力。”冯余斌适时提醒。

“好吧。”柳爱眼睛一斜，百无聊赖，“我……尽力。”

“还有，既然决定签华世，那我近期就和对方约时间，尽早把合同签了，好展开后续工作。所以小爱，我们俩一定要齐心协力，帮你姐姐渡过难关。”

两人聊了一个多小时，冯余斌就匆匆离开别墅，去继续摧毁她姐了。

温热的泪水滑过悲伤的脸颊，柳爱一头栽在松软的沙发上。

愉快的时光终会过去，黑暗的夜幕终将来临。

这回好日子到头了。

# 第九章

## 试戏套路深，不要太认真

柳雯和新东家的签约时间，定在了周四上午十点半，华世天下公司总部会客厅。

签约当日，柳爱画眼线，打粉底，涂闪亮美甲，挂银月耳环，上妆两个小时，把自己打扮得花容月貌赛比西施，还丢掉了柳雯一直以来坚持的性感大波浪，特意戴了一顶假发，尝试一下别具一格的时尚女郎新造型。

冯余斌则早早开车到达别墅，等柳爱化好妆，两人便一起上车，前往华世天下签约。

由于周宗弈提前和华世天下的老董事长打了招呼，所以华世开出的条件几乎是业界最高的，签约仪式也非常顺利。

签约华世天下后，柳爱很快就接到了华世安排的试戏通告。

华世与其他两家影视公司联合出品的大型古装爱情权谋剧——《绝色丽姬之君醉尘烟》开机在即，男主蒋鸿毅已定，女主以及很多重要角色都处于未定状态，华世打算近期邀请圈内符合人物形象的优秀演员前来试戏。

冯余斌收到人物小传后，觉得柳雯非常适合出演谈笑间迷倒万千贵公子的金蝉，性感妖娆，妩媚多姿，与她的演艺路线十分匹配。

对于女一许平君，说实话冯余斌并不怎么有信心拿下，因为柳雯的头上还压着一个华世一姐苏沐曦。苏沐曦与女一气质相当吻合，恰巧她又刚拍完上部戏，正好空出了档期。虽说没有官宣，但除非现在天上掉块芋头砸死她，不然她几乎就是这部戏内定的女一了。

柳雯刚刚签约，不易风头过盛，暂时忍忍，这次能拿下女二就算成功。

既然是试戏，毫无疑问，柳爱肯定得替老姐参加。

试戏当天，冯余斌开着自己的Jeep牧马人，前往世爵枫墅小镇接柳爱，之后和她一起前往试戏地点。

柳爱在车上一路呼呼大睡，现在这睡得昏死过去的状况，就是她昨天熬夜等动画片更新的结果。

上午十点左右，冯余斌带着柳爱到达试镜地点，把睡死的柳爱从车后座上拽起来。

“小爱，醒醒，我们到地方了。”

“地方？”柳爱迷迷糊糊坐起身，盯着冯余斌发呆，“什么地方？”

想了半天她才想起来，哦，她今天貌似要试一场很重要的戏。话说，像她这么大的腕儿，还需要试戏吗？

冯余斌说很重要，但她觉得也没多重要。这次试不上，还有下次，下次不行，还有下下次嘛，哈哈哈——

“通知咱们的时间是十点，现在已经到点了，赶紧进去吧，总不能让人家评审等咱们吧。”冯余斌催促，恨不得立刻就把柳爱从车里拖出来，扔进去候场。

柳爱不紧不慢地踩着高跟鞋，从车里走出来。今天她的打扮很随性，只穿了一身休闲的运动装。柳爱理解的试戏，就是来溜达一圈，选不选得上另说。

试戏地点是一间颇具古韵的老式四合院，这间四合院本质上是一所普通酒店，只是建成了四合院的模样，周围也全是些街头小巷，看起来颇有几分民居的味道。

柳爱跟着冯余斌走进这座名为四合的酒楼，走上三楼。

整个三楼共有三间大屋子，其中两间是等候室，另外一间用于演员试戏。

进入等候室，柳爱的目光扫过在场人员，随意找了张靠角落的长椅坐下，风姿动人地一跷二郎腿。

演员等候期间，会有专门负责的工作人员前来叫人，叫到谁，谁就进另外一间屋子试戏。此刻试戏尚未开始，有七八个名气不大不小的演员坐在室内，身边有经纪人或者助理随行。

冯余斌坐在柳爱身边，苦口婆心地不断提醒她。

“试戏的时候不要太紧张，心态放松一点。”

我很放松，松得裤腰带都快掉了。

“进去之后一定要有礼貌，先面带微笑地打招呼，不要太张扬。”

姐从不张扬，只是此刻有些许怠惰而已。

“咱们目标也不求女一，试戏时如果导演问你试哪个角色，你就说女二号金蝉。”

柳爱：“……”

“现在还没拿到有试戏内容的字条，这就证明现场发挥的可能性居多。如果导演让你现场自由发挥，你可千万别傻站着，不管怎样，都要做一些表演。”

是是是！冯妈妈！您的话语就是我生命的方向，您的教诲就是我生命的芬芳，能不能稍微给我点仰望天花板的时间，别这么时时刻刻耳提面命！

大约十五分钟后，裴均州到达四合酒店，四位评审全部到齐，试戏才正式开始。

很不幸，柳爱第三个就被叫了进去。

“下一位，柳雯，到了吗？”接待小姐拿着名单询问，“请随我来。”

“这边。”冯余斌领着柳爱过去，大大方方地走出等候室。

“话说里面的评委到底有谁啊？”柳爱靠在洁白的墙面上，等着里面的人出来。

“华世是这部剧的主要投资商，评审代表就是咱们裴总。还有另外一个联合出品公司代表何齐民，五十岁左右。制片人郑虎，大光头，很好认。最后一个，就是这部戏的总导演谭秀松了。”

柳爱皱眉：“谭秀松？和魏元一样，脾气很臭？”

“放心吧，和魏元那个大脾气不一样，这位谭秀松导演非常好说话，对于演员的选择也多数能够配合投资方意见，所以你只要表现得不是太差，你懂的……”冯余斌信心十足地冲着柳爱一点头。

说实话，冯余斌这番话对她来说确实是不小的宽慰，她演技确实不怎么样，这一点她还是有自知之明的。

“柳雯小姐，到你了。”接待小姐非常温柔。

里面的演员出来后，貌似他们还讨论了一分钟左右的时间才把柳爱叫进去。冯余斌也跟着柳爱蹭了进去。

柳爱面带微笑，气质优雅，缓缓推门而入。

坐在中央的总导演穿着一身破烂又带着一丝莫名其妙时尚感的衣服，皮肤苍白得有些病态，眼下有大大的黑眼圈，下巴有些胡楂，修长而骨感的手指间轻轻夹着一支燃了半截的香烟。

“呵呵……”柳爱眼皮一耷，嘴角一抽，竟无语凝噎。

妈呀，这世界上怎么会有如此慵懒的导演？顶着三年不洗的油头，穿着三年不洗的裤子，从哪个角度瞧过去，也是一落魄的犀利哥啊！

“试戏是吧。”身形散漫，气质颓然，谭秀松清脆的声音响起。他低头翻看了一下手中柳雯的资料，对她的演艺路线进行初步了解。

“嗯，对。”柳爱整个花容都瘫痪了。

房间……陷入一片莫名的寂静，柳爱紧张地咽了咽口水。

“这样……你先生个孩子看看。”谭秀松轻飘飘的一句话，让柳爱瞬间如掉进万年冰窖。

生……生……生孩子？！

惊不惊喜？意不意外？刺不刺激？上来就整这么艰难的？搞这么专业的？导演你就不能让我潇洒活一回吗？

柳爱求救地看向冯余斌，冯余斌冲柳爱放了个电眼后，便再也没了下文。

柳爱气炸！电眼没有用！电击都没有用！关键时刻还能不能靠谱了冯经纪人！

古语云，靠天不如自力，他救不如自救，柳爱深刻地明白了这样一个事实。在这万分紧急的时刻，她能依靠的只有自己无限聪颖的大脑！

脑海中一道灵光忽闪而过，柳爱嫣然一笑，瞬间就嗲起来：“哎呀，谭导，这边没有床，没有床怎么生孩子呀，你说是不是？”

“天当被子，地做床，现在就开始吧。”

柳爱两眼一黑，猛地握拳，谭秀松，当心以后别落在老娘手里！不然让你哭得连亲爹都认不出来！

所以现在的关键问题是怎么把这一关给糊弄过去。

生孩子……到底怎么生？

于是柳爱假装挺着大肚子在场地内走了两圈，见冯余斌和裴均州都没有要解救自己的意思，只能又百无聊赖地走了两圈。

然后柳爱表情痛苦地蹲下身，躺在地板上各种翻身打滚，滚了好几圈，杀猪般地乱叫半天，最后绝望地一伸手，直接昏了过去。

谭秀松点头称赞："你这是直接难产而死了是吧？早有耳闻，不愧是被称为演技杀手的演员，真是让我大开眼界。"

演技杀手……这外号到底谁传的？是不是魏元？他老早就对我的演技有意见，要不是周宗弈在上面压着，他肯定开机就把我撤下了。

话说裴总，在这么彰显你绝对权力的时刻，你一直埋头玩手机真的好吗？！

"导演，戏试完了吗？"柳爱一脸崩塌，准备打道回府，回归别墅。

"别急，我还没开始介绍咱们这部剧的情况。"谭秀松不急不忙。

柳爱瞬间无语，妈呀，这还没开始吗？她孩子都生这么久了。

"我们这部戏《绝色丽姬之君醉尘烟》属于'绝色丽姬'系列的第一个支线故事，集古装、历史、爱情、权谋等多样化商业元素于一体，现在男一已经定了蒋鸿毅，女一许平君、女二金蝉、女三红袖都暂时未定，你个人想出演哪一个角色？"

柳爱斜眼瞧了一下站在旁边的"隐形人"冯余斌，心中打定主意。

"女三号，红姬。"柳爱直接脱口而出。

开玩笑，女一的台词量是女二的十倍不止，女二的台词量是女三的五倍不止，有脑子的人都知道应该选女三，而不是女一和女二。

冯余斌整张脸瞬间绿了。

"为什么选红姬？她身上有吸引你的地方吗？"

因为词少……她当然不能这么说！这么说咱们谭导肯定会怒的！

"就……大概和她比较投缘，而且……相对容易演一些。"

她倒是蛮明智的，选了一个驾驭难度不是很高，又很有角色特点的人物。

"好，我们再试一段。"谭秀松欣赏地看着柳爱，继续说，"假如……

你是青葱岁月的女高中生……”

我去！导演！咱们不是古装权谋戏吗？哪朝哪代的古装权谋里有青葱岁月的女高中生？你神游得太离谱，说话都已经开始自相矛盾了好吗？最重要的是，女高中生和红姬到底有什么鬼联系啊！

“十年后，你长大成人，出落成一位漂亮的美女，而这时，有一个相貌英俊、品性极佳的单身男性将你约到他的奔驰车上，车内气氛寂静。”

哦哦……情节进展到了男人的奔驰上……柳爱一直在认真听讲。

“男人说，他的母亲很早就离他而去，他一个人奋斗多年，在城区有套别墅，自己一直独居。三十多年来，他遇见了很多女人，可她们都不是他要找的人。自从见到你，就有一个强烈的冲动在他心中挥之不去，他说他想和你组成一个温暖的家。这时，你会怎么办？”

柳爱听着听着就被这个故事所吸引，完全将自己代入了。

“现在开始你的表演。”谭秀松微微一笑。

柳爱想象自己旁边的座位就坐着那个男人，表情逐渐变得温柔起来。

柳爱直直地盯着“男人”，眼中的情感在不断酝酿。

猛然间，柳爱抓起男人的手，用尽全身勇气大喊道：“你不嫌弃我的话，我给你当一辈子干妈，乖儿子。”

噗……谭秀松一口矿泉水喷了出来，刺激来得太猛烈，直教人心脏剧颤。

“导演，行不？”柳爱感觉自己这震惊天地的爆发感足以让谭导心动。

谭秀松艰难地捂着胸口，半天没缓过来。

十几秒后，谭秀松把肺里的清水吐出来，终于恢复了一些生命体征，才接着说：“我很欣赏你，柳雯，等角色定下来，第一时间通知你。”

嗯！这还差不多！

“谢谢导演，谢谢诸位评审，我就先走了。”

柳爱鞠躬致谢，然后跟着冯余斌一起走出屋子。

刚出试戏场地，冯余斌的脸就拉成了毛驴。

“今天试戏效果相当不好，看来我回去以后还得找弈哥，请他帮忙周旋一下。”冯余斌脑袋都要炸了。

柳爱的演戏套路和别人出入太大，完蛋的可能性比天都大。虽说他们已经签约华世，并且保证柳雯每年至少能够接到一部戏的女二，可一纸合同是死的，人是活的，哪个公司也会留有灵活处理的权利。

上哪部戏的女二，能不能拿到女一，最后还得看柳雯自己的奋斗态度。比如说这次试戏，来的就不光柳雯一个华世的签约艺人。如果华世真打算放弃柳雯，随便打发她一部烂剧女二就能草草了事。

面对华世如此激烈的竞争，他冯余斌都火烧眉毛了，偏偏柳爱一点都不急！依旧我行我素！不求上进！

柳爱听到冯余斌要找周宗弈，整个身子猛地一抖。如果冯余斌真的去找弈哥，那这部剧的女一十有八九就是她的了。那海量的台词，那浩大的工程，那没日没夜的辛苦劳作……她绝对不允许这样悲惨的事情发生。

不过柳爱也是混迹娱乐圈个把月的能人了，知道喜怒不形于色，当下并没有表达丝毫不满，反而一脸泰然。

柳爱前脚刚踏出四合酒楼，正准备和冯余斌开车离开，一辆眼熟的车就停在了冯余斌的车的正前方。

从车上下来一位绝世美颜的超级大帅哥，此人正是我们柳爱的好朋友江莲远大明星。

江莲远猛地一关车门，正准备进四合酒楼，却看到从里面走出来的柳爱。

“柳雯你怎么在这里？”江莲远问完，转头像是想起了什么似的，恍然大悟，“哦对，今天《绝色丽姬之君醉尘烟》剧组试戏，我差点忘了。”

“莲远你来干什么？”柳爱不解，不是说男一号已经定了蒋鸿毅吗？江莲远八月份就要拍新戏，档期排不开，肯定接不了《绝色丽姬之君醉尘烟》男一号。

“我有事找裴均州。”江莲远明显情绪不佳，看样子是要找裴均州干架，“他在里面吗？”

柳爱点头：“和谭导在一起。”

“好，今天我有点急事，改天有时间再聚，我先进去了。”江莲远匆匆和柳爱打了个照面，火急火燎地大步走进酒楼。

柳爱跟着冯余斌上车，很快驶离酒楼。

冯余斌将柳爱送回别墅，便急匆匆地开车走了。

柳爱目送冯余斌离去，扭头就往家里跑，快速甩了鞋，第一件事就是狂打周宗弈的电话。

大约三十秒后，周宗弈缓缓接起电话，熟悉的声音在她耳边响起。

“小爱，怎么了？”

“呃……”柳爱突然忘词，不知道该说什么，重振了一下精神，才把想要表达的东西想起来，“弈哥，我今天去《绝色丽姬之君醉尘烟》剧组试戏，发挥得不太好。”

“所以呢？”

“待会儿冯余斌可能会给哥哥你打电话，你千万不要搭理他。”柳爱几乎是用全身力气在恳求，瞎话编得自觉天衣无缝，完美无缺，“女一号人设不好，与我规划的演艺路线差距很大；女二号后期是反派，对我的公众形象是一种很大的伤害；就……女三号以下的角色都非常好。”

电话对面：“……”

沉默几秒后，周宗弈才说：“你是嫌词多？”

柳爱嘴角一抽，话说三分礼，扎人不扎心，这么透彻就没意思了啊老铁。

“嗯，我明白你的想法。”周宗弈见对面柳爱沉默，也没有过多地追问，“帮你姐姐完成目标，也不急于这一两个角色。你放心，我不会插手这件事的。”

周宗弈平和的声音仿佛有一种特殊的魅力，让人觉得特别好听，同时又能恰如其分地安慰柳爱，让她觉得开心。

“嗯嗯，是呢，弈哥说得有道理，谢谢弈哥，不打扰你了。”

柳爱怕周宗弈在忙，所以也不好意思耽误他的时间。

挂断电话，柳爱得意一笑：冯余斌，这回你就认栽吧！哈哈哈——

×

# 第十章

## 翩翩美少年的十八年抗战史

时光如箭，日月如梭。

转眼，华世天下出品的大型古装连续剧《绝色丽姬之君醉尘烟》，在众人的期待中顺利开机了。

背景设定在汉朝，主演阵容以及重要角色基本确定。

男一号：蒋鸿毅，饰演汉宣帝刘询。

女一号：苏沐曦，饰演许平君，刘询未来的第一任许皇后。

男二号：江莲远，饰演昌邑王刘贺。

反一：陈振，饰演权倾朝野的大将军霍光。

女二号：尚雅然，饰演霍光之妾金蝉，前期为刘贺内应，后期勾结霍光，是暗害许平君的幕后黑手。

女三号：柳雯，饰演红袖，刘贺贴身侍女，又称红姬。

开机当天，柳爱早早地就从宾馆出发，前往影视城参加剧组开机仪式。

日子一如往常，柳爱又开始了她的剧组生涯。

谭秀松每天都跟没睡醒一样，打着哈欠往监视器面前一坐，精神颓废得跟一具尸体似的，全程毫无干劲。柳爱原本激情四射的表演欲望，一看到我们坐着等死的谭导就彻底歇菜了。

十天后，柳爱照常到剧组，化妆候场，背台词。

突然，现场一道美丽的身影引起了她的注意。因为这人确实长得美艳不可方物，如果说苏沐曦是那种超有气质的清纯美女，那么这一位，眉眼精致开阔，身姿高挑，别有一番艳丽佳人的韵味。

此人就坐在柳爱身边，但目光一直盯着剧本，没在柳爱身上。

“小哲，你要的石榴汁。”旁边一位戴眼镜的助理小妹递来一瓶饮料。

美女接过石榴汁，灌了几口，继续聚精会神看剧本。

大约五分钟后，江莲远穿着戏服从远处走过来。美女注意到江莲远，几乎紧盯着他，眼睁睁看着他坐到柳爱旁边，惊得整个花容都扭曲了。

“刚拍完？”柳爱随口问。

“没有，蒋鸿毅的衣服挂破了，工作人员在给他修补，一会儿还得重拍。”江莲远疲惫地靠在椅子靠背上，俊眉微皱。

“莲远，我感觉你最近心情一直不太好，很累吗？”柳爱担心地问，不知道为什么，看到江莲远心情不好，她的心情也会受影响。

“嗯，是不好。”江莲远大方承认，没有想掩饰的意思，“原本没打算接这部戏的，前几天裴均州临时通知我，一定要我接男二号。”

这么说来，裴均州让江莲远出演《绝色丽姬之君醉尘烟》，竟然没有提前和他商量，估计也料到他不会接。现在这样一来，江莲远档期就太紧张了，尤其是八月份以后，另一部戏开机，他得在两个剧组之间来回跑。

“放宽心啦，以前不都是这么过来的。”柳爱露出一口小白牙，安慰地拍了拍江莲远的肩膀。

“正因为以前都是这样过来的，所以现在已经不想这么继续下去了。”江莲远提起这件事就怒火攻心，“还有一件事，明明蒋鸿毅担任男一，为什么宣传我是主演？就算这是原创剧本，前期也能看出来刘询才是主线吧。”

柳爱汗颜，这……也是正常现象，谁让你名气那么大！

蒋鸿毅是华世力捧的新人不假，但他现在还没有那么大收视影响力，都是公司艺人，肯定需要你带一带。说你是主演的话，看的人肯定翻几倍。你在这边抱怨，那边蒋鸿毅还蹲在旮旯里哭呢。为什么他费尽心血演的男一号，主演却轻轻松松落到你头上。

江莲远烦躁地叹了一口气。

他原本可以轻松愉快地休息两个月，被裴均州这么一折腾，变成了快马加鞭日夜兼程四个月。机器还有保养期呢，他一个大活人活得连机器都不如。

“裴均州，别以为他坑我这件事就算过去了，没那么简单。”

“江哥，你这是和裴哥闹掰了？”旁边美女豪放爽朗地一笑，突然插话进来，吓得柳爱全身一抖，连剧本都“吧嗒”一声掉地上了。

妈呀！人生活久见！人妖啊！

这么漂亮一美女，为什么说话却是一个男人？我给五毛硬币的打赏，谁出来解释一下，这到底是怎么一回事！

“小跳，你过来了。”江莲远早注意到他不远处坐着的大“美女”。

“是啊，江哥，我刚才还失落，以为我换了身行头你就不认得我了。”“美女”火速把椅子往江莲远那边挪了挪。

“介绍一下，韩哲，韩宏导演的儿子，你可以叫他韩小跳，在剧里饰演金钗。”三人凑一起，江莲远替两人相互做了介绍，“柳雯，演红姬。”

经江莲远这么一说，柳爱瞬间明白，原来他演的是金钗。金钗和银钗都是许平君的贴身侍女，金钗是男扮女装的琴师，银钗却是个实打实的舞女。

“韩导最近还好吗？很久没去看他了。”江莲远与韩小跳像是很熟的样子，很快就聊起来。

"还行吧，反正最近没拍戏，在家闲着养花呢，摆了满满一窗台红牡丹，难看死了。"韩小跳对他老爸似乎颇有不满，"就他那水平还养花，养一盆死一盆，简直就是花族杀手。"

"论导戏，韩导还是很厉害的。"

"别跟我提他，提点开心的，我现在已经独立出来了，不想再靠他什么。"韩小跳冷哼，顺便翻了个白眼，"从今往后，他是他，我是我，我跟他一点关系都没有。"

"独立是好事，不过家还是要常回，时间久了，韩导肯定想你。"

就在这时，一脸冷酷的宋江从远处走过来，在他眼里，压根儿就没看到柳爱和韩小跳这两个活生生坐在江莲远身边的人。

"江哥，谭导叫你过去拍戏，马上开始了。"

"好，那我先走了，你们俩继续聊。"江莲远起身，和宋江去隔壁房间拍戏，留下韩小跳和柳爱两个不相识的陌生人在原地。

柳爱是个自来熟，很轻松就顺着江莲远刚才的话题往下侃。

"韩小跳，你是导演的儿子？"柳爱目光闪闪，羡慕不已。

"是啊，韩宏大导演，没听说过吗？他拍了将近三十多部电视剧，整个影视圈有不认识他的人吗？"韩小跳的语气那叫一个愤恨，好像提起这个人，就等于提起了他的宿敌。

"哇！父亲是大导演，出身演艺世家，多棒！像我这样家里没门路没关系的，想上个戏份多点的角色真心太难了。"柳爱结合姐姐出道的经历，总结出一套足以瞒天过海的说辞。

听到此话，韩小跳整个俊颜都炸裂了，怒火中烧地一拍大腿，猛地站起身来，目光直视柳爱："你懂什么！你以为有关系就好吗？有关系就能走捷径吗？异想天开！一派胡言！"

柳爱嘴角忍不住一抽："小……小跳……我不太懂……"

“你当然不懂！”韩小跳提起这个，几乎痛不欲生，以泪洗面，“因为你根本没有一个拍抗战剧拍了三十多年的爸爸。”

柳爱：“……”

“我刚出生还没三个月，就已经开始接触演戏了。”韩小跳忆往昔峥嵘岁月，“从父母被鬼子杀死的襁褓婴儿，到机智勇敢的英雄少年，再到奋战前线的抗日青年，我自出生以来的十八年，都是在抗战剧中度过的！”

柳爱汗颜，少年，你悲惨的人生经历引起了我的注意。

“最令我难过的是，我爸爸还很溺爱我，他不但利用自己手中的职权让我参演了所有他拍摄的抗战剧，还利用他身边的资源把我介绍给和他关系好的导演，继续演抗战剧。”一行温热的泪水滑过韩小跳的脸颊，他坚强地抹了一把眼泪，“我……也尝试自己去接戏，人前从不提我爸爸的名字。可是每当我拿出自己的资料，就只有演抗战剧的经验，只有抗战剧导演愿意用我。我的戏路都被韩宏钉死了！我恨他一辈子！”

柳爱宽慰地拍了拍韩小跳的肩膀，淡……淡定，孩子，人生没有过不去的坎，内心没有愈合不了的伤。相信自己，相信未来，别想不开，睡一觉又是美好的一天。

“想我一个十八岁翩翩美少年，和我同龄的男星都有可爱的妹子送巧克力、比桃心。”韩小跳黯然神伤，无限忧愁，声音中夹带着哽咽，情到深处不禁高声一吼，“而我……只有四十岁以上的大爷送红薯！”

柳爱：“……”

大……大爷们是爱你的，你饰演的抗战英雄，勾起了老一辈人的热血回忆，是正能量的红色文化，是真正有意义的影视剧，你要有信心！

“我绝对不会让这种恐怖的日子继续下去。”韩小跳目光宛如星辰大海，语气坚定，矢志不移，“为了妹子的情书，为了粉丝的接机，为了做一回真正的爱豆，我就是死也要摆脱我爸爸的魔爪！”

“有志气！姐支持你！”柳爱立即给韩小跳竖了两个大拇指，以此来鼓励他受伤的心灵，“金钗这个角色是你自己接的？”

“那当然。”韩小跳清秀小眉毛一挑，双手叉腰，“为了这个角色，我可是放弃了一部抗战剧的男二号，不管什么样的角色，只要是偶像剧，我都一定会拼尽全力去争取。”

想演偶像剧想疯了这是……

韩小跳的经历确实很忧伤，他爸爸虽然是名导，但资源和圈子都局限于老一辈人。或许在内心深处，他爸爸根本瞧不起市面上那些虚假的玄幻剧、脑残的穿越剧和垃圾的偶像剧，觉得都是充满铜臭味的烂剧，更不想让他的宝贝儿子出演。

文化隔代，造成了影视圈新老两辈的断层。

我们可爱的小跳，和他爸爸的价值观完全不同，他这个年纪，明显喜欢演偶像剧，希望有热情的妹子支持他。

“小跳，你才十八岁，这么年轻，有的是机会。”柳爱以己为例，循循善诱，“脱离你爸以后的路，你自己肯定也能走得顺风顺水，不要太担心，相信自己嘛。”

韩小跳赞同地点点头。

韩哲和柳爱两人聊了一小会儿，韩哲的助理过来叫他去隔壁房间拍戏。柳爱也起身跟着韩哲一起过去，因为下场戏有她一个镜头。

这场戏是许平君身上的毒发作，刘询当时无权无势，找不到好的医生替她解毒。金钗作为许平君的好姐妹（好兄弟），不忍心看着许平君就这么死去，于是前去求刘贺救许平君。

柳爱静悄悄立在旁边，仔细看韩小跳和江莲远拍戏。

“Action。”谭秀松拿着扩音器，平静地说。

“主上，主上，求求你了，救救君姐吧，再这么下去，她会没命的。”

金钗跪在地上，一双清澈的眸子直直地盯着昌邑王，眼里满是哀求。

“她既然选择跟刘询在一起，就应该知道会有这么一天。”刘贺斜躺在床榻上，手里捧着书卷阅览，“你又何必再过来烦我。”

“君姐姐从来都没有背叛过主上，也不敢做对不起主上的事。”金钗几乎是爬到了刘贺的床边，解释说，“她这么做，完全是为了完成主上交代的任务。”

“好了，你无须再辩解了。”

“主上，主上，你不能这么绝情啊，君姐对主上忠心耿耿，日月可鉴。”金钗哭着，不断地磕头恳求，泪如雨下。

柳爱在旁边看着，完全被韩小跳精湛的演技震慑了！

十八年的戏龄果真不是盖的！男扮女装毫无违和感，浑身上下都是戏。这哪里是一翩翩美少年，这就是一个新时代的戏精啊。

金钗哭了半天，刘贺见他实在心烦，才缓缓放下手里的竹简。

“如果真想救她，让刘询亲自来找我，除此以外，别无他法。”刘贺挥挥手，示意金钗退下，“红袖，本王累了，送他走。”

柳爱缓缓从纱帘后面走出来，轻声说道：“诺。”

“Cut。”谭秀松有气无力地喊。

“小跳演得不错，莲远再调整一下状态。这条过了，准备下一条。”谭秀松站起身来，从裤兜里掏出一盒皱皱巴巴的红双喜，拿了一支烟出来塞进嘴里，“休息五分钟，回来继续。”

拍戏的生活一直在继续，柳爱也在逐渐习惯。

在这期间，柳爱与江莲远主演的幻想电影《世界树》正式在影院上映，江莲远不但要在剧组拍戏，还得负责电影的宣传。这几天他接受了数家媒体的采访，作为嘉宾上了两档热度较高的综艺节目，以此来提高影片知名度。

在宣发公司和各主演的努力宣传之下，电影票房一路高歌猛进，取得了相当不俗的成绩。柳雯的名气“噌噌噌”往上涨，微博话题数直线上升，粉丝数更是在半月内狂涨一百五十万。

冯余斌管着柳雯的微博，积极更博的同时，还与粉丝们友情互动。

相比各方忙碌的身影，柳爱反倒是最清闲的一个。

三天后，剧组来了一位特殊的探班人员，自然就是我们柳雯的现任男朋友——周宗弈，周少爷。

前天夜晚，周宗弈给柳爱打来一通电话，说他今天正好有事到上海，顺便到剧组探她的班，看看近况。

柳爱以为周宗弈就只是过来看一眼而已，然而事实证明，果然还是她想得太天真……当周宗弈到达剧组的时候，柳爱整个人都傻眼了。

这辆三百多万的豪华移动房车是要干什么？！专职司机和高级营养学厨师又要干什么？！

妈妈呀……弈哥你这是逼着我将大牌耍到底啊……

大牌明星自己赚钱多，有时候拍戏实在辛苦，就会买一辆房车代步，赶路的同时还能稍作休息，给疲劳的身体一丝放松的时间和空间。

但是……男一、女一都还在坚持与剧组人员共甘苦的团结时刻，我一个女三号这么肆无忌惮地作妖，这不是摆明了拉仇恨吗？

剧组拍摄现场，周宗弈轻巧地抱着柳爱，随意地坐在椅子上。

“还满意吗？”

“啊？”柳爱眨眨眼，又立即点点头，“满意是满意……”

“你想去哪里，都可以让司机带你去。我记得这附近应该是有海的，不拍戏的时候，可以出去散散心。那位女厨师既是高级料理师，同时还是保健营养学硕士，负责你的日常饮食，应该问题不大。”

柳爱这才想起来，她好像是和周宗弈倒过苦水，说为了减肥不能吃好吃的，没想到他竟然一直记得。

犹豫半天，柳爱还是决定实话实说。

“弈哥……要不，你还是把房车和人都带回去吧，我感觉……这样好像不太好。”柳爱也没生气，就是觉得很尴尬，没看见刚才整个剧组的人看我的眼神都不一样了吗？

“有什么不好？”

“就……太托大了。”柳爱汗颜，“江莲远都没我这么大架子。”

周宗弈迷人的眼睛看着柳爱，无视周围人羡慕、嫉妒、诧异、震惊的各种复杂眼光，贴近她微红的耳垂，说着甜言蜜语：“我就是要让别人知道，你是我周宗弈的女人。这辆车是我专门为你买的，你的身体健康才是我最关心的，至于其他人怎么想，我才懒得花心思去在乎。”

苍天……这美妙的说辞一套一套的，为什么柳爱感觉想拒绝都十分艰难啊！

“谢谢弈哥。”柳爱嘴角一勾，其实……大厨还是可以留的。

“再过半个月就是七夕节了，能抽时间出去玩吗？”周宗弈轻轻搂着柳爱的腰肢，不紧不慢地说，“好久都没出去了，你想去哪里？去巴黎买衣服？我记得那天英国正好有位知名的画家办画展，想去吗？现在这个季节，沙滩游泳有点冷，坐潜艇去海底游览怎么样？”

柳爱仔细想来，七夕节那天她正好有拍摄任务，估计陪不了周宗弈，怎么办？

“七夕正好我杀青耶，从早晨八点到晚上十点都有戏要拍。”柳爱小声地解释，又怕周宗弈会生气，所以眼珠子转了转，心虚地瞄了他一眼。

周宗弈俊眉微皱，似乎有些生气了，惩罚性地掐了一把她的小蛮腰：“拍戏重要还是我重要？”

“哎哟。”柳爱感觉腰间又痒又痛，忍不住扭了扭，脸上却绽开了灿烂的笑容，“你重要，你比什么都重要，可是……”

“没有可是，这件事我会妥善解决，没人敢为难你，到时候你只管出来陪我，其余的不用担心。”周宗弈宠爱地刮了刮柳爱的鼻尖。

“哦，好吧。”柳爱乖巧地点点头，“听你的。”

韩小跳在旁边看着柳爱和周宗弈大撒狗粮，不断咂舌。没想到啊没想到，雯姐真是深藏不露，有这么有钱有势的男朋友，还演什么狗屁女三号啊！

周宗弈和柳爱你侬我侬地秀了半天恩爱，直到……一个身穿昌邑王服装的演员路过，正是我们人见人爱的江莲远大神。

江大神斜眼瞧了柳爱和周宗弈一眼：“周宗弈，好久不见。”

“是啊，自从上次杀青宴之后，一直没有机会再见。”

“你过来探柳雯的班？”江莲远皱眉，柳爱看得出来，他的心情相当不好，但他向来有素质，自控能力一流，绝不会当场做什么出格的事。

“是啊，这段时间总见不到雯雯，怪想她的。”周宗弈笑着说，一副正牌男朋友的语气，低头看向怀里的柳爱，“雯雯肯定也想我，对不对？”

“你们慢慢聊，我还有事，先走了。”

没说两句话，江莲远就黑着脸走远了，全程也没瞧柳爱一眼。柳爱倒是心大，没注意江莲远异样的情绪，仍旧和周宗弈开心地聊天。

周宗弈在片场待了半个小时左右就匆匆离开了。

每天都有厨师为她单独做干净卫生的营养餐；她也是坐专车跟着剧组转场；没戏拍的时间，她还能让司机带着去周围各处景点玩耍。

柳爱从此过上了这神仙般的幸福生活。

# 第十一章

## 你是我的英雄

电影《世界树》自上映以来，在多方不断努力之下，取得了票房与口碑齐飞的傲人成绩。两星期后，第八届银川电影节隆重开幕，《世界树》获得最佳特效、最佳导演、最佳男主、最佳女主等多项大奖提名。

主办方邀请了男一号江莲远、女一号柳雯、导演魏元、制片人刘何在四位剧组主创人员，前往参加颁奖典礼。

如此重要的场合，柳爱自然不能错过。虽然得奖机会渺茫，但是能够参加一次银川电影节的颁奖典礼，幸福地走走红毯，对柳爱来说还是相当期待的。

当天下午，柳爱兴高采烈地化好妆，穿上淡粉色的漂亮晚礼服，盘起高高的丸子头，星光靓丽的造型让冯余斌感到十分满意。

颁奖典礼晚上七点开始，柳爱和冯余斌提前两个小时从别墅出发。

可惜，天不遂人愿，路上堵车十分严重，就在离颁奖典礼场地不到五公里的地方，冯余斌的车被堵得寸步难行，眼睁睁看着颁奖典礼开始的时间临近，前面的车流却一点也不见松动的迹象。

这么下去，肯定会错过颁奖典礼，怎么办？

“小爱，不能再等了。”冯余斌立即把自己包里的邀请函递给柳爱，“我留下开车，你现在拿着邀请柬，从这条小巷横穿过去，对面马路有可能打到车，你坐出租车过去，再晚时间就来不及了。”

“你呢？”柳爱一听，彻底汗颜。

这意思是要她自己去场地？身边如果没有冯余斌，她又第一次参加颁奖典礼，这……路途艰难……她估计无法顺利完成任务。

“我找到停车的地方，处理好车以后，立刻去现场找你。”冯余斌饱含信任的目光坚定地看向柳爱，将邀请函交到柳爱手上，郑重得像是交出了自己一辈子的银行存款，“接下来，靠你自己了。小爱，一定要活着到达现场。”

柳爱嘴角一抽，是，我一定活着到达，绝对不会中道崩殂。

柳爱准备好以后，就提着手提包下车，穿过几辆被堵的车辆，从护栏杆跨过去，路过几座大厦间的巷道，终于到达临近的街道。

她看着满大街纹丝不动的车，隔壁马路也是堵着的啊！

就在这危急的时刻，柳爱身边突然蹿过一个送外卖的小哥，方向和自己要去的乾坤酒店完全一致。

“你好，外卖小哥，请问你路过乾坤酒店吗？”

外卖小哥：“……”

“我是一个明星，要去参加第八届银川电影节的颁奖仪式，如果顺路的话，请载我一程，不然我就要错过走红毯的时间了。”柳爱目光恳切地看向外卖小哥。

外卖小哥惊得嘴巴能塞三颗鸡蛋，这年头碰瓷技术都这么高超了吗？

“抱歉，我赶时间。”外卖小哥飞速跑远。

柳爱风中凌乱……怎么办……谁来载我去现场……

就在柳爱完全束手无策的时候，猛地一抬头，她居然就站在地铁的入口处！虽然坐地铁不能直接到达会场中心，但至少能够缩短一些离现场的距离。

于是柳爱当机立断，提着长裙进地铁，买了一张单程地铁票，坐地铁前往目的地。

站在地铁上，柳爱内心紧张，忐忑不已，搭乘公共交通工具真心太危险了，虽然说她现在就是个十八线明星，一般人不会特别注意她，但她今天穿得实在太扎眼，难保不会被认出来。

正在柳爱一脸紧绷地低头坐在角落时，突然……有人拍了拍她的肩膀。

柳爱心惊，抬起头，眼前居然是一个二十多岁的姑娘。

“那个……”姑娘紧张得有些说不出话来，脸色微微发红，“你好。”

柳爱心底一沉，我去……完蛋了……

“扫码加微信，红包天天领，还有各种半价服装和生活小用品，支持一下，我们创业不容易。”

柳爱崩溃，把额头一捂，这神一样的转折真叫人揪心。

她掏出手机扫完码，下车站点已到，让她没想到的是，当她走出地铁的那一刻，发现乾坤酒店就在地铁口后面。

哇，太幸运了！

柳爱提着长裙走进乾坤大酒店，这是一家标准的五星级酒店，酒店内设有大型舞台会场。

然后……在这占地面积广阔的酒店内，柳爱华丽丽地迷路了……不过很快，她就在一楼的偏厅找到了会场和红毯，不断有人在席位上落座。

柳爱在光洁的大理石地板上照了照自己的模样，快速拿出小镜子补了个妆，还好还好，衣裳整齐，没有凌乱，可以风风光光地走红毯了。

脸上挂着迷人的微笑，脚下迈着轻盈的步伐，柳爱施施然冲着红毯走了过去。

大红地毯铺地，一直延伸到会场最深处的台阶上，周围挂着五颜六色的大气球，宴席桌上摆着花生、瓜子、糖果等各色果盘。

柳爱在红毯上游荡许久，荡来，晃去……晃来，荡去……

良久后，她忍不住擦了一把额间的汗水，疑惑地偷瞄一眼，奇怪了，偌大的银川电影节，现场气氛为什么这么祥和？她走了这么久，都没有遇见一个同行。没有主持人，没有签字墙，甚至连记者都没有一个！现在的电影节作风都这么简朴了吗？

就在柳爱纳闷的时候，三个黑衣保镖向着柳爱走过来，拦在她面前。

“你好，小姐，请出示邀请柬。”保镖冷面无情道。

柳爱急忙掏出自己的邀请函，递给保镖。保镖看了一眼邀请函后，严肃地冲着柳爱说：“抱歉，小姐，这里是王志成老先生二婚的婚庆典礼，你的邀请函不是我们的喜帖。这里是鸳鸯厅，你邀请函上的地址在十五楼的星光厅。”

保镖主管冲着另外两个保镖一挥手：“送这位小姐出去。”

众目睽睽，光天化日之下，柳爱被两个保镖架起来，无情地拖离红毯，拖出婚宴，扔到门外。

温热的泪水滑过悲伤的脸颊，柳爱拍拍自己身上有些褶皱的裙子，手里握着电影节邀请函，面无表情行尸走肉般走在酒店里。她已经绝望了，因为……走红毯的时间早已经错过，这个时间点，她就是重返二十岁都不可能赶上了。

任务，完败。

柳爱呆站在酒店大门口，不知所措地等待冯余斌赶来。

没想到五分钟后，柳爱看到了一个熟悉的身影，那不是江莲远吗？

他这几天没有跟组拍戏，而是在外面参加活动给电影做宣传，所以柳爱这几天都没怎么见到他，这次电影节他当然也受到了邀请。

“江莲远！等等我。”柳爱找到救命稻草一般，立马撒丫子奔过去。

走近以后，柳爱才发现，裴均州今天居然破天荒地跟着来了！

裴均州不但是江莲远的经纪人，还是华世副总，早些年跟着华世CEO罗煜一起打天下。他让华世成长为今日影视界的参天大树，堪称为华世打下了半壁江山。不过近些年裴均州身体上的原因，已经逐渐淡出高管层。虽然保留了副总头衔，但很少插手华世内部决策运营，就连江莲远的经纪工作，也只是在签大项目的时候他才会出面把把关。

今天，裴总一身典雅的黑色西装，大方正式而不拘谨。江莲远则一身精致的墨蓝色晚礼服，衬着他高挑的身材，显得异常英俊潇洒，魅力四射。

“裴总！”柳爱笑眯眯地打了个招呼。

“你怎么一个人在这里？冯余斌呢？现在颁奖典礼已经开始半个小时了，你没有按时入场吗？”裴均州依旧是一脸平静，不咸不淡地问。

“我……冯余斌被堵在路上，我是坐地铁赶过来的，然后……跑错场地，耽误了入场时间。”柳爱尴尬地挠挠耳朵。

裴均州此刻已经忍不住开始自我怀疑，自我审视，自我批判，自我反省，华世签下柳雯这种路痴兼白痴是不是一项重大的决策失误。

“莲远你和裴总为什么也迟到？”

“我们没有迟到，已经提前和主办方打过招呼了。莲远这几天行程紧张，刚下飞机就往这边赶，能露面就已经很不错了。”裴均州解释，然后迈步往前走，“好了，再晚颁奖都要耽误了，一起进去吧。”

柳爱跟在江莲远和裴均州身后，三人一起乘坐电梯，到达十五层的颁奖现场。

江莲远和柳爱出示邀请函后，现场的工作人员领着他们一起入场。他们三个入场的时候，颁奖已经进行了三分之一。柳爱地位有限，所以坐在第三排靠边的位子，江莲远则坐在最前排的中央位子。

对于主办方席位的安排，柳爱倒是没什么意见，反正她就是来凑个热闹而已，也没指望真能获奖。她原本是想风光地走一回红毯来着，没想到力挽狂澜的最后一刻，跑去走了人家二婚的红毯，享受了一把再婚的喜悦。

柳爱旁边坐着的男人，她貌似有点印象，是个不太知名的小明星，年纪和她差不多，估计也是被顺便请来充场面的。

台上灯光璀璨，主持人面带微笑地拿着话筒，颁奖还在持续进行中。

“好啦，接下来我们要颁发的是……女演员电影奖……”男主持人轻松地说，“就是我们平常所说的最佳女演员奖。”

“有请我们的颁奖嘉宾——银川电影节创始人、演员协会副主席、著名演员艺术家李健桐先生，请李老先生上台……”

礼仪小姐将一位年纪七八十岁的老先生缓缓扶上讲台，女主持人立即搭手扶着老先生。

李健桐今年已经七十七岁，他从黑白电影时期就开始在银幕上演戏，在七十、八十、九十年代，塑造了很多经典的银幕形象，堪称华语影视界泰山北斗，为整个影视界做出了相当大的贡献。

李健桐走上讲台的时候，台下所有的人几乎都站起来鼓掌，柳爱自然也马上站起来跟着大家一起鼓掌。

“银河电影节的最佳女演员人选经常出现空缺，但是这一次，它会颁给一个能够承载它的女演员。艺术需要传承，文化需要凝练，我希望我们年轻一代的演员能够真正肩负起艺术传承的重担，为观众呈现更多有意义的影视作品。”

李健桐颤颤巍巍地拿起了自己手中的颁奖词卡：“下面，我宣布，获得银川电影节最佳女演员奖的是……”

李健桐戴着老花镜，费力地盯着自己的手卡：“柳雯……”

惊不惊喜？！意不意外？！刺不刺激？！

第一次拍戏就能拿最佳女主角？这是几辈子修来的绝世大好运，才能这么不费吹灰之力就拿到最佳女主！既然有可能获奖，冯余斌怎么也不提前打声招呼！弄得她当场手足无措，惊喜不已，还走错场地，差点耽误领奖。话说最佳女演员奖现在已经量产到这么好拿了吗？

柳爱脸颊通红，“噌”的一下站起身来，感觉双手无力，不能自已。

柳爱内心激动，双腿颤抖，全身筛糠一般走向领奖台。

“婕……”李健桐顿了一下，补充说。

婕个鬼啊！一个名字间的停顿时间能不能缩短到0.3秒以内啊泰山老先生！瞅字瞅了足有五六眼！喘气喘了足有七八秒！时间越长，伤痛越大，你这样大喘气的念法，容易让我情绪起伏过度而猝死！

“有请柳雯婕上台领奖。”

“恭喜柳雯婕。”

全场响起悠扬的颁奖音乐，台下响起热烈的掌声，柳雯婕在众人的瞩目下，提着长裙，脸上带着一丝平和的微笑，大方地走上台领奖。

柳爱走了一半的领奖之路，在中途被迫停下，她满脸沮丧地回到座位上。

坐在座位上，柳爱面无表情地忧伤着。事实证明，她和她那在淘宝上卖活母鸡的大表哥一样傻。她的人生并不是一无所有，她……还有病；她的青春也并不是一去不返，她……还反酸，羡慕嫉妒恨性质的那种酸……

柳雯婕与李健桐老先生亲切地拥抱，开心地从老先生那里拿过奖杯，站在话筒前，优雅地说着自己的获奖感言。

“谢谢……感谢各位评委能够把这么重要的奖项颁给我，谢谢……”

柳雯婕鞠躬。

“同时，感谢一直支持我、鼓励我的观众朋友们，以及一直默默在背后付出的我的经纪团队、导演制片们，爱我的朋友，我也爱你们。”柳雯婕难掩自己喜悦的心情，“我会一直努力下去，来回报你们的每一份热爱。”

看着荣耀加身的柳雯婕，柳爱手指轻轻叩了叩前面的椅背。

羡慕归羡慕，不过这也是人家努力拼搏得来的，算是实至名归。

她嘛……毕竟生活不止眼前的苟且，还有远方的红焖肘子和油焖大虾，拿不到大奖，就吃一顿大餐解解闷呗。

就在柳爱走神羡慕柳雯婕的时候，颁奖还在持续进行中……

“刚才我们颁发的是最佳女演员奖，接下来我们要颁发的是银川电影节最佳男演员奖，那么这个奖究竟会花落谁家呢？大家已经开始尖叫了，看来大家可能已经猜到结果了。不过在这里，我们还是先有请本次奖项的颁奖嘉宾——中国导演协会副主席、社会活动理事协会主席、著名导演余温先生，有请。”

余温走上台，站在话筒前，开始演说颁奖词。

“刚才在后台时，我在想，一个优秀的男演员应该具备一些什么样的能力？我想到两点，第一是敬业，不管他面对多大的困难，受到怎样的挫折，但只要面对镜头，他就立即能够抛开一切，全身心地投入表演创作当中；第二点是影响力，无论对待谁，在怎样的环境，都能够以宽和的心态去看待，给人以力量，给人以光芒，给人以温暖。”

台下已经沸腾一片，因为大家基本都已经猜到是谁了。

“下面我宣布，获得银川电影节最佳男演员奖的是——江莲远。”

镜头给到坐在第一排的江莲远身上，江莲远大方地微微一笑，从容地几步走上领奖台，接过余温手中的奖杯，很简短地说了几句获奖感言。

“谢谢大家的厚爱，我一定再接再厉，不辜负大家的期待。”

匆匆说完获奖感言之后，江莲远就准备下台了。

因为对于江莲远来说，银川电影节的最佳男演员奖在他的演艺生涯中并不具备什么特殊的意义，他从二十岁出头红起来的时候就开始在各种颁奖典礼上拿奖，他拿过的奖杯，或许自己都已经数不清了。

“等等……莲远……请留步。”女主持人见江莲远要下台，立马在台上出口拦截他。

他既然都上台了，主持人的任务自然就是多留他一会儿，毕竟电影节的收视有一半靠他在台上露面的这一瞬间在支撑，无数观众粉丝在直播前等待的，也就是他匆匆露面的这几秒钟而已。

所以怎么能轻易放他离开！

“今天好不容易逮到江莲远，咱们就别轻易放他走。来来来，莲远，舞台中间请。”

两位主持人把江莲远请到舞台中央，准备对他做个简单的采访。

“其实今年莲远也是丰收的一年，如果要给自己打分，准备打几分？”

“今年啊……感觉状态不佳，六分吧。”

“莲远你就不要谦虚了，在我心里，在我们心里，你永远都十分。”女主持人笑眯眯地冲着他比了个心。

“谢谢。”江莲远脸上挂着自然亲切的微笑。

“再过几天就是七夕节，七夕节之前，有没有什么特别的愿望啊？现在说出来的话，很可能会实现哦。”女主持人话中的含义，是希望能套一下江莲远的话，看看能不能问出他最近的恋爱状况。

“愿望……”江莲远漂亮的脸上闪过一丝无奈，微微叹了口气，“希望能好好休息一段时间，陪陪自己的亲人。”

主持人简单地又问了江莲远几个问题，才恋恋不舍地放他离开。

颁奖典礼在众人的期待中又进行了二十分钟左右。

其间有不少男星和女星获得殊荣，一个一个走上台领奖。

“接下来我们要颁发的是……年度最具魅力男星，你们觉得应该属于谁呢？”男主持人低头看一眼手卡，“有请我们的颁奖嘉宾，华世天下影视创始人兼首席执行官罗煜先生。”

哦！柳爱立马支起耳朵，瞪大眼睛，罗煜？不就是华世老大吗？说起来她虽然是华世旗下的签约艺人，却一直没找到机会拜山头耶。

柳爱看着走上台的华世CEO罗煜，他年纪在三十五上下，是年轻有为的精英人物。罗煜和裴均州给人的感觉几乎是完全相反的，如果说裴均州是那种扎在人堆里需要认好久的书生，罗煜就是天生站在人群中央的领导者。

“既然是年度最具魅力男星，如何理解魅力？要满足‘魅力’二字，我认为必须满足一个条件，他一定是全中国九亿少女梦中的情人。”罗煜嘴角轻轻扬起一丝笑容，“我宣布，获得年度最具魅力男星的是——江莲远。”

台下又响起热烈的掌声。

柳爱眨眨眼，相比起她的状况百出，江莲远居然连着拿了两个奖！

江莲远又上台拿了一次奖杯。

就在这时，柳爱突然想上趟厕所，刚准备站起身来，结果“扑通”一声，又出现了令人意想不到的状况。

她的臀……卡进了座椅里。

我去……在这心颤的一瞬间，柳爱似乎感受到了绝望。

因为无论她怎么用力，整个屁股都卡在座椅和靠背的缝隙间，而且如果她使劲的话，整个盆骨都会被卡得很疼。

台上灯光璀璨，荣光万丈，台下柳爱被卡臀卡得心力交瘁。

卡了整整十五分钟，柳爱自我拯救失败后，实在支撑不住，赶紧给冯余斌打电话，冯余斌很快接通电话。

“喂？”

“斌哥哥，你现在在哪里？”柳爱焦心。

“我在警察局，刚才我前面出了一桩交通事故，我是最直接的目击者，警方要求我配合调查，还要查看我的行车记录仪，我正在录口供。”

行了，冯经纪人，赶紧收拾收拾回家种地吧，再晚就赶不上今年初春的雨季了。

柳爱怒火冲天地挂断电话，彻底陷入困境之中。

思前想后，考虑万分，柳爱盯着手机通讯录里的好友联系人，点了江莲远的头像。

江莲远刚从台上走下来，手里还拿着奖杯，腰间的私人手机突然振动。趁周围人不注意，他把奖杯交给身旁的裴均州，离开席位，走出会场，到走廊外面接起电话。

“柳雯？怎么了？”

“江莲远，救命啊……我卡在凳子里出不来了。”柳爱感觉整个人虚脱得即将升天，“怎么办……冯余斌不在我身边……”

江莲远是离她最近的朋友，她此刻能求助的唯一合适人选就是他。裴均州毕竟是领导，而且是大领导，卡臀这种事，柳爱下意识觉得还是瞒他一下比较好，虽然可能瞒不住……

“别急，告诉我你的具体位置。”

“第……第三排最右边。”柳爱双手吃力地架着凳子，让自己瘦弱的身体不要再往下陷。

挂断电话，江莲远第一时间进入会场，只用不到五秒时间，就站在了柳爱面前。

柳爱抬起水汪汪的大眼，看着秒速出现在自己面前的人，恍然间……她有一种感动得想哭的冲动。这世界上的英雄，除了下单第二天就把叉烧肉送到她手上的快递员，大概……就只剩下江莲远了吧。

“你的身体还能动吗？”江莲远冷静地蹲下身，只是表面的平静无法掩饰他内心的焦急。

“不行，完全动不了。”柳爱的眼泪“啪啪”地往下掉。

江莲远这是第一次见柳爱哭，她在他面前一直都是笑嘻嘻的，偶尔会耍个宝。但她一直很坚强，只是不知道为什么，这一次她却哭了。

江莲远手上没有工具能够及时弄开椅子，强行抱出柳爱，又怕弄伤她。

“你好，帮忙叫一下现场工作人员，谢谢。”江莲远冲着柳爱旁边的明星说。

旁边的小明星愣了一下，随后立即反应过来，赶紧跑去找人。

周围逐渐出现骚动，骚动的原因自然就是江莲远不明原因地突然出现。

工作人员很快提着工具箱赶过来，拿出螺丝刀，卸下椅子上的固定螺丝，椅子松动后，柳爱的臀才堪堪能出来。

在众人惊诧的目光下，江莲远单膝跪地，将身体卡得麻木的柳爱抱起来，几步走出会场。

柳爱被江莲远一路抱出酒店，乘着电梯到地下停车场，江莲远把她放到自己的车的后座上。

大约过了两分钟，江莲远的电话又响了。他看了一眼来电显示，是裴均州打来的。但江莲远立即挂断了，没有接起来。他知道刚才在会场的行为会引来无数非议，现场记者颇多，有人还拿着手机冲着他拍视频，那又是一个能占大版面的新闻。

可即使明天会有麻烦，他也无法做到对柳雯视若无睹。

“好点了吗？”江莲远关心地伸出手，摸了摸柳爱微热的额头。

“嗯。”

“别担心，没事了。”江莲远和煦的笑容仿佛抚平了柳爱心中难以言说的不悦，“我送你去医院。”

医院急诊大夫打着哈欠，看起来值夜班有些困顿。

柳爱拉着一张驴脸，老气横秋地往大夫面前一坐。

“怎么了？哪里不舒服？”

“大夫给我开药，专治各种不开心。”柳爱开口就霸道异常。

大夫：那回吧，明天早上去精神科，那里才是适合你的地方。

江莲远和大夫说了一下柳爱卡进凳子里的情况，大夫仔细瞧了瞧。

诊断结果……自然是没什么大碍。柳爱只是卡在凳子里时间较长，双腿麻木，暂时血脉不畅无法动弹而已。

江莲远扶着柳爱从医院走出来的时候已经是夜晚十点，送柳爱回别墅太不方便，所以江莲远就近把她带回了自己家。

然后，就是风波正盛的第二天。

江莲远单膝跪地抱起“柳雯”的视频传遍了整个网络。

有人觉得江莲远与柳雯肯定有一腿，有人觉得这并不能说明什么。江莲远平时就心善，临危救助而已，没什么大不了的。江莲远本人并没有对此事件做出任何回应，柳雯也没有做出任何回应，留下令人无限遐想的未解之谜。

只是经此事件，柳雯拥有了一个专属的明星分类——

卡星，在影视界盛典或大型活动中，故意卡进凳子里引起关注的明星。

再过五天时间，就是传说中牛郎织女鹊桥约会的七夕情人节了。

这天，柳爱拍完戏回到宾馆，打开门，就见房间里洁白的大床上坐着一位身穿黑色西服的男人，这位穿着正式的男人，正是前几日逼迫柳爱耍大牌的周宗弈。

周宗弈左腿搭在右腿上，一派悠然地坐在床边，他身旁还站着一位手提化妆箱的造型师。

“弈……弈哥？”柳爱一惊，周宗弈怎么会在这里？

“交给你了，半个小时以内弄好，不然时间来不及了。”周宗弈用眼神示意他身边的造型师动作麻利点儿。

造型师点点头："来，柳小姐，请坐这边。"

"怎……怎么回事？"柳爱刚进门，就一脸茫然地被造型师按在椅子上，开始梳妆打扮。

"作为我的女伴，一会儿要带你参加一个重要宴会。"周宗弈低头看一眼手表，简单地解释，"时间很赶，先让Peter给你做头发，礼服和首饰马上送过来。"

柳爱："……"

我们随性的周大少爷总是这么出其不意攻其不备，在不经意间，让别人无语凝噎。不过她的职责就是替姐姐完成工作，参加宴会也算其中之一。既然周宗弈都这么要求了，她也只能乖乖听话。

造型师给柳爱量身设计了一款风姿动人的韩式妆容，不但画了漂亮的彩眼影和粉红唇，梳起蓬松的头发，扎在脑后，还将耳边垂下的几缕咖啡色长发烫卷。

发型做到一半的时候，宾馆房间的门被敲响，进来两位端着衣盒和首饰盒的女服务员。

"周先生，这是您预订的礼服和项链。"

"好，谢谢。"

两位服务员将礼服和项链放在床边，周宗弈静静地等待柳爱上好妆，头发定型完毕。

"我从冯余斌那里问过你的身高和三围，不知道合不合身，你先穿上试试吧。"周宗弈点了一支烟，烟雾渐渐弥漫至天花板上空。他转头对其他人说，"都先出去吧，有事再叫你们。"

柳爱无语，此刻最应该出去的人就是你！周少爷！知道吗？

于是，房间内此刻就剩下了柳爱和周宗弈，眼对眼，鼻子对鼻子，两人就这么莫名其妙又心怀鬼胎地对视十几秒。

“愣着干什么？换衣服吧。”周宗弈指指床边的礼服。

“你转过身去。”柳爱耷拉着眼皮，“不许趁我换衣服时偷看。”

周宗弈一副不屑一顾的表情，多少女明星挤破脑袋让他看，他都懒得扫一眼，柳爱居然还禁他的眼……

周宗弈无奈地背对柳爱，柳爱脱到只穿着打底裤和背心，才拿起礼服换上。只是她自己弄了半天，项链也戴不上去。

“好了吗？”

“衣服穿好了，但项链戴不上，好像勒住脖子了，再不解开我可能会窒息而死。”柳爱手忙脚乱地解着项链。

周宗弈：“……”

他几步走到柳爱身后，缓缓替她解开，手轻轻环绕过柳爱白皙的脖颈，将晶莹的祖母绿宝石项链自然地坠在她的胸前，替她戴上。

柳爱转过身，开心地拽了拽小耳垂：“好看吗？是不是很丑？”

“当然好看，我看中的女人，怎么会不好看？”

周宗弈完美的侧颜引人心动，他缓缓偏头，用鼓励的目光看了柳爱一眼，珍爱地牵起她的手，十指相扣：“走吧，我的女神。”

司机坐在驾驶位开车，周宗弈和打扮得光彩照人的柳爱坐在车后座上。柳爱好奇地盯着窗外飞驰而过的高楼街景，伸手摸了摸车窗玻璃。

“我们这是要去什么样的宴会？”

“商界宴会，也不完全是谈生意，现场会有很多老总和老总的女儿，所以你一定要充满自信地出现在他们面前。”周宗弈露出个魅力十足的微笑，忍不住捏了一把柳爱软软的脸蛋，“懂吗？”

周少爷，你话语间隐藏的信息太深奥，以我等残缺的智商，根本懂不了。

“我爸觉得我已经到适婚年纪，想选一位貌美如花的娇妻做他的儿媳妇，所以他特地为此办了一场宴会。待会儿你可得好好表现，我的正宫娘娘。”

柳爱汗颜，以我等脸残的姿容，怎入得了父王法眼，别指望我做正宫。

车到达一座大厦，周宗弈领着柳爱乘着电梯到达大厦顶端的停机坪。周宗弈提前备了一架直升机，带着柳爱前往宴会中心。

由于宴会中心没有停飞机的地方，所以两人到达城郊后，又坐汽车前往宴会场所。

大约两个小时后，周宗弈领着柳爱到达了目的地。

“下车吧，我们到了。”

周宗弈先行下车，绅士地将手伸向柳爱。柳爱小心翼翼地把手搭在他的手上，脚踩着漂亮的水钻高跟鞋缓缓下车。

两人手挽手，肩并肩，一起走向宴会中心。

进门前的最后一刻，柳爱心虚地抬头，问站在身旁的周宗弈：“我不会丢人吧？”

“相信我，今晚，你一定是全场最美的女人。”

听到鼓励的话，柳爱重拾自信，挽着周宗弈的胳膊出现在宴会厅的瞬间，全场匪夷所思的目光几乎齐刷刷地射向两人。

“这个女人是谁啊？怎么会挽着周宗弈的胳膊进来？”

“柳……柳雯？”

“我早就听说，周少爷在外面包养了一个风骚的十八线小明星，起初还以为是讹传，毕竟以周宗弈的身份，怎么也不至于找这种货色，没想到居然是真的。而且他今天还把人领来了，真是难以置信。”

“不是在开玩笑吧。”

这才刚进场，柳爱就已经被全场目光射成筛子，她怀疑再这么走下去会有生命危险。

面对一群商界大佬和商界大佬的女儿，柳爱着实心惊。在场无数名门

扫描二维码
即将有机会获得我们送出的
作者签名版免费图书哟！
（古代、现言、甜宠、虐文……各种图书等你挑选哟！）

关注“溪边草舍”订阅号
精彩小说抢先看，每月图书免费送。

芊素品

贵族、千金小姐，个个打扮得花枝招展，赛过西施，浓妆淡妆，脂粉云集。

柳爱忍不住嘴角抽搐……我去，周宗弈，你爸爸为了挑选未来儿媳妇，这是把现场布置成世界小姐选美大赛了吗？

柳爱的存在，对于在场所有如狼似虎盯着周宗弈的女人，简直就是一面钢铁般无法穿越的巨盾。如果周宗弈身边没有女人，她们一定会前仆后继地拥上来，和周宗弈攀谈说话，企图引起我们周大少爷的注意。

可惜……这一切原本应该有的光景，都被坚挺的柳爱一手摧毁了。

“周宗弈！你居然拿我当挡箭牌！这样做真的合适吗？”柳爱这才迟钝地反应过来，周宗弈明显是怕这种场合太麻烦，所以拎她过来站桩。

“所以呢？”周宗弈挑眉，满脸笑意，“知道怎么做吗？”

哼哼！怎么说本姑娘也是混迹演员圈儿个把月的高人了，经年累月练就的炉火纯青的演技，今儿个就抽时间操练操练，您就瞧好了吧！

说时迟，那时快，柳爱娇弱的身躯瞬间跟服了十香软筋散似的，即刻倒在了周宗弈宽厚的肩膀上，声音甜得足能让人倒掉三颗大门牙：“欧巴，不是说好今天去马尔代夫看珊瑚嘛，干吗要带人家来这种地方，好无聊啊——”

周宗弈忍不住想笑场，心中原本还存有的一丝阴霾，瞬间被柳爱这一声晴天霹雳的欧巴冲得烟消云散。

“没办法，这边的事情比较要紧，躲不掉。”周宗弈低头与柳爱密语。

“嗯嗯，那这次就勉强原谅你，下次可不能这么临时改主意，不然人家可就生气了。”嗲到最后，柳爱自己都忍不住恶寒起来。

就在这时，柳爱目光突然扫到不远处的甜点区，居然有拿破仑蛋糕耶！还有欧培拉和红葡萄酒，看起来好好吃的样子。

柳爱已经明显感到自己嘴里口水横流，短时间内可能会因过度嘴馋而死。

“欧巴，今天晚上时间太紧，我们都没有吃晚饭耶。”

周宗弈："……"

"好，那我陪你过去。"

周宗弈正打算陪柳爱到甜点区吃点东西，迎面就走来一个穿着质朴的中年男人。他面带笑容地走到周宗弈身前："宗弈，赵董事长有事请你过去一趟。"

"雯雯，我先过去一趟，你自己先在这边待一会儿，不要随便乱跑，我马上回来。"

"好的，你放心去吧，我就在这边等你。"

之后，周宗弈跟着中年男人走掉。柳爱没有人管束，自然乐得开心，提着华丽的长裙，施施然向甜点区走过去。

柳爱吃了三块蛋糕，喝了两杯葡萄酒，这才心满意足地找了张圆椅子坐下。

然后……一位面容和善的男子向着柳爱走来，很自然地坐在柳爱旁边。这个人穿着很普通的黑色西装，留着简单的短平头，身材清瘦而干练。唯一能够让柳爱在意的地方，是他手腕上戴了一串精致的木制佛珠。

"你就是柳雯？"

"是啊，我是柳雯。"柳爱微微一笑。

"周宗弈居然把你带来了，他玩真的吗？"

柳爱眨眨眼，什么情况？她可不认识这个人，话说……是错觉吗？她为什么感觉这个看似平常的男人眼底隐藏着一丝无法言说的阴鸷，他的表情看起来明明十分正常，却让她感到相当不自然。

柳爱不知道该怎么回答他，只能保持沉默是金的缄口状态。

"这么瞧，果然有几分姿色，难怪他会喜欢你这种狐狸精一样的女人。"

喂！大佬！人生要懂得适可而止！及时收手才是王道！不要再咒我是狐狸精了！宝宝是正宗的美食家，比起狐狸精的称号，宝宝觉得鸡精更恰当一些。

“这位先生，请问贵姓啊？”柳爱风情万种地一跷二郎腿。

“周宗弈没跟你提过我？”

我跟周少爷自认识以来就没见过几次面，谁知道你是谁的谁！谁又是你的谁！

“弈哥很少跟我提他的私事，而且也不想我问太多。”

“早就跟周宗弈说过，有空带你过来和大家见见面，可惜他一直把我的话当耳旁风。今天见到你，比想象中有趣一些。”

“哦，哪里有趣了？”柳爱手指缠绕着耳边的发丝。

“一个在甜点区游荡长达几十分钟的女明星，实在让我刮目相看。”

你能不能说点儿有意义的话题？聊聊全球变暖、世界和平不好吗？我在甜点区游荡的时间长点儿怎么了？招你惹你了？

“我叫秦埕，是周宗弈最好的兄弟，以后有什么事你可以找我。”秦埕递给柳爱一张名片，这张漆黑的名片上，什么关于秦埕的介绍都没有，甚至连秦埕的名字都没有，只有简单的一串八位数号码，像是座机电话。

秦埕……她好像在哪里听过这个名字，但具体想不起来了。

“原来是埕哥啊，幸会幸会。”柳爱眼睛一眯，接过名片。

柳爱和秦埕聊了没多久，周宗弈就大步从远处走过来。见柳爱和秦埕在说话，周宗弈直接坐到中间，将两人隔离开。

“秦埕，你过来凑什么热闹？这种场合我爸还请你吗？”

“没请，我自己来的，想看看你未来妻子长什么模样。”秦埕戏谑地说，“顺便看看伯父怎么教育你成为合格的周家继承人。”

周宗弈白了秦埕一眼：“无聊，你主动过来找我，是不是又缺钱了？”

秦埕漆黑的瞳孔转了转：“聪明。”

“行了，我知道了，这件事回去再说吧，我先把老头子应付过去。”周宗弈皱眉，有些心烦意乱。

正好此刻有一个服务员端着红酒过来，秦埕随手拿起一杯红酒，从兜里拿出一个药瓶，往酒里撒了一颗白色药片，将红酒缓缓饮下。

“这是酒庄的钥匙，有空常去。”秦埕拿给周宗弈一把钥匙。

“我知道了。”周宗弈疲惫地揉了揉太阳穴，接过钥匙收起来，“酒庄的事，我暂时没时间管，你多操心吧，以后挂你名下，进货也方便一些。”

秦埕点点头。

两人聊了几句，秦埕缓缓走远，消失在柳爱和周宗弈的视野之内。

“以后离秦埕远点。”秦埕走后，周宗弈转头嘱咐柳爱。

“啊？”柳爱有点晕，不解地看着周宗弈，“他不是你最好的兄弟吗？他说谎了吗？”

“好了，小爱，我这是为你好，我和他是最好的兄弟不假，但他是个危险的人，你最好不要和他单独见面，尤其是我不在场的情况下。”

柳爱乖巧地点点头：“好，我知道了。”

周宗弈知道柳爱不会跳舞，所以识趣地没有邀她进舞池。两人在宴会中心待了一会儿，他就牵着她的手，恩恩爱爱地离开宴会。

乘着电梯到达地下停车场，周宗弈遥控打开车，坐到驾驶座上，柳爱坐到副驾驶的位子上。

周宗弈转动方向盘，车缓缓离开原地。

“刺啦——”

就在周宗弈的宾利车即将开出停车场的时候，旁边有辆车缓缓移动，挡在路中央，正好拦住周宗弈的车，迫使他紧急踩了刹车。

周宗弈两眼一闭，倒在车后座，看这意思是要装死的节奏啊！

“少爷，少爷。”管家大爷敲周宗弈的车窗，“赶紧下来吧，董事长还在等你。”

从拦路的车上下来一位五十岁左右的儒雅中年男人，一脸冰霜地站在了周宗弈的车前。

敲了十几秒钟，周宗弈见躲不过去，微微叹了口气，打开车门走下去。

下车之前，周宗弈小声嘱咐柳爱：“不管发生什么，不要下车。”

然后……柳爱眼睁睁看着周宗弈下车，被迎面走来的中年男人狠狠扇了一巴掌，其清脆的响声，就连坐在车里的柳爱都听得十分清晰。

“你这个逆子！气死我你就开心了是吗？”

柳爱下意识就忽略了周宗弈刚才的话，猛地打开车门，直接冲了出去。

“你……你凭什么打人！”柳爱用尽全身力气把周宗弈拉开，怒火冲天地瞪着对面的中年男人。

“你知道我是谁吗？”中年男人的脸色极为难看。

“废话！我又不是傻子，你们俩长得这么像，你简直就是二十年后中年版的周宗弈，而且肯定不是妈妈，那肯定就是爸爸呀。”柳爱的手一指周勋，语气那是相当愤慨，“大爷你这是严重的家庭暴力，大爷你这是犯法！你不是董事长吗？为什么对自己的亲人这么不懂事呢？”

周大爷：“……”

这一瞬间，周宗弈几乎对柳爱刮目相看。真正的勇士，敢于直面惨淡的人生，敢于正视淋漓的鲜血，敢这么和周勋说话的人，柳爱肯定是第一个。

“爸，我觉得雯雯说得对。”周宗弈捂着红红的腮帮子，说话含混不清，咬牙辩解，“我是独立的人，你应该尊重我的人格尊严，而不是动不动就拳打脚踢。”

“什么？你老爸动不动就家暴吗？他这样做太不道德了！这回我挺你，弈哥！一定要和家庭暴力说再见！就算是爸爸也没有权利这样打你。”

周勋整个人都快被气蒙过去，他儿子在外面胡乱搞女人也就算了，居然还联合小情人一起气他！这没心没肺的逆子，他简直不能忍了！

“她叫什么？柳雯？”周勋质问周宗弈。

周宗弈没回答，趁着周勋喘气的空当，柳爱适时地点了下头。

“你要是不和她分手，以后就别想进我周家的大门。”

“爸，是你在堵我好吗？我和雯雯在外面住得挺好，是你非要逼我回家的。”周宗弈无语，“而且我现在不想结婚，你一定要逼我结婚，那干脆你去和赵小姐结婚好了，我不介意你娶一个比我小的后妈。如果你愿意的话，你们可以再努力生一个儿子。”

“你个逆子！有你这么跟父亲说话的吗？”

“我说的是事实，你喜欢的儿媳我都不喜欢，所以还是算了吧。”

周勋气得几乎吐血，周宗弈现在是越来越放肆，越来越不把他这个当爹的放在眼里。怒火攻心之下，周勋作势又要揍周宗弈。

周宗弈见状，赶紧拉着柳爱就往车里跑。

“兔崽子，你给我出来！以为躲车里就没事了吗？”

两人躲进车里，周宗弈吓得全身都在出冷汗。柳爱看着外面一脸怒火的周勋，慌张地拉起周宗弈的袖子：“怎么办，弈哥，我们怎么逃出去啊？”

周宗弈烦心地低头叹了口气，给秦埕打了个电话。

“喂？你现在在哪里？”周宗弈语气无奈，“已经离开会场了吗？”

“刚出来。”

“我被我爸堵在地下停车场了，能过来一趟吗？”周宗弈撸了一把头发，无力地靠在车后座上，整个人都无奈了。

“多少人？”

“就我爸和司机两个人。”

“两个人你还让我过去？你是不是以为我每天吃饱了闲的，专门就伺候你？自己想办法吧，我管不了。”对面秦埕语气不屑，准备挂电话。

“等等！秦埕，秦埕！你总不能真让我和我爸动手吧？赶紧过来搭救兄弟一把。”周宗弈十万火急地握着方向盘，又抬眼扫了一下车外怒气冲冲的周勋，“不然今天铁定又会被收拾一顿，你就忍心看着兄弟我挨揍吗？”

“麻烦死了，天天处理你这点鸡毛蒜皮的家庭琐事。”

“行了，兄弟，雯雯还在我车上，算我欠你一个人情，别耽误时间了，你赶紧过来。”

“等着吧，三五分钟。”

周宗弈坐在车里不敢出去，周勋一时也进不了车，两人就这么一直僵持。

五分钟后，一辆黑色越野车驶入停车场，停在周勋的车后面。

四个体格健硕的保镖走下车，秦埕一脸平静地手插兜走过来。

“周叔，好久不见。”秦埕看了周勋一眼，语气平缓，“宗弈我带走了，希望您别总为难他，毕竟……他还是您的亲儿子，关系别弄得太僵。”

“我周家的事，用不着你插手。”

“周叔，谁让宗弈和我打小就是兄弟，他的事就是我的事，责无旁贷。”秦埕没等周勋给他回复，单手一挥，四个保镖就立即行动，使力将周勋的车推到一旁。

周宗弈见道路让了出来，立即启动汽车，带着柳爱驶离原地。

柳爱转头，看着后面的情况。

周宗弈走后，秦埕也几步踏上越野车，驶离了停车场。

逃出来以后，周宗弈没有停车下去和秦埕打招呼，而是漫无目的地带着柳爱兜风。或许，他在找附近的宾馆，准备休息一晚。

微风习习，路过一处露天喷泉，周宗弈将车缓缓停在了广场中央。

此刻的广场灯光昏黄而寂静。

周宗弈疲惫地靠在椅背上，手缓缓离开方向盘。

从烟盒里拿出一支烟，周宗弈按下打火机，火苗在漆黑的夜里摇曳摆动，转瞬即逝。手指间猩红的烟头忽明忽暗，尼古丁强力的效果逐渐蔓延到大脑，使周宗弈逐渐镇定下来，恢复了以往的平静。

“弈哥，脸还疼吗？”柳爱伸手碰了碰周宗弈微肿的脸颊。

“不碍事，明天应该就好了。”周宗弈神情疲乏，语气间颇有无奈，“老头子下手这么狠，真怀疑我是不是他亲生的。”

明显亲生，你们俩长得真像，自己抽空可以照照镜子，就是性格有点南辕北辙。

“你爸爸说如果我们不分手，他就要把你赶出家门，要不就分手吧，不然你爸爸肯定还会逼你。”他都已经被揍成这样了，他们还要继续在一起吗？

“老头子岁数大了，难免大脑迟钝，做事糊涂，我作为他的独子，自然得多多体谅他，不要把他的话太当回事。”周宗弈丝毫不知悔改，依旧我行我素。

我去……周宗弈，你这么敷衍你爸爸，你爸爸会哭知道吗？

时间似乎静止，很长时间，两人都没有说话，柳爱在想一些事情，周宗弈也在想一些事情。

“弈哥……”

“怎么了？”周宗弈微微偏头，看了看身边的柳爱。

“我是说真的。”柳爱目光灼灼地盯着周宗弈，“你认真回答我。”

周宗弈不知道此刻的柳爱会说些什么。

“你……喜欢姐姐吗？”柳爱有些紧张地握了握手。

烟雾缭绕间，他抬头看了看漫天繁星的夜空：“这重要吗？”

七夕节当日，是柳爱在《绝色丽姬之君醉尘烟》剧组的最后一天，拍摄结束的杀青日。

拍完今天的戏份，她的工作就暂时告一段落，可以回别墅里继续她的悠闲人生。今晚周宗弈和她约了见面，按照她的要求去吃海鲜餐。

清晨，柳爱设了闹钟，早早起床赶赴影视城拍戏。早晨八点左右，化妆师替她上好妆，她就坐在现场一边背台词，一边等拍戏。

中午十二点，柳爱的营养学大厨给她做了丰盛的午餐。

大约下午一点，拍摄又临时出了状况。

今天要拍的这一场，是刘贺被李夫人强行扶上帝位后，不理朝政、荒淫无度、酒池肉林的后宫戏。

后宫三千佳丽在澡池纷纷扑向刘贺，刘贺左拥右抱，佳人满怀，场面香艳十足。所以！谭秀松要求副导当天准备至少三十个年轻貌美的群演妹子，在拍摄开始前带到现场。

但副导昨天可能喝高了，脑神经局部错乱，戏开拍前，呼啦啦来了一群大妈。

一向天塌下来而临危不乱的谭秀松导演这次终于怒……不是……哭了。

“副导，你到底想不想干了？”谭秀松蹲在地上，温热的泪水滑过悲伤的脸颊，惆怅地从烟盒里抽出一支红双喜。

“对不起，导演。”副导心力交瘁，紧张得额间虚汗直流，“因为时间比较紧，我联系群头的时候，指明了要妹子，群头给我看照片的时候，一个个挺年轻漂亮的。”

也就是说，她们都是一群“照骗”，给的照片不但化了妆，还P了图。副导把要求粗略地给群头交代了一下，之后也没怎么上心，于是当天人集齐之后，便出现了一群年老色衰、歪瓜裂枣的大妈，终酿成不可挽回的悲剧——

“哇，真想不到，咱们要和江莲远拍戏，而且还在泳池里。”

“那他是不是要脱衣服啊？”

“那快让他脱呀，脱了我们也好上手，回去我就发朋友圈，我居然摸到江莲远的胸了，哈哈哈——”

“导演怎么回事，咋还不开始呢？”

江莲远看着这一群准备和他拍后宫戏的大妈，安静地坐在椅子上恐慌着。后宫三千脸残，寡人无限心寒，无言独上西楼，深院锁清秋。

所以说清秋到底是谁……

柳爱倒吸一口冷气，忍不住摇头哀叹。不得不说，人情冷暖，世事无常，前脚还年度魅力男星呢，后脚就要被一群大妈糟蹋了。柳爱犹豫着是不是应该拍段视频纪念一下这个瞬间。

宋江面色不善地扫了一眼大妈们，企图用凶恶的眼神杀死她们，然而事实证明这并没有什么用。

此刻拍摄在即，去哪里找这三十多个年轻貌美的妹子？真是问君能有几多愁，导演一秒之间白了头。

“给你个将功补过的机会，现在、立刻、马上去附近找人，年轻漂亮的妹子，能找几个找几个，越多越好，半个小时后带到我这里，赶紧去！”谭秀松无力地挥挥手，把副导演打发去找人。

于是，副导演火急火燎地跑去找妹子了。

谭秀松磨磨蹭蹭拖了半个小时左右，副导演终于找来七八个容貌还凑合的年轻妹子，只是柳爱有些错觉，这七八个妹子穿得咋这么乡土呢？副导这是刚从山里把妹子挖回来的吗？

“哎呀，太幸运了，隔壁剧组导演我认识，借了俩主演过来，咱们赶紧拍吧谭导。”副导几乎喜极而泣，飞奔过来。

“隔壁？哪个剧组啊？”谭秀松随口一问。

“《农村爱情 7》。”

柳爱一口香芋西米露差点从鼻孔里喷出来，我去，副导，《农村爱情 7》女主演齐聚古装剧《绝色丽姬之君醉尘烟》后宫，你觉得广大观众能接受吗？你们这样做真的不怕遭雷劈吗？

谭秀松深呼吸，再深呼吸，稳定了一下情绪：“拍！”

谭秀松！你的骨头能不能再硬一点！节操能不能再坚挺一点！这就在自我慰藉中妥协了？试问你对得起脑袋顶上金光闪闪的总导演三个大字吗？

原本招来的三十位群演穿上服装一起上阵凑人头，不拍大妈的正脸，全部拍背影，姿色稍微能看一点的，可以露个侧脸。

谭秀松临时改戏，原本这场红姬是在一旁服侍，不进水池的。但鉴于后宫脸残太多，所以为了撑起整个场面的颜值，谭秀松特意让柳爱穿上红纱，中途被江莲远一把拽进水池，然后还给两人加了一段吻戏。

“抓紧时间，演员走位。”谭秀松生无可恋地拿起话筒。

江莲远走到柳爱面前，一双水盈盈的大眼睛看着她，冲她比了个口型：“救我。”

柳爱崩溃：我只是一个丑闻缠身且星途多舛的八十线小明星而已，魅力男星你叫宝宝怎么从一群如狼似虎、如饥似渴的大妈手里救你？

但是没办法，此情此景，此时此刻，柳爱必须挺身而出救莲远于水火之中，毕竟她上次卡臀的时候，多亏莲远的单膝跪地公主抱。朋友，就必须在关键时刻为对方两肋插刀，热血相助！

江莲远和柳爱简单走了一下位，对了两遍台词，拍摄就正式开始了。

“Action。”

江莲远正和大妈们在浴池里洗澡。

柳爱穿着鲜红的衣裳，长发随意扎在身后，手里端着精致的木盘和酒杯，单手撩起浴池里的纱帘，将酒轻轻搁在江莲远身边。

江莲远整个人穿着单衣，泡在芬芳四溢的水池里，周围还有近四十号狼性妇女用泛着绿光的眼睛盯着他。

“主上，你平日身体不好，饮酒切勿过度啊。”

“时至今日，也就你还会关心我。”

“自从主上将红袖捡回来的那一刻，红袖的命就已经是主上的了。”

柳爱担心地看着江莲远，江莲远抬头，一把抓住柳爱的胳膊，快速将她扯进水池当中。

柳爱全身湿漉漉地抬起头，面对周围一众豺狼虎豹，一道犀利而冷艳的眼神扫射而过，堪堪将这群即将扑上来的大妈吓得缓缓退后两厘米。

江莲远目光怜爱地盯着柳爱：“你跟随本王多久了？”

“十年。”

“你的心思，本王略知一二，只是我自幼多病，唯恐辜负了你。”

“若能得主上垂爱，哪怕只是一瞬间，红袖也心甘情愿。”柳爱眼泪中带光，柔弱中带伤，崇拜地看着江莲远。

江莲远猛地将柳爱拽到怀中，深情地吻了上去。

濡湿的舌尖挑逗着柳爱每一寸紧张的神经，柳爱紧张地抓着江莲远的胳膊，缓缓闭上双眼，任由江莲远尽情地索取。

为什么……为什么她感觉这次的吻与之前所有的吻都不同？她与江莲远拍了不止一两次吻戏，以前的吻毫无疑问就是在演戏，而这一次，她却隐隐感觉江莲远不能自已地沉迷其中，带着强烈的渴望，欲罢不能，欲醉还休。

是她的错觉吗？或许是他演得太投入了吧。

“好，Cut！”

谭秀松喊停，这一条江莲远演得不错，按照谭秀松糊弄鬼一样的标准，过肯定没问题。

拍完戏后，江莲远努力控制了一下情绪，才不舍地缓缓放开柳爱。

“这条过了，休息十五分钟，回来继续拍。”谭秀松又抓紧时间偷懒。

江莲远全身湿透了，准备上岸换衣服休息一会儿，宋江立即从随身携带的背包里拿来毯子。

就在柳爱和江莲远从水池里往上爬的时候，一位搬道具的工作人员脚不小心钩了一下地上的电线，柳爱旁边一个高高的铁架子突然倒了下来。

危险瞬间降临，心大的柳爱却完全没有注意，依旧毫无意识地站在原地。

“砰！”

巨大的铁架砸下来，柳爱瞬间被一个人影扑倒在地。等她反应过来，就被眼前的情景惊呆了。

江莲远护在她身体的右边，铁架正好砸在江莲远身上。

原本铁架砸的应该是她，但江莲远为了救她，在危险发生的一瞬间把她推开了。结果就是她完好无损，而江莲远胳膊血流不止，受了重伤。

“江莲远！”

“江莲远受伤了，快打120，叫救护车！”

“江老师，你没事吧？”

“现在谁都不要挪动他！有纱布吗？”有一个略懂医疗急救的摄像师赶紧冲过来，拿了一卷纱布捂在江莲远的胳膊上，快速帮他止血。

事情发生得太突然，柳爱呆站在原地，彻底无法动弹。

怎么会……变成这样……

看着地上一直在流血的江莲远，柳爱虽然急得团团转，却什么也做不了，只能眼睁睁看着他被紧急赶来的护工抬上担架，抬上救护车。宋江和制片人一脸紧张地跟着进了救护车，一起去医院。

她的杀青日，变成江莲远的流血日。

柳爱的戏份已经全部拍完，她却没有心情和大家做最后的告别，立刻收拾东西，十五分钟后，让房车司机带她去了江莲远所在的医院。

柳爱到时，宋江正站在医院的急救室外，冷漠地扫了柳爱一眼：“克星。”

柳爱两眼一闭，我去，算了，这种时候骂就骂吧，反正千错万错都是她的错，都是她惹的祸。如果江莲远不去救她，也不会受这么重的伤。

两人等在急诊室外的时候，柳爱的电话突然响了，她扫了一眼来电显示，是周宗弈。

柳爱哀叹，她怎么把这茬给忘了，今天还要和周宗弈约会的。只是现在她的心情糟糕到了极点，这个约估计是赴不成了。

安静的走廊里，柳爱接起电话。

“喂？弈哥。”

“现在能出来吗？”周宗弈的声音响起。

柳爱犹豫片刻，微微叹气：“对不起，弈哥，江莲远今天因为救我受伤了，一会儿冯余斌和裴均州估计会赶过来。在这种特殊时期，我真的没办法出去陪你。”

平常的话，她和周宗弈出去玩自然开心，可现在江莲远重伤躺在医院里，她不可能开开心心地出去耍了。

“他伤得重吗？”

“挺严重的，现场流了好多血。对不起，弈哥，你不要生气，改天一定补偿你。”柳爱没有遵守诺言，只能硬着头皮道歉。

“既然这样，那等他情况稳定再说吧。”

“嗯嗯。”

大约一个小时后，江莲远被推出急救室。三个小时后，裴均州一脸凝重地赶到医院，向宋江询问了一下情况。又过半个小时左右，冯余斌也一身冷汗地飞速赶了过来。

江莲远的右胳膊和右腿都有不同程度的砸伤，腿只是软组织受损，并无大碍，但胳膊已经伤到骨头，按照医生的建议，至少得在家休养三个月。三个月之后可以做一些轻微的锻炼活动，如果恢复状况良好，半年左右方可痊愈。

所幸的是江莲远年纪尚轻，没有骨质疏松，恢复起来应该并不困难。

裴均州是掌权的一家之主，江莲远是嫡系艺人，柳爱是庶出艺人，宋江是嫡系艺人的小厮兼私生弟，冯余斌是庶出艺人的奶妈，五人第一次齐聚一堂，准备开一场圆桌会议。

病房内。

江莲远整个人脸色苍白，毫无精神，他身上的麻醉药效果在逐渐消失。接下来这几天，他将面临手术过后极为难熬的疼痛。可原本这一切痛苦都应该发生在柳爱身上的，他却毫不犹豫地替她承担了。

“裴总，对不起，真的对不起。”冯余斌实在不知道该说什么，这时候说什么都没用了，江莲远就是华世的摇钱树和门面担当，柳爱这一斧子下去，把人家摇钱树兼门面全砍没了。

可说实话，冯余斌也觉得无限委屈。是江莲远自己跑过来救柳爱的，错不在柳爱，凭什么要柳爱担责任？但转念一想，我不杀伯仁，伯仁却因我而死，追根究底也没差多少。

“均……均州。”江莲远冲着裴均州摇摇头。

裴均州自然懂得江莲远这动作的意义，他没力气说话，却很明确地在表达这件事不是柳爱的错，不要怪她。

作为当事人的柳爱一直站在旁边，大脑一片空白，什么话都说不出来。

“算了，既然事情已经发生了，还是想想怎么善后吧。”裴均州头疼地揉了揉额头，拉过一把椅子疲惫地坐下，开始主持大局，“接下来这三个月，我把所有的通告都推了，莲远你先好好休息吧。杨导的戏看情况你也演不成了，我过去和他商量一下，看能不能把主演换成蒋鸿毅。《绝色丽姬之君醉尘烟》这部戏已经拍了四分之三，先问问谭秀松的意见，看是改剧本，还是等你养好伤。”

“嗯，就这么办吧。”江莲远虚弱地闭上眼睛。

裴均州当场给谭秀松打去电话，谭秀松那边很快就接起来。

“谭导。”

“江莲远怎么样？受伤严重吗？”对面谭秀松平静的声音传来，柳爱一想，也是，天塌下来谭秀松也永远这么淡定。

“挺严重的，可能暂时拍不了戏，您那边什么想法呢？”裴均州叹气。

“他现在醒着吗？你把电话给他，我亲自和他说。”

裴均州稍微犹豫了一下，把电话搁在江莲远耳边。

“谭导，实在抱歉。”江莲远的声音有气无力。

“江莲远，这些话原本我是不打算说的，在你接《绝色丽姬之君醉尘烟》的时候，我能看出来，你很不愿意。是罗总为了公司业绩，给裴总施压强行让你接的。并且拍戏时你也并不上心。”谭秀松的声音淡然而平和，柳爱却难得一见地听出了认真，“但不管你心里怎么想，我依然觉得你是这部戏不可缺少的灵魂。我明天和郑虎沟通一下，说服他暂停拍摄，等你伤好以后咱们再继续，你尽快回来吧。”

“谢谢谭导。”江莲远眼眶微红，声音沙哑，“我会尽快把伤养好的。”

柳爱有些感动，关键时刻，一向软柿子的谭秀松还是很给力的嘛。

事情处理完毕，裴均州就把柳爱和冯余斌给打发走了。

江莲远交给宋江照顾，柳爱则乘飞机返回帝都的别墅。

抱膝坐在别墅的沙发上，柳爱心不在焉地盯着电视机，任由广告画面从“泻立停”跳转到了“脑白金”。脑海中，她总是忍不住回忆杀青日那天，江莲远深情似水的拥吻和他不顾一切冲过来的身影。

柳爱摸了摸微红的唇瓣，一种难以言喻的情感似乎在悄然滋长。

## 第十二章

### 我要法国大餐，我要烛光晚宴

七天后，柳爱接到了来自任雪大佬的电话。

柳爱看到来电显示的时候，心里不由得一紧，不出意外，这通电话很有可能是来找她兴师问罪的。当柳爱接起电话以后，事实证明，她果然没有猜错。

“江莲远因为救你受了这么严重的伤！你就这么无动于衷吗？”

听着对面任雪震破耳膜的吼声，柳爱缓缓将电话拿离耳朵三寸远。

“你知不知道，这样一来，莲远今年所有的安排全部被打乱了。他一直很想接杨导的电影，这部戏他准备拿到国外评奖的。现在却因为你演不成了，最后就落了一个《绝色丽姬之君醉尘烟》的男二号！男二号！他从来都是只接男一号的。”

柳爱：“……”

“所以说，你一点表示都没有吗？”

柳爱哀叹：“我能怎么办？任雪，这件事我又不是故意的，如果我能做什么，我肯定会尽力的。”

“那你负责。”

负……负责？负什么责？对江莲远……怎么个负责法？

“你也知道宋江什么脾性，莲远落在他手里，估计这辈子伤都好不了，最后还有可能落下个重度抑郁症的结果，所以江莲远前几天就把他轰走了。”

柳爱可以理解江莲远的做法，像宋江这种进深山拍摄带电热毯的大神，基本可以废掉，早早让他滚蛋了。

“然后……他受伤的事情还在保密，没有告诉家里人。”

可以理解，告诉父母无非让他们徒增担心而已，自己造的孽，终该自己解决。

“你过去照顾江莲远几天，帮他恢复健康，这总没问题吧？”

柳爱仔细想了下，也……也不是不可以，反正她现在待在家里也没事，与其坐等接通告，不如去照顾江莲远，就这么愉快地决定了。

“那我需要提前通知他一声吗？”

“没事，我告诉他就行，你收拾好东西直接去。还有，江莲远家的备用钥匙我已经寄到你家别墅了，注意查收。”任雪像是突然想到什么，特地嘱咐，“记得去的时候要偷偷摸摸地去，不要大张旗鼓，尤其注意周围是否有狗仔。”

“好，我懂了。你放心，肯定不会让狗仔拍到的。”

两人又聊了几分钟，柳爱挂断电话，便开始收拾东西。

当天下午，柳爱就收到任雪寄来的钥匙和门卡。所以傍晚六点，柳爱从地下车库启用了那辆冯余斌特意给她租用的尘封已久的小面包车，锁好别墅大门，带着行李，启程前往江莲远家。

晚上七点半左右，柳爱到达江莲远所住的小区，在确认周围安全状况良好的前提下，刷门卡进到小区里面。

乘着电梯，柳爱到达江莲远家门口，拿出钥匙开门。

当柳爱脚踏进门的时候，整个房间里黑灯瞎火，一片死寂。柳爱在茫茫黑暗中伸出手，摸索着找到墙上的电灯开关，“啪”地打开了灯……

柳爱一惊：我去，这才几天不见，魅力男星怎么变成这样了？！

江莲远的胳膊和小腿打着石膏，死尸一样躺在咖啡色的宽大沙发上，眼神呆滞，一动不动，整个人生命气息耗尽，精神颓废程度堪比两个谭秀松叠加在一起。

见到扛着三个大包袱，手里提着巨型行李箱的柳爱，江莲远好似生锈的眼珠子缓缓转动一下，灯光忽明的瞬间，他以为家里误闯进来一个民工。

“民工爱”放下手里的包袱，以光速换上拖鞋后，直奔冰箱。

柳爱赶过来的时候没吃晚饭，此刻已经饿得前胸贴后背，必须立即补充能量，身体才能继续运行，所以她准备先在江莲远家的冰箱里搜刮点能吃的东西。

猛地打开冰箱，迎面而来一股强劲的寒流，柳爱顺势定睛一看，空间巨大的冰箱里居然空空如也，几乎什么都没有！

一阵大肆翻腾过后，在冷藏最下层的箱子里，柳爱居然破天荒地搜寻到一盒未拆封的三文鱼罐头。这简直就是……上帝派来拯救胃的希望之光！

罐头就罐头吧，先填饱肚子再说。

柳爱打开罐头，快速把三文鱼倒进瓷碗，放入微波炉里加热到能吃的程度，然后大快朵颐地全部填进了肚子里。

偶然间低头，柳爱仔细一瞅，罐头盒背面写着四个清晰的字：宠物专用。

噗……柳爱一口心头老血喷出星辰大海：你家的冰箱，我招惹不起！你家的猫粮，我享受不起！你家有毒！这才刚进门我就待不下去了！话说到底是怎样无知无畏的勇气，让你把宠物吃的三文鱼罐头放冷藏室的，江莲远！

柳爱无奈地叹了口气，转念一想，或许是宋江那个白痴放的。

填饱了肚子，她赶紧跑到客厅查看江莲远的情况。

江大明星盖着轻丝薄被，正在沙发上装死尸。看得出来，他这几天身上有伤不能动，压根儿没有多余精力处理个人卫生。不但头发凌乱，下巴还挂着一些胡楂，看起来十分颓然，和平常的光鲜靓丽形成鲜明对比。

“江莲远，晚饭想吃什么？”柳爱笑脸一摆，把江莲远缓缓扶起来，让他靠在沙发靠背上，企图唤醒他正在休眠的身体，“我下厨给你做啊。”

江莲远视线一斜：“我要……法国大餐，我要……烛光晚宴。”

哪里来的法国大餐？哪里来的烛光晚宴？你咋不上天呢？老老实实坐月子不行吗？冰箱里就剩两根胡萝卜了，你当我是悟空啊，还会精妙绝伦的七十二般变化。

“没有！”柳爱对江莲远任性的要求予以坚决驳回。

“那……冰镇柚子和红酒、沙拉、烤肉……”江莲远见柳爱态度强硬，为了能够顺利吃上晚饭，妥协了，降低了要求。

“也没有！”

江莲远面无表情地盯着柳爱，在目光相接的刹那，眼泪就像断线的珍珠一样，“啪啪啪”大颗大颗往下掉。

“有！我去给你买！马上！”

眼泪戛然而止。

职业演员，可以的，柳爱已经不知道该怎么形容对江莲远的敬佩了。

“那我现在就出去买，你先在家里看一会儿电视，等我回来，行不？”柳爱露出一口小白牙，顺手拿过电视柜上的遥控器。

“不行，我不看电视。”江莲远这叛逆的人生已然开始萌芽，“电视柜旁边有音箱，电视墙可以联网，先放一首《命运交响曲》调节一下心情，必须要莫扎特弹的。”

江大神，还能不能好好沟通了？能不能愉快生活了？《命运交响曲》

是贝多芬的名曲，哪能找来莫扎特给你弹？辛辛苦苦攒了一辈子的大牌，临了都耍我身上了是吗？

柳爱无视江莲远的无理取闹，并面无表情地找了一部他以前主演的电视剧，开始从最后一集播放。

“我不想看自己演的电视剧！”江莲远相当执着地扭头，“不想。”

江莲远，你别说话，先冲着自己的大脸反思一下，以后该用什么样的态度对待一个舍身前来照顾你的孤寡女人。

安顿好江莲远，又把遥控器放在他身边后，柳爱才急匆匆出门去买吃的。

她花半小时去超市买了柚子、沙拉、红酒和鸡肉，再火速赶回家。

她将柚子切成小块放在冰箱冷冻，又焖了一锅香喷喷的大米饭，鸡肉腌制十五分钟后，快速烤至外焦里嫩的状态。江莲远身上有伤，按理不应该饮酒，但烤肉这点红酒应该无碍，所以柳爱特意少放了些，只是调味。

一个小时后，江莲远如愿以偿吃上了美味的红酒烤肉米饭餐。

“哦，对了。”柳爱坐在江莲远对面，“莲远，以后你不要叫我柳雯了。”

啊？江莲远正用左手吃力地叉起一块烤肉，听到柳爱这么说，疑惑地抬起头。

“其实我不喜欢别人叫我柳雯，你还是叫我小柳吧。”柳爱这么说，其实是打了个幌子，因为柳雯是姐姐的名字，柳爱才是她的名字。小时候家里人都叫她姐姐大柳，叫她小柳，所以……小柳也是她的名字。

显然……江莲远没感觉出来柳雯和小柳有什么区别，可能……小柳更亲切一点吧。

“好啊，以后叫小柳。”江莲远漂亮的眼睛一眯。

“我这几天都不会走了，准备在你这边住一段时间，然后等你身体好得差不多了我再离开。”柳爱见江莲远碗里的东西吃光了，又适时地给他夹了一些进去，“你放心，我和宋江不一样，不会给你添麻烦的。”

“嗯。”江莲远的嘴角扬起一丝淡淡的微笑，“我这边有三间卧室，我住一间，其中一间被用作储衣室，另外一间还空着，你住那间空卧就可以了。”

两人吃过晚饭，柳爱收拾好碗筷，便去厨房洗碗刷盘子。

柳爱动作神速，很快就将碗筷收拾干净，解了围裙，准备去客厅休息。

“小柳。”

听到江莲远叫自己，柳爱立马从客厅钻出来，扒着江莲远卧室的门框，将脑袋探进去：“怎么了？有事吗？”

“我……想去厕所。”江莲远尴尬地偏了一下头。

什么意思？

柳爱迷茫：“那……我给你直播？”

江莲远额头上的青筋一跳，语气低沉：“扶我去趟卫生间。”

哦……柳爱点点头，几步走到江莲远身边，扶他从床上起身，坐到床边的轮椅上，然后再推着轮椅把他送到卫生间，并关上门。

夜晚，江莲远睡前看了一会儿书，柳爱则迅速占领了江莲远隔壁的卧室，把她的衣服和日用品全放进衣橱和衣柜里。

夜晚十点左右，柳爱合上自己卧室的门，昏昏沉沉地上床睡觉。

第二日，天朗气清的早晨。

经过一晚休息，柳爱精神百倍地从床上爬了起来。

昨天她来的时候比较匆忙，又是大晚上的，所以没时间收拾江莲远，今天可是拥有大把时光，足够她肆意挥霍。

柳爱起床后去洗漱间洗脸、刷牙、漱口、梳头，然后做了荷包蛋和小米粥。

早晨九点半，柳爱风风火火地打开江莲远卧室的大门，伸手捏了一把江莲远的大脸，喊道："起床了，江大明星，美好的一天又来临了，不要睡懒觉。"

江莲远穿着睡袍，缓缓睁开眼睛，无力地看着天花板。

柳爱见江莲远醒过来，端了洗漱用具过来，放在他的床头，然后拿过毛巾，打湿了冲着他的大脸一通乱抹，等他清醒过来自己漱口。

然后，胡子……

"莲远，你会左手刮胡子吗？"柳爱手指间夹着刮胡刀，转了又转。

"不会。"

你已经是个废人了江莲远。

柳爱认栽，拿着手里的刮胡刀，盘腿坐在他对面，伸手轻轻抬起他的下巴："不要动哦，动的话可能会不小心刮伤你，毕竟我业务不熟练。"

柳爱小心翼翼地给江莲远刮胡子，看着他弯弯的眼睛、挺翘的鼻梁、洁净的皮肤……她越刮越觉得，这家伙真的好帅，帅得没天理了。虽然这几天是邋遢了点，不过收拾收拾又是我们有着绝世美颜的江大神。

刮完胡子，柳爱又抬起江莲远修长漂亮的手，耐心地帮他剪指甲。

江莲远安静地坐在被窝里，任由柳爱摆弄，被抬完下巴又抬爪。

"嗯，我们江莲远这么帅，就应该时时刻刻都美美的。"柳爱顺口一夸。

江莲远适时点了点头，表示赞同。

把江莲远收拾好，柳爱这才心满意足地离开他的卧室："穿衣服吧，我做了早点，一会儿过来接你。"

江莲远穿好衣服，柳爱把他扶到轮椅上，两人一起到厨房吃早点。

江莲远看着桌上一大盘的油炸大虾，眼睛一瞪，迷茫地抬起头来："小柳，咱们早点就吃得这么……丰盛吗？"

"嗯。"柳爱认真地一点头，"是我吃的，你看着就好。"

然后，在江莲远忧伤的目光中，柳爱把荷包蛋和小米粥摆到他面前：“这才是你的，身上有伤口，还是吃清淡一点比较好。”

江莲远把脸一拉：“我看着你吃炸虾，你觉得合适吗？”

“那……少吃点？我给你剥一个？”柳爱嘴角一勾，脸颊浮现两个浅浅的小酒窝。

江莲远凝眉沉默。

“两个？”

江莲远认真地一点头，就这么愉快地决定了。

柳爱替江莲远剥了两个大虾仁，塞进他嘴里。江莲远心满意足地吃掉虾仁，开始低头喝他的小米粥。

“慢点吃，吃完锅里还有很多。”

两人吃过早点，柳爱推着轮椅把江莲远送回卧室，又扶着他的身子，让他缓缓靠在床头，再去烧了一壶热水灌进保温杯中，搁在他的床边。

“小柳，前面第二个抽屉里有大夫开的药，需要再服用三天左右。”

“好，我帮你拿。”

柳爱蹲下身打开抽屉，在里面翻找良久，终于翻出一瓶螨虫喷雾剂，将喷雾口对准了江莲远的嘴：“啊——张嘴……”

江莲远：“……”

为什么受伤要用螨虫喷雾剂？下次感冒是不得用麝香壮骨贴？

“应该……不是这个。”江莲远直冒冷汗，人生第一次怀疑小柳是不是公司派来暗害他的杀手。

“抽屉里只有这一瓶药！真的没有骗你。”

“可能已经吃完了。”

眼看时间快到中午，柳爱伸手指戳了一下江莲远的额头：“那你在家等，我出去买下午和晚上的食材，顺便帮你把药也买回来。你要哪种药呢？”

“头孢克肟分散片。”

柳爱点点头，把手机放在江莲远身边：“我出门了，有事给我打电话。”

安顿好江莲远，柳爱就迈着矫健的步伐出门采购。她先去药店买药，又去超市买了两大袋新鲜的食材，没想到回来的路上墙面剥落，柳爱好不容易发现的小路被无情地封锁，她只能悻悻然地提着两个大塑料袋，从大门刷卡进去。

柳爱乘坐电梯到达十三层，等电梯缓缓停稳，她气喘吁吁地走出去。

刚出电梯，柳爱就眼睛一瞪。

门口竟然蹲着一只巨型英国短毛猫，银白条纹相间的皮毛，体形硕大，威严庄重，灯泡一般的大圆眼睛紧紧盯着柳爱，见她提着两个沉重的大购物袋走过来，也丝毫没有避让的意思。

“让开……点……”柳爱无力地呻吟，企图将大猫赶走，“赶紧回你家吧，不然你主人该担心你了。”

然而大猫还是一动不动地站在原地，柳爱无奈，只能放下一个购物袋，悻悻然地掏出钥匙，打开屋门。大猫先行一步，在柳爱低头拿购物袋的时候，踏着四只猫爪，大摇大摆地走进江莲远家。

咦？江莲远养的猫？不可能吧！她又不是第一次来，可从来没见过它啊！

柳爱无限纳闷，屋里没有猫砂、猫垫这些该有的宠物配套装备，就肯定不是江莲远的猫。只是……记忆回放的瞬间，柳爱突然想起了昨天她误食的猫粮，心下忍不住又疑惑起来。

把手头上的东西放到厨房的地板上，柳爱扒在江莲远卧室的门框上，探头进去。而此刻，那只英国短毛猫正纹丝不动地卧在江莲远旁边的被褥里，完全一个活雕塑的状态。

江莲远稳稳地坐在被窝里，悠闲地喝了一口桂花茶，慵懒得跟一位贵妇似的。

“莲远……我回来了。”柳爱指指大猫，“这只猫是你养的？”

“不是，对门家的。”江莲远伸出左手，温柔地摸了摸它的皮毛，“只是我经常买东西喂它，所以它跟我也比较亲近，有时候会来我家蹭饭。”

哦，原来如此……

俗话说，养猫不如喂猫。猫和狗不同，谁家进贡的食物品质佳味道好，就经常去谁家光顾，对主人家也经常爱搭不理，视若无物。

“它叫什么？”柳爱蹑手蹑脚地走过去，准备顺手揩一把油。

“龙芷玥。”

柳爱无语，这名字也是绝了，以她拙劣的文化课成绩，完全不能明白这三个字的真正意义。

“公的母的？”

“公的，年纪蛮大，应该已经十二岁了，不知道还能活几年。”

柳爱嗯哼一声：“你不早告诉我，我顺便给它买点吃的啊。”

“我记得冰箱里还有一盒三文鱼罐头，你可以拿给它吃。”江莲远似乎在隐藏的记忆深处想起了这么一档子前尘往事。

柳爱崩溃，把额头一捂。别说话江莲远，再说我当场废了你。

时间匆匆而过，很快就到了夜晚，柳爱给江莲远做了红枣糯米糕和枸杞银耳汤。两人简单地吃过晚饭，柳爱利落地收拾好碗筷，就迎来了一天中最悠闲的时光。

柳爱舒服地给自己贴了一张保湿面膜，顺手也给“坐月子”的江莲远贴了一张。两人敷着面膜躺在大床上，一起发呆看着天花板。

“以前那么忙，现在突然闲下来，会觉得不适应吗？”

“还好，前段时间觉得心里空落落的，你来了之后就好多了。”

“觉得可惜吗？放弃了杨导的电影。”

“没什么，不演就不演了，很早之前就想休息一段时间，可惜一直找不到机会。没想到这次受伤，反倒有了休息的机会。”

“哪里都去不了，只能待在家里不说，行动还不方便，这算哪门子的休息。”

“待在家里总比一年到头待在外面好。”

两人有一搭没一搭地聊着天，柳爱正想是不是到时间揭面膜了，突然发生了意想不到的状况。

停电了……

几乎就在一瞬间，整个屋子完全陷入黑暗。柳爱急忙摸到窗户旁，从里向外扫了一眼，整个小区，不，这一片城区都停电了。

“江莲远，你家有蜡烛吗？”柳爱喊了一声。

“没有。”

唉……那就没办法了，现代人的一切生活都需要靠电来维持，没有电源，就失去了一切赖以生存的基本技能，什么都干不了，也什么都做不成。

“江莲远？睡着了吗？”柳爱见他很久都没说话，低声询问。

江莲远依旧没有任何反应，安安静静地躺在她身边，两人好像完全融入了这无边的黑暗之中。

过了良久……

“什么？你现在住在江莲远家里？”

电话对面的冯余斌发出震惊的呐喊。艺人都跑别家艺人窝里了，他这个当经纪人的居然一无所知，浑然不觉？！她好歹行动前也知会一声啊！

“怎么？”柳爱皱眉，难道这他也要管吗？

“不行吗？”

“不是不行，反正如果被媒体曝光，对你只有好处，没有坏处，相反有麻烦的应该是江莲远。”冯余斌微微叹气，“算了，既然你已经住过去了，就先这样吧，注意别被记者拍到。”

“好的。”柳爱早料定冯余斌不会反对。

“还记得吗？之前和你打过招呼的，我安排了一家视频网站的采访，时间就是今天。你赶紧收拾收拾提前回别墅，我今天有事就不陪你过去了，下午派车去别墅接你。”

“嗯嗯，知道了。”

挂断电话，柳爱大眼一瞪，要不是冯余斌大早上打电话提醒，采访这档事她其实早就忘到姥姥家后院的小池塘去了。不过让司机去别墅接，果然还是明智的，如果直接来江莲远家接，呵呵……简直是无法想象的光景……

由于今天柳爱没多余的时间给江莲远做丰富的早餐，所以直接动用了储备的食物，拿出冰箱里的纯牛奶和全麦面包，热一热就可以吃了。

“江贵妇，起床，喂食时间到了。”柳爱敲锣打鼓，冲着江莲远的额头快速一戳，将他从睡梦中叫醒。

江莲远像往常一样缓缓睁开双眼，虽然大脑意识在逐渐恢复，但身体能力还在持续休眠中。

“莲远，今天我要出门接受一家媒体采访，可能一天都不在家，你自己可以吗？”柳爱把脸凑到江莲远大脸的正前方，鼻尖对鼻尖，“壶里有刚烧开的热水，你不爱吃甜面包，床头柜上有两个咸面包，还有鱼肉火腿和牛肉味的烤馍片。如果饿了就先填饱肚子，晚饭等我回来给你做。”

江莲远缩了缩脖子，只露出脑袋在被窝外面：“哪家媒体的采访？”

“梨花直播。”

“嗯，你出门吧，我一个人可以。”

“还有，我想借两千元应急，等冯余斌给我发钱了，肯定会还你的。”

江莲远微微点头，拿起压在枕头下的手机，即刻给她转了两万元过去。

然而粗心大意的柳爱完全没注意到后面多加的那个零，火急火燎地走出卧室，兴冲冲地收拾好东西就出门了。

柳爱出门后先戴上假发，易了个容，见司机是位五十多岁的大爷，就放心地坐了上去。因为……她的粉丝大部分是二三十岁的宅男，大爷应该不认识她。

果然……凭着柳爱现在的知名度，她完全没有被认出来。

回到别墅，柳爱匆匆化好妆，又穿了一套看起来很妖娆的紫色大裙，便等着冯余斌派司机来接。

下午两点，柳爱终于如愿以偿等到了胖胖的司机大叔。司机大叔开的居然是华世的专车，这让柳爱感到无比欣慰与感动，华世在这方面做得就是好，艺人出通告公司都会派专车接送。

毕竟坐公司的车和坐冯余斌的车，在感觉上是两回事。

司机大叔接到柳爱后，就拉着她直奔目的地。

说起梨花直播，算是“星扒客”娱乐媒体旗下的一档收视率较高的视频节目，每星期都会请近期小有名气的明星前来做采访。主持人和嘉宾一边侃大山，一边以直播的形式播放出去。

节目组事先会把问题整理一下，提前告诉嘉宾，以防在直播过程中出现什么不可挽回的事故。

在车上的时候，柳爱就接到了冯余斌微信传来的采访提纲，粗略地扫了几眼，心里大概有了个准备。

到达对方公司后，早早就有人等在门口接应柳爱。很快，柳爱跟着接待人员到达直播间。因为是简单的直播采访，所以柳爱并没有过多地准备什么，只想快点完事，然后回江莲远家吃饭。

在直播间，柳爱见到了这次负责采访她的主持人——玛雅姐姐。

玛雅姐姐是个面带职业性微笑的主持人，见到柳爱，立即过来打招呼。

“雯雯呀，等你好久了，我们这边都已经准备妥当，随时可以准备开始。你这边还有什么问题吗？”

“没什么问题，尽快开始吧。”柳爱打算速战速决，绝不拖泥带水。想到江贵妇还在家中等待喂食，宝宝实在没心情和你们委婉周旋。

直播间里，柳爱和主持人纷纷落座，直播镜头对准两人。

采访正式开始。

“哈喽，大家好，又见面了，我是你们亲爱的玛雅姐，今天我们请来的嘉宾呢……就是最近大火的电影《世界树》女一号——柳雯。”

主持人玛雅姐见柳爱一脸颓丧的模样，立马和她互动，让她打起精神：“雯雯，快和大家打个招呼。”

“嘿。”柳爱敷衍地冲着镜头一抬手，二郎腿一跷，小胳膊肘往桌上一戳，摆了一个自以为风情万种的撩人姿势。

“前段时间刚刚上映的《世界树》票房攀高，对于自己首次担当女主的电影，雯雯你怎么看？”

怎么看？柳爱皱眉，采访提纲上没写要问这个问题啊。是临时坑她吗？这什么媒体、什么采访啊，都不按剧本来，这种白痴问题都能问出口，也是醉了。

柳爱抛去一个百无聊赖的眼神：“能怎么看，坐电影院看啊。没钱买电影票的话，坐家里也能看啊。可能……画质稍微受点影响，但还节省时间呢。”

主持人的心猛地一颤，我去，这柳嘉宾来之前车掉沟里了吧，这才刚开场，回答路线就歪到西太平洋了。

“电影拍摄期间有没有遇到比较开心的事啊？”玛雅姐强大的控场能力，让她若无其事地掀过“怎么看”这个话题，将采访方向引到柳爱的日常拍戏生活上。

“并没有。”

主持人嘴角忍不住一抽，这么不给面子，这可是直播，能不能稍稍配合一下？

“比较难过的事呢？”

柳爱仔细回忆片刻，这个貌似是有的：“排队到我的时候，盒饭没了。”

玛雅无语……你作为一个偶像，这么执着于盒饭真的好吗？

“我们都知道《世界树》里面的女一号希虹是个温柔善良的女神，现实生活中，你觉得你和希虹像吗？

柳爱换了一条腿继续跷，继续放纵：“一点不像……”

玛雅深表赞同，像柳雯这种出道就走性感路线的明星，的确和善良温柔的希虹女神很不一样。

“她头上顶着那么大的主角光环，我有吗？我活得很悲惨。”

主持人：“……”

呃，是，你是很悲惨。

“是啊，柳雯自出道以来，一直默默无闻将近十年，演过大大小小不少角色。如今得到大家这么高的关注，听说又接拍了华世新剧《绝色丽姬之君醉尘烟》，一路走来，有什么座右铭激励你一直坚持下来吗？”

“在哪里跌倒，就在哪里睡……”“觉”字即将脱口而出的瞬间，柳爱猛地刹住嘴，在错综复杂的一瞬间，悬崖勒马改了口，“爬起来。”

“你认为作为一个明星，需要哪些必备条件？”

“明星啊……”柳爱当下认真思考了一番，智慧的大脑灵光一闪，“就……多少会点技能，多才多艺吧，比如唱歌、跳舞、演戏、养狗。”

养狗到底是什么鬼啊！唱歌、跳舞、演戏至少还在理解范围之内，养狗又是从哪条逻辑分析出来的明星必备技能！

“哦，那什么，我的意思是说，现在不是有很多宠物明星吗，也有很多明星为了显示自己很亲民很善良，每天都晒自己家的萌宠，是这个意思。”柳爱见玛雅一脸茫然，特意解释了一下自己笼统的说法。

哦……玛雅姐释然，转头就给柳爱挖了一个陷阱。

“那雯雯你觉得，你擅长哪一方面的技能呢？”主持人内心冷哼，大家都知道柳雯的演技差，也就是仗着漂亮脸蛋、花瓶身材才能混到现在。她敢自吹演技好吗？她刚刚列举的这几项技能，貌似她一个也不行呢。

她的技能……开挖掘机……不行，说了肯定会被冯余斌打死，顺便暴露职业机密就不好了。

“打鼓吧。”柳爱认真地点头。

“打……打鼓？”玛雅有些难以置信，没听过柳雯在音乐方面还有所擅长，“什么鼓？架子鼓？还是民族鼓？”

“拨浪鼓……”柳爱信心十足地一撩长发，“和退堂鼓。”

行了，你可以洗洗睡了，娱乐圈不欢迎你，音乐圈以你为耻。

深呼吸一口直播间污浊的空气，主持人重新整理了一下心情：“和你接触过的明星里，你觉得谁最可爱呀？”

“王宝强。”

柳嘉宾，上次“圈内老鬼”采访同一个问题，你回答的可是王俊凯！这还不到一年时间，世界观、人生观发生翻天覆地的变化真的合适吗？

“合作过的明星里，你觉得谁性格最好？”

“江莲远，他人真的很好，在片场特别照顾别人，而且和某些艺人装出来的温柔不一样，他的温和就是天然自带的那种。和他待在一起很舒服，感觉时间过得特别快。”

主持人神秘一笑，终于把话题引到正经处。她想问的就是有关柳雯和江莲远的独家消息，这才是能吸引眼球的重中之重。

“江莲远和你连续合作两部戏，你们……有没有因戏生情？”

“你们的想象力太丰富了，不要瞎猜好不好？这都是子虚乌有的事，我和大江就是关系很好的朋友。”柳爱也想趁这个机会全面划清她老姐和江莲远的界限，“他今年多大？三十二了吧！我才二十四，我们整整差八岁，他这属于老牛吃嫩草，我的粉丝们是不会同意的。”

放心吧，江莲远的粉丝更不会同意。此问题问得着实太无聊，用脚丫子想江莲远也不可能看上你这种货色。

“你对另一半有要求吗？”

“要求……基本没什么要求，投缘就行。不过我个人比较喜欢考虑周全又温文尔雅的男人，能够包容我、爱护我。唯一不能妥协的一点……名字里不能带翔，像什么孙翔啊、李翔啊的统统不行。”

“为啥？”

“因为……我发过誓，此生不做翔的女人。”

主持人崩溃，行了柳嘉宾，请你来是我们栏目组成立以来最大的失误，现在只求你能播完赶紧离开。以后别说你是圈里人，这圈丢不起你这人。

“你和吴青阳的恋情我们都比较熟悉，除此之外还有过其他感情经历吗？”

“嗯，有过。”柳爱适时地点头，只有这个问题，她不能违心地回答。因为大学时候她谈过一个男朋友，虽然现在已经没什么瓜葛了，但她还是想正视这段感情，“虽然已经分开了，但我记得和他在一起的时候很美好。”

“哦？”玛雅露出一丝好奇的表情，“他做过什么令你感动的事情？”

柳爱似陷入无尽的回忆之中，那是青春洋溢的大学一年级，他是建筑工程学的高才生，她是土木工程学的吊车尾。回忆起那段美好的时光，情到深处，柳爱不禁眼角湿润，微微哽咽：“他曾经开着我们全市最大的吊车，送我……上天。”

主持人泪流满面，真令人感动、匪夷所思、叹为观止。

“雯雯啊，姐问你一个实在的问题，你觉得你的智商高吗？”玛雅觉得她已经和柳雯出现了极其严重的沟通障碍。

“肯定高啊，我每天十几颗坚果核桃是白补的吗？”

嗷——主持人内心炸裂了，咱们能有点自知之明吗？能要点 face 吗？求求你了柳嘉宾，别扭了，再这么风情万种地扭下去，你这胸大无脑的形象定位就彻头彻尾坐实了。别说翻盘了，就连翻碗的机会都别想有！

“网传你整过容，真的假的？要不要现场给大家辟个谣？”玛雅姐已经放弃了，这是最后一个预留的劲爆问题，除此之外再没有其他能套的话了。

“什么程度就算是整过？”

“动过手术就算吧。”

“真的啊？”柳爱纠结，电光石火间掐指一算，“一二三四五六七……七次，一共整过七次。”

主持人整张脸都扭曲了，七次？！这么多？你是从另外一个人变过来的吗？

柳雯啊柳雯，真不知道该说你傻还是说你傻还是说你傻，全国都没有哪个明星像你这么有勇气，居然在大庭广众之下承认自己整容，还整了那么多次！

“都……整的哪里？”

“这颗、这颗、这颗，还有这边挨着的四颗，吃甜食太多，都被蚜虫蛀得不能吃饭了。去口腔科拔过七次牙，镶的都是烤瓷，是不是很白亮啊？”柳爱灿烂一笑，露出满嘴白白的烤瓷牙。

主持人悲伤地一点头，是亮啊……亮得我双目都要瞎了。

“时间也不早了，问你最后一个问题，咱们就结束本次采访吧。”主持人终于强撑到采访的最终环节，“在你的人生中，有没有一件让你终生难忘、刻骨铭心的事？”

无论是热泪盈眶，还是催人泪下，无论是悲情伤感，还是抱憾而终，曾经，只要能够铭刻于心，就是真正的爱与人生。

“有啊。”柳爱肯定地说，现在回想起来，那种生不如死的痛苦还萦绕在脑海中，“大米饭卡鼻孔里出不来。”

快快快，赶紧关镜头，采访到此结束，大门出口左转，好走不送。

司机师傅老早就被柳爱打发走了，她出直播间后，先易了个容。

乘坐地铁转到江莲远家附近，柳爱在地铁上不幸被一位年轻男子认了出来，但她秉承打死不承认的态度，极力强调是他认错人后，赶紧溜之大吉。

千辛万苦回到家，柳爱走上单元电梯。

一位鹤发老奶奶和她一起乘电梯上楼，到达十三层后，两人居然在同一楼层下了电梯。

柳爱掏出钥匙准备开门，老奶奶手里提着一个小塑料袋，里面装着两瓶生理盐水在拿钥匙开对面的门。

“哎呀，你是……小江的女朋友？”老奶奶转过身，满脸慈祥的笑容，端正的眉眼里含着一丝让人无法忽略的孤寂。柳爱看得出，年轻时候的她一定是个落落大方的美女。

“呃……暂时还不是，不过以后就说不准啦。”柳爱尴尬地挠头，有些腼腆地笑了笑。估计老奶奶看她拿着江莲远家的钥匙，又是年轻妹子，所以才会觉得她是江莲远的女朋友。

“龙芷玥在你家吗？”老奶奶叹气，“它已经两天没回来了，哪里都找不到。它平常总爱去小江家，所以我在想是不是在他家里。”

柳爱点头：“应该在的，我出门前它还在江莲远的被窝里钻着呢。”

“谢谢你们照顾小玥玥，如果给你们添麻烦了，可以送它回来。”

“不麻烦的，江莲远很喜欢它。”

进入家门，柳爱换了拖鞋，第一时间就跑进卧室瞧江莲远。

江贵妇拉着一张大长脸，正黑着脸缩在被子里。见到柳爱回来，猛地皱起眉头，第一时间拿过身边一个软绵绵的大枕头，怒火冲天地冲着柳爱扔过去。

“你居然说我老牛吃嫩草？我老吗？”江贵妇怒吼，“哪里老了？！”

柳爱汗颜，我的苍天……贵妇没事干在家闲着看直播了吗？这刚回来就一通撒泼，更年期还没到就这么肆无忌惮地开作，长此以往这还了得？

说时迟，那时快，柳爱柔情似水地往江莲远身边一坐，亲密无间地把胳膊一搂。

“不老！不老！不老！重要的事情说三遍！我们江大神青春永驻，容颜不减。”柳爱声音洪亮，张口就开哄，“来，跟我一起喊，大神江莲远！年轻一百年！赛过活神仙！”

江莲远嘴角扬起一个满意的弧度：“这还差不多。”

# 第十三章

## 从天而降的遗产与继承者们

这段时间，柳爱在江莲远家住得十分开心，每天照顾一个病号和一只大猫，忙得不亦乐乎。

直到……半月后的某天晚上，柳爱卧室的弹簧床……被她一屁股压烂了。

其实，柳爱的体重绝对算得上轻盈，只是这屋卧室的床上之前放过很多重物，加上年久失修，弹簧老旧，所以导致柳爱没蹦跶两下，床就直接废掉了。

“莲远，我那屋床坏了，弹簧顶出一大截。”柳爱抱着两床厚厚的被褥，豪气地扔在江莲远的床上，“明天找人修床，今晚先在你床上凑合一宿。”

江莲远脑袋一抬，俊秀的眉毛一撇，难以置信地盯着柳爱：“这么主动？孤男寡女，同床共枕，你就不怕发生一些不该发生的事吗？”

柳爱伸手一把捏住江莲远的脸：“哎哟！能得你，忘记自己现在什么处境了？动一下胳膊试试？动一下腿试试？不要命了？”

江莲远：“……”

“半个身子都打着石膏，你还想干什么？又还能干什么？”柳爱得意地一哼：连你江病号都拿捏不了，我这日夜操练的十八般武艺还有利用价值吗？

“那行，你睡我左边。”江莲远拍拍自己旁边的位置，拖着身子往右边缓慢腾挪。

“嗯嗯。”柳爱满意地点点头，把自己的被褥铺在江莲远身边。

两人同床而眠，江莲远睡觉很安静，柳爱睡觉也很安静，两人就这样香甜地睡了一晚。

然后……就是阳光明媚的第二天清晨。

柳爱设置了闹铃，两人同时被震醒，双双睁开迷茫而困顿的双眼。

一转头，柳爱发现自己正抱着江莲远的一条胳膊，脚缠着他的一条腿，活脱脱把他缠成了纹丝不动的木乃伊。

昨天睡得真好，江莲远简直就是高级版恒温暖宝宝，自动发热，恒温调控，节能省电，绿色环保。要不是售价太高，柳爱真想把他买回家，每日每夜暖被窝。

“早上好，江莲远。”柳爱迷迷糊糊打了个招呼，“昨天睡得好吗？”

“还行，只是……你占了我的床的四分之三。”江莲远用自己唯一能动的眼睛，示意柳爱可以适当地多分他一些地盘，不要肆意扩张领土。

“拜托！你还压着我的头发睡了一夜呢！”柳爱不服气，“咱们扯平了。”

起床后，柳爱把江莲远推到浴室，让他自行洗漱，之后她就去厨房做早点。

今日早点是菠菜合子和紫菜蛋花汤，两人悠闲地吃着早点，江莲远却一直心不在焉，似乎有什么事情让他犹豫了很久。

“莲远，你有什么心事吗？”柳爱习惯性地伸手戳了一下江莲远的脸。

江莲远没吭声，匆匆低头吃饭。

这么长时间相处下来，柳爱自问对江莲远的了解程度颇深，他这种表现，分明就是有事想说，却又在顾虑些什么。

“是不是……最近吃肉太少？要不中午咱们吃一顿羊肉火锅吧？”

“不是。”

“没关系的，偷吃我的烤鹅的事情，我是不会计较的。”

“我没有偷吃你的烤鹅！”江莲远高声辩解，委屈地把碗往桌上一放，“是龙芷玥趁你不注意叼到我床上的！”

行行行，千错万错都是龙芷玥的错，我们江大明星是有头有脸的公众人物，绝对不是可耻的人，不会做偷鹅这种可耻的事。

“那你到底在愁什么？有什么事情可以说出来啊。”

江莲远崩溃，把脑袋往桌上一磕，叹出了人生最长的一口气：“我已经半个月没有洗澡，受不了了。”

柳爱沉痛地一捂额头，这真是一件值得忧伤的事情。尤其是我们一向注重自身形象的江大神，更加无法忍受长时间不洗澡的痛苦。

但他身上的石膏还没拆，自己洗澡的话，貌似难度有点高……

“呃……”柳爱词穷。

“所以，能不能……你帮我洗一下？”江莲远尽可能表现得面容严肃，他知道这么要求可能有些不合适，但面对自己长期不洗澡的窘况，他还是决定牺牲一把色相，换取全身清爽。

“啊？”柳爱的脸瞬间红了。

我去！大佬！你绝代的颜值！我犯罪的开始！你这是在赤裸裸地勾引我知道吗？我敢说全天下经得起你这么诱惑的女人根本不存在！

“要不……你再忍两个星期？大夫不是让你六周后去拆石膏吗？拆完再洗。”

江莲远目光一凛："一刻都等不了了。"

柳爱手托着香腮，微微考虑片刻，轻巧地说："如果你不介意的话，我倒是无所谓。"洗就洗喽，浴就浴喽，反正脱的人又不是我，被占便宜的人也不是我。

"就这么定了，吃完早餐我们就去洗澡。"江莲远作为新时代男艺人，已然把自己的贞操弃之不顾。或许在他心中，柳雯早已对男女之事看得很开，毕竟她有那么多……丰富多彩的情感经历，走的路线还是……性感谐星。

吃完早点，柳爱先去放洗澡水，在浴池旁放了高板凳、檀香皂、沐浴露和毛巾，又开了高温灯，将浴室内的温度升高到江莲远待在里面不会感觉冷的程度。

"准备好可以洗了吗？"江莲远坐在轮椅上，心急地探头进浴室。

"嗯嗯，来吧。"柳爱快速将江莲远推进浴室，扶他坐到木板凳上。

让柳爱没想到的是，龙芷玥居然也跟着一起进来了，并且跳上洗衣机，淡定地一卧，完全没有要走的打算，看来这是准备欣赏一下江大神香艳刺激的沐浴风姿了。

然后……看着江莲远俊逸精致的帅脸，柳爱整个人僵在原地。

艰难地咽下一口口水，柳爱的心蓦地加速跳动，下一步是不是该宽衣了？到底是他自己来，还是她亲自上手？

"没事，你脱吧，我怎样都可以的。"江莲远平静地抛出一句话。

噗……柳爱感觉自己真心是要废掉了，面对江莲远这种任人宰割的极致货色，柳爱着实有些招架不住。

深吸一口气，柳爱伸出难以抑制抖动的双手，一颗又一颗地解开了江莲远衬衫的衣扣。

我心里住着佛祖，我眼里含着菩萨，六根清净，四大皆空……空空空……我就是现代版坐怀不乱的柳下惠之妹，不要妄图挑逗我坚如磐石的决心！

内心默念了一遍《清心咒》，柳爱快速行动起来。

江莲远上身的衣服全部褪去，下边只穿了一条宽松的蓝纹大裤头。他安静地低着头，柳爱快速拿起湿毛巾，沾湿他整个左臂和后背，用檀香皂涂在后背上，用澡巾替他擦洗干净。

“那个……莲远，头稍微往左一点。”

江莲远微微偏头，露出脖子后面让她擦洗干净。

他皮肤白净，骨架坚实完美，模特一般的身材匀称而富有美感，温热的身躯温暖而诱人，逐渐地……柳爱感觉自己脑袋发热，呼吸困难，心……跳得快极了。

“左臂和后背这些你够不到的地方，我已经帮你洗了。”柳爱面色潮红，背对着江莲远，将手中的毛巾搁在浴池边上，抬腿就往门外走，“浴袍在你左边的衣架上，剩下的地方你自己可以洗，我……我先出去了。”

柳爱落荒而逃般走出浴室，捂着胸口大口大口地呼吸氧气。

完蛋了，她真是高估了自己的定力，也低估了江莲远的魅力。刚才在里面，她感觉心跳得狂乱不堪，被一阵阵的热浪冲得脑袋发昏，马上就快控制不住自己。要不是她掐了一把大腿及时出逃，真的无法预料下一秒会发生什么。

由于江莲远行动不便，所以洗澡进程异常缓慢。他在里面待了足足一个多小时，才幸福地从浴室里出来。

又过了几天，江莲远的身体恢复逐渐加快，情况大为好转。

时值一个星期后，傍晚时分，江莲远坐在小轮椅上看剧，柳爱在窗台上养她的多肉桃之卵，门却被突然敲响。

谁会在这个时候来江莲远家？任雪？裴均州？带着满脑子疑问，柳爱从防盗门的猫眼望出去……

两个陌生人？

“江莲远。”柳爱火速趿拉着凉拖，去江莲远的卧室报告，“门外站着一个西装革履的精英男和一个五十岁左右的中年男，我不认识，咱们到底开不开门？”

柳爱内心惶恐，她一个弱女子和江莲远一个大病号，如果那两个人是居心不良的歹徒，他们可没办法应对！

“没事，开吧，这个小区的安保很到位，一般可疑的人是进不来的。”

好吧……既然业主发了话，她这个寄生虫就只能同意了。

柳爱满脸笑容地打开屋门：“请问……你们有什么事吗？”

“您好，小姐，这里是江莲远先生的住宅吗？他现在在家吗？”

柳爱点点头，放两人进屋，请他们暂坐沙发上，之后把江莲远从卧室推出来，四人在客厅里碰面。

“有什么事？”江莲远盯着自己面前的两人。

“是这样，这里有一份遗产协议需要您签字，由于涉及资产总额比较大，所以特地前来与您商量处理。”西装革履男十分正式地解释，并从黑色公文包中取出文件夹，打开里面的纸质文件，放在桌面上。

柳爱眼睛一瞪，这……什么情况？遗产？涉及数额还很大的遗产？江莲远家到底什么来头啊？豪门恩怨？莫不是江莲远是有钱人家的私生子？长辈去世，他无端被卷入争夺家族财产的风波？同父异母亲大哥为钱不择手段……

我去……思前想后这么一琢磨，妥妥的人生如戏充满奇迹啊。

“忘记自我介绍了，我是您对门邻居魏老太太的二儿子，魏国平。”中年男人说。

“我是魏先生的私人律师，魏老太太五天前不幸突发脑溢血去世，根据其生前立下的遗嘱，名下三千万存款由大儿子魏国安继承，所属不动产两座别墅和一个海外庄园由二儿子魏国平继承。”律师扶了扶眼镜，继续说，“龙芷玥由您继承。”

柳爱崩溃，把额头一捂，这和电视剧里演的不一样啊！

为什么三千万存款由大儿子继承，两栋别墅和一个海外庄园由二儿子继承，吃货龙芷玥却要江莲远继承啊？这还有没有天理？有没有王法？有没有良心了？

“龙芷玥拥有纯种英国短毛猫血统证书，市价八千元左右，宠物证件齐全，可以认定为魏老太太的私有财产。遗嘱中虽然写明是继承，但您与老太太没有血缘关系，所以这在法律意义上属于遗赠行为，需要与您签订一份遗赠协议。”

“实在抱歉，给您添麻烦了。”五十岁的和善男人此刻说话了，“我和大哥常年在外地工作，实在没有多余的时间照顾小玥玥。而且玥玥一年也见不到我和大哥几次，跟我们不亲近，强行带它离开熟悉的环境，或许它也不会开心。”

是啊……龙芷玥和江莲远关系好，而且还是对门，这样处理对龙芷玥的影响最小。

见江莲远没有立即应允，魏国平的神情有些失落。

“如果……真的有困难的话，就……”

“没有，我刚刚是在犹豫，毕竟收养宠物不是一件简单的事，我常年在外地拍戏，可能对龙芷玥照顾不周。但任何困难都是可以克服的，就把它留在我这里吧。”

江莲远拿过桌上的继承书和碳素笔，一目十行地看了一下这份《遗产赠予协定书》，快速签下自己的名字。

“好，太感谢了，那玥玥就拜托您了。这是我的电话，如果有急事，不用客气，可以随时联系我。”魏国平和善地递来一张名片，上面的标注全是英文，看来是常年在海外工作的华侨人士。

家里龙芷玥吃烤鸡撑坏了，给你打一通跨越太平洋的海外求救热线，试问能有什么有效作为？这名片给和没给，想来有多大区别？

很快，魏国平和律师两人就把龙芷玥从家里抱了出来，连带配套的各种牌子的猫粮、猫垫、猫笼、食盆、水盆，统统放到江莲远家中。不到几分钟时间，就走完了这华丽而壮观的搬家路线。

从此以后，龙芷玥正式成为家中一员，柳爱的照顾对象除了江莲远之外，又多了一个吃货。

律师和魏国平走后，柳爱麻木地看着面前舔爪的吾皇，得出一个触动颇深的感悟——天上掉馅饼真心是一件不可能的事。

龙芷玥明明是只体格健壮的公猫，却生性慵懒，优哉游哉，平常在家总是一动不动地窝在沙发上、被窝里、阳台上，眼睛一眯，往床上颓然一躺，就和江贵妇组成了一道和谐的吃白饭风景线。

可能在它心里，以江莲远的绝世美颜，有资格当妃子，而柳爱只配给它铲屎。

有时候，柳爱双手提着刚刚采购的食材回来，发现龙芷玥就那样静静地卧在对面的防盗门前，一守就是一整天。

或许，它觉得，未来某一天，那个曾温柔地摸着它脑袋的老太太，会再次踏着蹒跚的步子打开屋门。熟悉的家，暖和的床垫，美味的三文鱼罐头，满脸褶皱的微笑，一切如常，一切如旧。

又或许，它明白，那个慈祥的老太太，永远不会再回来。

在柳爱的精心照顾之下，江莲远的身体逐渐康复。

其间除了偶尔接几个轻松简单的杂志广告拍摄外，柳爱几乎没干别的事情，整天就在江莲远家的厨房里研究新菜品。比如什么奶油炖咸菜啊，榴梿炒牛腩什么的，这种口感独特、品位高格的佳肴几乎每日层出不穷。

江莲远的四肢已经可以自由活动，只是还不能做一些比较费力的动作。

主演的身体状况恢复良好，裴均州把情况告诉谭秀松后，剧组商定重新开拍的时间在二十天后。

裴均州原本想给江莲远再多请一个助理的，毕竟江莲远绝不能再出任何岔子。在拍戏期间，一定要三百六十度全方位把勉强复原的江莲远照顾好。

只是……江莲远拒绝了。宋江的服务意识虽然着实令人痛心，但好在跟随江莲远走南闯北多年，经验丰富，他还是希望宋江能够全权负责自己的日常行程。

江莲远家中，柳爱正在给洗过澡的龙芷玥吹毛。

“小柳，这是什么？”江莲远穿着宽大的睡衣从衣帽间走出来，一眼就看到了门口的巨大纸箱。

柳爱尴尬地一笑：“衣服。”

“啊？”江莲远眼睛一眨，顺手拿起旁边桌上放置的剪刀，绕到箱后，沿着箱缝剪开。

江莲远哭：“这不是男士内衣吗？不当明星，准备转行卖内衣了？”

“我前几天洗衣服的时候不小心掉了一个齿轮在洗衣机里，你的内衣都被绞碎了。”柳爱哈哈一笑，“你就凑合凑合用吧。”

柳爱与江莲远认识很久，两人又同住了两个多月，近些日子，她总觉得江莲远有些……魂不守舍？看她的时候，眼神里居然还带着一丝丝忧伤？而且整个人没什么精神。

按照柳爱对他的一贯了解，他心里大概揣着事，却又在犹豫着说不说。

“你这几天心情不好吗？”

“没有。”江莲远的眼珠子转了转，“也……可能有，但应该没有。”

居然还言辞闪烁？到底是怎么回事？

“有话就说啊，拖太久也不是什么好事，有些事情要说出来别人才能知道。”柳爱停下给龙芷玥梳毛的手，把木梳子放进盒子里。

江莲远修长的身子轻轻倚靠在门框上，还在犹豫到底要不要问。

柳爱目光好奇地盯着他：“啊？”

“呃……”江莲远叹了口气，像是做了个重大的决定，想把憋了几天的问题问个明白，“我这里有张照片，你看一下是怎么回事。”

说罢，江莲远从床边拿起手机，翻到苏沐曦的微信，把手机递给柳爱。

柳爱定睛一看，我的天，刚醒眼就差点被闪瞎了。

床照？

照片里，一个和柳爱长得一模一样的女人，抹着魅惑的红唇，只穿着蕾丝吊带内衣，白嫩的双臂亲热地搂着一个陌生男人的脖颈，地点……看装修风格是在宾馆。

与男人亲密无间姑且按下不提，最让柳爱崩溃的是，举着手机拍双人床照的人是她姐姐自己啊！老姐你这是浪到了什么程度，才能拍下此等颜值爆表的高清艳照啊！拍照拍得这么清晰，连个浑水摸鱼的机会都不给，我这个做妹妹的内心真的很焦灼！

柳爱抬头，正对上江莲远哀伤的大眼。

气氛瞬间尴尬到零下一度，重点是现在怎么办？该怎么和江莲远解释这种突如其来的“被出轨”状况……就算他脾气再好，性格再大度，看到这种照片心里肯定也会很不舒服。

话说解释真的有用吗？都已经穿蕾丝吊带了……

“呃……”柳爱悄无声息地把手机塞回江莲远手里，“难道……你很在意？”

江莲远站在原地，沉默不语。

一阵无形的寒流穿透柳爱的身体，她初次发现江莲远不说话的样子让人十分紧张。

“我突然想起来，要去一趟超市买东西。”柳爱脚尖一转，准备拿起沙发上的皮包暂时跑路。

就在柳爱准备夺门而出的瞬间……

“小柳，你等等。”江莲远大步走到柳爱身旁，一把扯住她的胳膊，“是你让我问的，为什么现在什么都不说？难道……你打算回避吗？”

嗷……柳爱内心忍不住哀号：你叫我说什么啊？异世界的另一个我？

其实，她是从另外一个遥远的时空穿越而来，正巧这个时空还有一个自己，而这个时空的自己和照片上的男人有一腿。

柳爱汗颜，瞎编得自己都找不着北了。

她不能出卖姐姐还有脑残的冯经纪人，于是不解释可能才是最好的解决方法。

“如果我说这照片上的人不是我，你相信吗？”柳爱微微叹气，清澈的目光无比认真地盯着江莲远。

江莲远再次保持沉默。

看吧，面对这种“铁一般的证据”，大多数男人还是无法相信女人的解释。

就像那个曾经说过爱她一辈子的男人，终究还是选择相信一张照片，而不是自己的爱人说的话。

或许他们要的，压根儿就不是真相，只是一个道歉的态度。然而……她柳爱没做过的事情，自然犯不着和一个连男朋友都算不上的人去道歉，不是吗？

在别人眼中，有资格质问她的难道不是周宗弈吗？

柳爱义无反顾地打开门，出去呼吸一下新鲜空气，顺便去附近的便利店采购大量食品和蔬菜，回去后，填满了江莲远家冰箱的每一个角落。

俗话说，沉默是金，此刻说过的每一句话，都会成为日后贫穷的理由。整整一个上午，柳爱和江莲远陷入了前所未有的冷战之中。江莲远一直待在屋里不出来，柳爱一直在客厅晃悠不进去。

下午，柳爱实在受不了这凝重的氛围，自己简单收拾了一下行李。

临走前，她也没和江莲远打招呼，就这么悄无声息地走掉了。她似乎听到，在她离开的那一瞬间，江莲远从卧室里跑出来的声音，抑或只是她幻听而已。

回到许久不见的别墅，安顿下来，柳爱才给江莲远发了一条微信。

柳爱：不用担心，我已经回别墅了。医生说你的身体已经没大碍了，我的任务圆满完成。回剧组拍戏之前，就让宋江先接替我照顾你吧。

然后……江莲远居然没回她……

自从认识江莲远以来，第一次她给他的私人微信发信息，他没有回。之前就算再忙，即使只回复一个简单的“嗯”字，他也会抽空回过来。这一次，看来他是真的生气了。

站在别墅的阳台上，柳爱发现了一件很重要的事情。

温暖如初的光无法使她的心变暖，而永无止境的风，却能使她的心变寒。

# 第十四章

## 周氏豪宅一日游，切记多拍纪念照

回到别墅的当天深夜十二点，柳爱异常地接到了一通来自周宗弈的电话。

迷迷糊糊中，柳爱看到来电显示是周宗弈。但她接起来时，对方的声音却不是周宗弈本人，而是一个有点熟悉的人。但具体是谁，她一时没想起来。

“柳雯？”

“嗯，我是，请问……”

“现在到梅斯酒庄来一趟，地址我短信发给你。尽快，别让我等太久。”

啊？柳爱瞬间狂躁，电话对面的亲！到底是谁给你的勇气，在这月黑风高的半夜，一句话就把我从香甜的被窝里揪出来，理所当然地命令我去一个我完全不知道是哪儿的地方？你当自己是上帝吗？

“你是？弈哥的手机怎么会在你这里？”柳爱眼皮一耷拉。

“我是秦埕，周宗弈喝醉了，你过来把他接走。”

“哦哦哦，是埕哥啊，我知道了，马上过去。”

秦埕冷冷的语气，迎头浇醒了还在困顿中的柳爱。她立马起身擦了把脸，勉强提起精神，穿上一件深粉色的大衣，约了一辆的士前往梅斯酒庄。

酒庄地点设在郊区，绕过几座高大的环形山，隐藏在里面的是静谧的湖水和一座小型的湖心岛，梅斯酒庄就在湖心岛的斜对面。

车停在酒庄前，柳爱掏出两百块人民币给司机付账，之后便匆匆下车。

“柳雯小姐？”一个年轻的小伙子早早地等在大门前，看样子像是酒庄的工作人员。

柳爱微微点头。

“请跟我来。”

柳爱跟着小伙子进到酒庄里面，酒庄面积很大，可能是夜间的缘故，周围凉风阵阵，安静得有些可怕。

她跟着小伙子穿过一条幽暗的长廊，长廊装饰简朴而富有林木气息，深层的土壤里种着颜色翠绿正向上攀爬的藤蔓。两旁的木制展柜上摆放着来自世界各个国家的品牌酒种，日本的烧酒、意大利的红酒、法国的白兰地等。

面对眼前无数种让人眼花缭乱的酒，柳爱当真是长了见识。

在她长达二十二年的酒途人生中，所熟知的酒名除了红星二锅头、宾宜五粮液外，就剩下常年客串各大影视剧场的女儿红了。

最里面的一排摆着几十瓶酒，标价都贵得吓人。如果柳爱没看错的话，最便宜的一瓶折合人民币都需要八十多万。苍天……一瓶酒就干掉百万以上，这样的奢侈再次刷新了柳爱的想象力。

长廊尽头站着一个身材颀长，手戴佛珠的男子，正是周宗弈的好兄弟秦埕。

“埕哥。”柳爱微微一笑，“弈哥呢？”

秦埕没和柳爱寒暄，转身推开身后的门，沿着楼梯，把柳爱带进了一个空间封闭的地下酒窖。

酒窖里装的全是半米多高的桶装酒，数量有几百桶的样子。

酒窖的角落里有一个类似酒吧吧台的地方，台上摆了一桌空酒瓶，地上满是烟头。周宗弈已经喝趴在桌上，完全一副不省人事的状态。

“弈哥，弈哥。”柳爱冲过去，伸手摇了摇他的胳膊。

行了，他身体已瘫痪，灵魂已放空，一时半刻脑电波是不会有反应了。

“怎么会这样？”柳爱担心地摸了摸周宗弈的额头，又抬头看秦埕，“埕哥，周宗弈遇到什么事了吗？”

“没有。”秦埕回答得很干脆。

“那他怎么会一个人喝到这种程度？”柳爱不解。如果没有什么烦心事，正常人会一个人喝到烂醉如泥吗？

“今天是他生日，每年生日他都这副死相。”秦埕的语气相当不耐烦，“我还有事，剩下的交给你了，等他醒了赶紧弄走。”

柳爱无语，埕哥你这划时代的逻辑越发让我等迷茫了……在我等心中，小则蛋糕蜡烛许心愿，大则亲朋相邀办 party，没听说过哪家过生日藏在酒窖里狂喝的。

秦埕眉头一皱，走之前又转身，指尖一指醉生梦死的周宗弈，嘱咐柳爱：“盯着点儿，别让他再喝了。”

柳爱乖巧地点点头：“OK，我知道了。”

秦埕走后，偌大的空间就只剩下柳爱和周宗弈两人。

空气静谧，灯光昏暗，柳爱安静地坐在周宗弈身边，看着他沉睡的脸，伸手碰了碰他乌黑的碎发。

酒窖的气温偏低，又没开暖气，周宗弈在熟睡中下意识地瑟缩了一下。

柳爱怕他睡着以后着凉感冒，立马脱下自己身上的呢子大衣，披到他背上。

两个多小时后，周宗弈还是被周围的寒冷给冻醒了。

醒来后的第一眼，周宗弈就看到柳爱瞪着一双血红的大眼，冻得跟一小仓鼠似的缩在旁边的凳子上。柳爱见他醒来，激动得几乎热泪盈眶，立马就把脸凑过去。

“弈哥！你终于醒了！我们赶紧回去吧！”柳爱脸上绽开一抹灿烂的笑。

“小爱？这里是……”周宗弈捂着像要炸裂的脑袋，一时有些茫然。仔细回忆一下，他才想起自己此刻身在何处。片刻后，他才神情疲惫地问，“你怎么会来？”

“埕哥拿你的电话打给我的，要我过来接你。”

周宗弈扫了一眼这寒冷的酒窖，还有自己身上披着的粉色女式大衣：“你该叫醒我的，如果你冻病了怎么办？”

“没事没事，我身体好。”柳爱一把拉住周宗弈的胳膊，“我们回去吧。”

周宗弈揉了揉刺痛的太阳穴，站起身来，把柳爱的大衣轻巧地披回她身上，两人一起走出酒窖。

之前接柳爱的小伙子见周宗弈出来，立即锁上酒窖的门。

柳爱的驾驶技术一向垃圾，原本周宗弈是打算亲自开车送柳爱的。但柳爱不能让他酒后驾驶，加上此刻是深夜四点半，没有警察查岗，于是她壮着胆子从他手上夺了车钥匙，强势把他推到副驾驶座上，势要过一把开豪车的瘾。

车子从远郊的林区驶过，黎明的光亮逐渐将漫漫长夜染白，再染白。湿重的雾气覆盖了前方大片视野，柳爱不由自主地将车速减下来。

就在此刻，几辆前方停靠在路边的漆黑的越野车，像是故意掉转车头，横向排在山路中央，挡住了前面的路。

周宗弈皱眉，冲着后视镜扫了一眼，立即说：“赶紧掉头。”

柳爱稍一迟疑，立即转动方向盘，结果动作还是慢了半拍，后面的路也被几辆车给挡住了，道路被彻底堵死。

周宗弈无奈地叹了口气，无力地靠在车后座上："完了。"

柳爱刚打算张口问周宗弈什么情况，对面的车上就下来一票人，冲着他们这边走过来。其中有一个大叔柳爱认识，是周宗弈老爸的司机。

司机大叔挂着一脸和善的笑容，礼貌地敲柳爱这边的车窗玻璃。柳爱缓缓打开车窗："叔叔你有什么事吗？"

"柳雯小姐，董事长让宗弈今天回家一趟。"

柳爱看了一眼身边已废的周宗弈："可能……弈哥他现在身体不太舒服，要不……下午再让他回去？"

"宗弈，正好回去休息，我们这就走吧，柳雯小姐也一起？"

周宗弈眼皮一沉，心情看起来相当不好。但前后十几辆车、十几个人拦着，这场面他就是想走肯定也走不成了。

"我自己开车。"周宗弈准备下车换到驾驶位。

"您还是坐董事长的车吧。"司机连一点溜走的机会都不给周宗弈留，"我来开就好，路上您就好好休息吧。"

周宗弈深呼吸，心不甘情不愿地走下车："雯雯，从现在起，尽量不要离开我。"

柳爱立即下车，跟在周宗弈身后，上了另外一辆轿车，周宗弈的车另外有人开。

司机大叔在前方开车，柳爱坐在副驾驶座上，周宗弈脑袋昏沉地躺在车后座浅眠。

"我们这是要去弈哥家里吗？"一路沉寂两个小时，等周宗弈缓缓醒来，柳爱才忍不住开了口。

"是的，柳小姐。"司机大叔肯定地回答。

柳爱眼睛一瞪，脑子清醒，内心激动，双手颤抖，只想站在山巅吼一吼，她居然要去周宗弈家里！这可是千载难逢的绝世好机会！

传说有钱人家的生活是：住航空母舰，喝恒大冰泉，所以……她这是即将去航空母舰里的节奏啊。

周氏豪宅一日游，切记多拍纪念照。

周宗弈盯着柳爱的侧颜，莫名发现她居然高兴得嘴角都扬起来了。

“雯雯，你很开心吗？”周宗弈宠溺地戳了一下柳爱的后脑勺，“就这么想见我父亲？”

柳爱汗颜，这误会深似海，这惆怅泪满怀，我对你爸不感兴趣，我对豪宅感兴趣。

“有吗？”柳爱小脸一红，立马收敛情绪，“应该……没有那么明显吧……”

周宗弈嘴角勾起一丝迷人的微笑，宠溺地揉了揉柳爱的脑袋：“放轻松，一会儿正式将你介绍给我爸，家长总是要见的。”

妈呀！步骤省略得这么彻底，直吓得我不能自已！

这从哪儿到哪儿就见家长了？话说哥哥我们还没交往就要私订终身了，剧情快进得这么随意真的可以吗？哥哥别多心，我真的只是去一日游而已……

司机大叔开车技术绝佳，就像是开了挂一样。很快，车子就驶入一处风景清幽的住宅园区，缓缓靠近周家的铁栅栏大门。保安看到司机大叔领着周宗弈回来，赶紧从监控室里跑出来，亲自打开宅子大门。

“白天不是小何值班吗？”司机大叔从车窗探出头，笑着冲保安打了个招呼。

“今天小何有事，换到夜班了。”

柳爱惊骇地捂住了自己的嘴巴，生怕让周围人看出她眼底的震撼。周家……果然是个恐怖的地方，保安还分日用型和夜用型？

车停在一栋造型古朴的欧式别墅前，没有想象中的奢华无度，看样子略显陈旧，初步估计至少有几十年历史了。

周宗弈下车，伸手抓住柳爱的手，另一只手掏钥匙打开门，引着柳爱进去。

“宗弈。”保姆阿姨正穿着围裙打扫客厅，见到周宗弈回来，像是见到什么珍禽出现在家里一样，“你回来了？快进屋里。”

“芳婶，我爸在吗？”

周宗弈脱了外衣，又替柳爱脱了外衣，然后交给芳婶挂起来。

“在呢，我马上去告诉他。外面天气凉，你先喝口热水暖暖身子。”保姆阿姨高兴地跑上楼梯，给周董事长通风报信去了。

周宗弈坐在客厅的沙发上，无精打采地抿了一口铁观音茶。

“弈哥这样真的好吗？”柳爱有些胆战心惊，低声对周宗弈耳语，“要不等姐姐回来？”

“没事，平常怎样，现在就怎样。”

柳爱镇定地坐在周宗弈身边，双手紧紧握着红色小皮包，努力克制自己不要做什么出格的事情。虽然她觉得自己的存在本身就已经很出格了。

“宗弈。”

不多时，柳爱就听到有人下楼的声音，一道威严的呼唤从楼梯口传来。

周勋见到周宗弈的瞬间笑逐颜开，又在见到柳爱的瞬间笑容消失殆尽。这起承转合的表情演变，至多也就持续了不到0.01秒的时间。

“周伯父。”柳爱亲切地一叫，礼貌地站起身来。

“怎么把她也带回来了？”周勋一指柳爱，瞬间炸了，“你成天在外面鬼混，一年到头不着家也就算了，居然还把这种女人带回来！你知不知道今天是什么日子？你是故意想往死里气我吗？”

大爷有这种可能，气死你，宗弈才能名正言顺继承你的余额宝，或者微信钱包。

“我知道，今天是我妈的忌日，所以我这不是乖乖回来了吗！”

柳爱猛地一瞪眼睛，看向周宗弈，不是吧……这和秦埕说的不一样好吗？今天不是你的生日吗？怎么突然就变成你妈的忌日了？

“司机过去接我的时候，正巧柳雯也在，我不放心她一个人，所以干脆带她一起回来。”周宗弈说得云淡风轻，面对周勋的怒气，仿佛根本没什么大不了的。

“你喝酒了？”周勋明显闻到周宗弈满身都是酒味。

“应酬推不掉，就喝了几口。”周宗弈张口就开始敷衍他老爸，听得柳爱一愣一愣的。

我去，你们家应酬都跑酒窖去啊？应酬谁啊？酒窖里醉人的小老鼠？

“算了，你们俩到书房来，我有话说。”周勋平静地扫了柳雯一眼，转身走上楼梯。

周宗弈皱眉，牵起柳爱的手：“走吧。”

书房内，周勋正襟危坐在书桌前，一派严父的表情，目光深沉地看着面前两人。

“前几天，飞扬科技的郑军找到我，说秦越已经开始并购他们公司了。这几天你离秦埕远点，少掺和他们家的事。”周勋的语气颇有警告的意味。

“秦埕是我兄弟。”周宗弈有些漫不经心。

“他们家的生意来路不正，和他绑得太紧，风险大，小心栽跟头。”

周宗弈眼皮一耷拉，白眼一翻，完全把周勋的话当成耳旁风。

柳爱悄无声息地拉了拉他的衣角，示意他审时度势，此刻最好点头称是，赶紧竖起耳朵聆听爸爸的教诲，从头开始，重新做人，就在原地超越极限，化茧成蝶的那一灿烂瞬间，蜕变为社会主义新时代的好男人，弈哥我打心底里看好你。

“这事您就别管了，我自己看着办吧。”

周勋眼睛一瞪：“你！你眼里还有没有我这个当爸的？我早就和你说过，不要和秦埕那种人走得太近。秦家有秦家的路子，我管不着人家，但你是我儿子，我就绝对不能看着你往火坑里跳。”

“是不是火坑您说了算？”

话还没说两句，周勋的脸已经黑成铁，就差一点微小的火星，整个场面就能炸起来，气氛可谓是凝重中夹杂着万千火药粉，一点即燃，一触即发。

就在这千钧一发的时刻，柳爱缓缓叹气，嘴角微动一下，举了举手。

“伯父，我有话说。”

“怎么？”周勋面色沉冷，语气严寒。

“我想去厕所。”

周勋瞬间一口老血涌上心头：我去……宗弈你这女友智商真的没问题吗？说话都不瞧氛围的，这么严肃的谈话时刻，突然跑出来开口跪，我这个做爸爸的真心很焦灼。

“芳姐，你过来一下。”周勋把保姆阿姨叫过来。

之后，芳婶带着柳爱去了一楼卫生间。柳爱从父子俩紧张的对峙中解脱出来，心情舒畅不少，痛痛快快上了个厕所，然后微笑着走出卫生间。

“芳婶，我刚才看到二楼也有卫生间啊，为什么特意带我来一楼？”

柳爱对此不解，刚才她在二楼就近看到厕所，撒丫子就打算往里冲了，结果却被芳婶横道拦住，左绕右绕带到一楼，很尴尬的好吗？

“楼上的是给家里人用的，楼下的是给客人们用的。”芳婶答。

柳爱再次惊骇地捂住了自己的嘴巴，生怕让周围人看出她眼底的震撼。周家……果然是个恐怖的地方，厕所还分公有制和私有制？

等柳爱上完公有制厕所，芳婶怕她在家里乱窜，就立刻把她原路送回书房。

周宗弈见柳爱回来，几步走上前，拉住柳爱的胳膊，往周勋面前一领。

“爸，其实今天带雯雯回来，是想将她正式介绍给您。”周宗弈满脸微笑，话语间宠溺备至，柔情满怀。

周勋身子一软，瘫在椅子上，整个灵魂都升天了。

过了大约三分钟，周勋的灵魂才缓缓归位，有了点儿说话的力气。只是他看向周宗弈的眼神中多了几分无奈和悲伤。

周勋平复了一下情绪，没有和周宗弈说话，反而将目光转向了柳爱。

“柳雯小姐……”周勋语气平淡，“你和宗弈交往多久了？”

“呃……”柳爱姑且那么掐指一算，姐姐和她加起来陪周宗弈的时间，大概……

“没有很长，两年左右。”

“两年已经是他交往时间最长的一任了。你对我这个儿子了解多少？”

“就……您是指？”柳爱一时不解，恍然间一拍脑门悟出真谛，立马赞赏有加地竖起大拇指，“哦！弈哥他雄风威武，魅力不减。我保证，这方面，没问题。”

周勋深呼吸，传闻柳雯胸大无脑，今日一见，果然一点也没错。儿啊，你这口味真是越来越奇葩了，为父老了，实在是跟不上你们小两口这划时代的思维了。

周宗弈冲柳爱会心一笑，示意他对这个回答一百分满意。

“我和雯雯是真心相爱的，希望您能成全我们。”

“我记得你领着上一任女朋友见我的时候也是这么和我说的，双方父母登门拜访，婚礼的日子刚定下，你们就分手了。所以这一次你想怎样？”周勋的目光中透着无奈。

“雯雯是特别的，她和别人不一样。”

周勋拿起桌上的眼镜布，简单地擦了几下镜片，似乎叹出了人生最长的一口气：“宗弈……你长大了。以后，你的婚事就由你自己做主吧，你愿意娶谁就娶谁，愿意怎么办就怎么办。”

周爸字里行间的意味柳爱算是听明白了：只要能让我们周少爷收心，从此不在外面兴风作浪，安分守己成为社会主义好男人。别说个把魅惑人心的狐狸精了，就算他把龙宫三太子娶回来供在家里，您老也认了，是不是？

“董事长，楼下饭已经做好了。”这时，芳婶进书房瞧了一眼。

周勋点了点头，示意他知道了，然后对周宗弈说：“走吧，一起下去吃顿饭。”

“雯雯，我们走吧。”周宗弈牵着柳爱的手不放开。

周勋的脸几乎僵成冰冻老腊肉，以柳爱这随时掉线的智商都能看出来，周勋想单独和周宗弈聊聊天，吃顿家常饭。然而周宗弈明明知道他爸的心思，偏偏把她牵着做肉盾。

这父子俩啊……

饭桌上，三人围在桌前，柳爱嘴角一抽，话说她这位子是不是给周宗弈去世的老妈准备的？她坐着感觉屁股发凉，脊背冒汗，深感惶恐与不安。

“雯雯，这鱼看起来不错。”周宗弈深情似水地冲着柳爱会心一笑。

经过那么长时间的相处，柳爱怎么可能不知道周宗弈的意思，当下拿起筷子，夹起一块看起来不错的白嫩鱼肉：“来，弈哥，啊——”

周宗弈幸福地一张嘴，柳爱默契地一喂食，夫唱妇随，搭配完美。

此刻，就在旁边的周勋的脸黑成了酱油。

“周宗弈，我有事和你说。”周勋横眉冷对，一忍再忍，“明年公司副总的位子就空出来了，我的意思是想让你先过去担着，熟悉熟悉内部事务。”

“副总？”周宗弈两眼一白，“我外面还有其他生意，就不过去了。”

“周宗弈！”周勋怒喝一声，“这么大的公司，副总你还嫌不够？是不是要我把董事长的位子给你你才满意？”

在柳爱震惊的目光中，周宗弈非常肯定地点了点头。

我去，弈哥我以前从来没想过你是这么恐怖的人！你爸爸这还喘着气呢，你就光明正大地准备谋权夺位了？

于是，面对周宗弈这神一般的回复，周勋彻底无语。

“恒远是我一生的心血。”周勋认真地看着周宗弈，“你长这么大，对公司的事从来不闻不问，我没说过你什么。这些年，我的精力已经大不如前，如果你还不准备插手，你让我怎么放心把公司交给你？”

周宗弈吃芳婶的饭菜胃口似乎格外好，吃掉两碗蒸饺才堪堪抬头。

“我觉得，解决这件事非常简单。”周宗弈放下手中的碗筷，“第一，可以卖了它。您不忍心卖，我来卖。第二，寻找一位您喜欢的年轻伴侣，再生一个儿子。”

他简直是职业坑爹一百年，死不悔改无极限。

“你个孽子！我看你真心是不想活了！”周勋忍无可忍，怒火攻心之下，起身掀了满桌的饭菜。

哗啦啦！

桌子被掀翻，瓷碗皆摔碎在地板上，碎裂的声音震耳欲聋，一时间满地狼藉，空气中弥漫着浓浓的火药味。

眼看周勋举起手要扇周宗弈，柳爱立即挡在两人中间准备劝架。

“伯父！周伯父，手下留情！”

柳爱是外人，周勋自然不可能连着她一起揍。周宗弈却怕周勋误伤她，当机立断拉起她的手，快速将她扯到后面，冲她摇了摇头：“雯雯，不要冲动。”

就在这水深火热的时刻，只听“砰”的一声巨响，周家的门从外面被一脚踹开，秦埕领着二十多个凶神恶煞的手下，漫不经心地从外面走进来，顺便指挥手下把被生擒的保安哥哥往地上一扔。

柳爱眼睛一瞪，秦埕的外号应该叫及时雨，再晚一步周宗弈就会被扇死了。

周宗弈见到救星准时赶来，缓缓松了一口气。

“周叔叔，又见面了。”秦埕把周家大门坏掉的锁扔在沙发上，“不好意思，我进来的时候遇到些小阻拦，可能造成了一点损失，你不会怪我吧？”

周勋目光凌厉地看向周宗弈：“你让他来的？”

周宗弈轻轻搂住柳爱酥软的小蛮腰，把她往自己身边一扯：“爸，我今天还有重要的事，就不陪您了。”

说罢，周宗弈低头，领着柳爱就往门口走。

“周宗弈！你今天要是敢踏出家门一步，以后就别想再回来！”

周勋语气决绝，看样子是真的生气了。或许，他自己也知道，一道深不见底的天堑早已横在了他和周宗弈之间，永远无法填平，也永远不会消失。

周宗弈没回答周勋，而是毫不犹豫地走出了周勋的视野，走出了周家。

“谢了，兄弟。”上自己的车之前，周宗弈拍了拍秦埕的肩膀。

“你的事就是我的事，跟我还说谢？”秦埕跳上另外一辆悍马越野车，“接下来打算去哪儿？”

“回雯雯的别墅。”

“那回头见吧。”

秦埕看了一眼柳爱，没再说什么，先行离开了周家院子。周宗弈的手在护着柳爱的时候擦伤了，流了一点血，好在血已经止住，不碍事。

周宗弈开车带着柳爱回到世爵枫墅小镇。

刚进屋，他就累得一头栽到沙发上一动不动。柳爱把他身上的衣服扒了，挂在门口的衣架上，火速去厨房做饭。他们整整折腾了一天，除了那几口蒸饺，从凌晨直到现在都没正经吃上一口饭。现在已经是下午四点，当真是考验人体极限的豪宅一日游啊。

“弈哥，今天到底是不是你生日？”柳爱在厨房大喊。

周宗弈有气无力地“嗯”了一声，柳爱心里大概就知道了。偶尔是会有这种情况的，他妈妈死在了他出生的那一刻。原因……柳爱不想问，也不打算问。

在茶几上摆上几道菜，柳爱又特意给周宗弈煮了一碗长寿面。

柳爱端着面出来的时候，被烟灰缸里的烟头吓得一呆：我去，弈哥你今天到底是怎么了？烟一支接着一支地抽，生怕一个不注意就断了你周家的香火吗？

周宗弈茫然地盯着自己面前的长寿面：“怎么……这么粗？”

“哈哈哈——”柳爱尴尬地挠了挠后脑勺，“我在菜板上自己搓的嘛，别……别介意，它只有一根，虽然看起来比较粗壮，但味道应该不会太差。”

周宗弈尝了一口柳爱的长寿面，味道虽然不是很鲜美，却也不错。

周宗弈盯着柳爱：“有酒吗？”

“还喝？”柳爱眼皮一耷拉，要酒没有，给你一瓶蓝月亮洗衣液润润喉行不？

“就今天，别管我了。”

柳爱跑去地下室，她记得还剩了几瓶轩尼诗，不知道周宗弈爱不爱喝这种牌子的。大约三分钟后，柳爱提着几瓶酒上楼，豪情万丈地往桌上一摆。

“来吧，哥哥，本姑娘陪你纵情一夜。”

周宗弈忍不住笑了：“你陪我？你还会喝酒？”

“不要小看我！”

于是，周宗弈纵情喝酒，柳爱纵情喝凉白开，两人喝得不亦乐乎。

“祝你生日快乐，弈哥。希望你能与你爱的人白头偕老，快乐度过每一天。”

“谢谢。”周宗弈一饮而尽。

桌上的酒瓶越来越多，周宗弈逐渐迷醉在酒精里。柳爱使出全身吃奶的劲儿，才勉强把他拖到卧室里。

意识模糊中，柳爱替他盖上被子，想着他醉成这样，估计明天他什么也记不得了。

就在柳爱准备离开的时候，周宗弈却突然伸手抓住了她的手腕。

周宗弈的动作很轻，似乎在抓着一件很珍贵的东西，抓得很紧，生怕一松手就会失去。

“弈哥，你喝醉了。”

周宗弈没有说话，却把柳爱抓得更紧了。

柳爱微微叹了口气：“弈哥，你认错人了，我不是柳雯。”

“我知道，你是柳爱，在我心里，一刻都没有混淆过。”周宗弈语气低沉，声音沙哑，“所以，一会儿就好，不要离开。”

灯光昏黄，夜色暗淡，柳爱就这样安静地坐在床边，等待着他缓缓入睡。

她伸出手，摸了摸他额前漆黑的碎发。

周宗弈，你有着令人羡慕的一切，却又为何醉倒在烈酒之下？

×

# 第十五章

## 我喜欢你，和我在一起吧

第二天中午，周宗弈酒醒后，和柳爱一起吃了顿便饭就离开了。

出门前，他特意嘱咐柳爱，让她这几天不要一个人出门，就算出门也一定要让冯余斌陪着一起。柳爱自然是当下就点头答应了。

时光匆匆而过，转眼就到了《绝色丽姬之君醉尘烟》的首映礼当日。

当天下午，午睡中的柳爱早早地就被冯余斌的电话叫醒。下午四点左右，柳爱坐着冯余斌的 Jeep，到达电视台设在帝都的录制中心。

在困顿中慵懒地打了个哈欠，柳爱不急不缓地从车上走下来。

"赶紧走吧，还有半个小时典礼就要开始了，时间快来不及了。"冯余斌火急火燎地拉着柳爱往里面赶。

随着和冯余斌接触时间加长，柳爱越发感觉自己就像是一个慵懒的陀螺，而冯余斌就是那根时不时抽她一下的鞭子。

发型是早早就做好的，到更衣室换了一身清丽的荷花图案小裙，柳爱神情萎靡地进到 2 号演播厅，等待录制的正式开始。

不过很快，柳爱就困意全消了。

因为……江莲远到了，谭秀松也到了，韩小跳今天有重要通告，所以没过来。

江莲远今天穿了一身剪裁合身的浅咖啡色西服，脸上依旧挂着和煦的笑容。他进到演播厅的第一瞬间，就看到了坐在观众席上低头玩手机的柳爱。

见到谭秀松，柳爱立马站起来，过去和他打招呼。

“柳雯……”谭秀松亲切地拍拍柳爱的肩膀，“好久不见，最近又接新戏了吗？”

“没有，想休息一段时间再工作。”

几句寒暄过后，柳爱就自动退到一旁闲着了。因为苏沐曦和蒋鸿毅陆续到达，几个主演和主创聚在一起，柳爱懒得凑上去碍人家的眼。

江莲远身边总是围着一群又一群人，柳爱不由自主地偷瞄他几眼，心想着要不要上前去说句话。可犹豫再三，她还是打消了这个冲动的念头。

很快，首映录制开始了。

一众主演和主创依次上台，介绍每个人所扮演的角色，然后江莲远理所应当地负责起了整场的宣传，第一个被叫上台。

“江莲远在剧中扮演的角色是刘贺，在大家的印象里，刘贺是历史上的汉朝废帝，在位仅二十七天。《绝色丽姬之君醉尘烟》中的刘贺推翻了其固有形象，在角色扮演过程中，你会不会觉得有困难？”

“赵老师在编剧本的时候就已经把刘贺塑造得很鲜活了，然后在拍戏的时候，我不需要过多地添加自己的理解，所以不是特别困难。不过初期代入角色，的确需要花一些时间去仔细琢磨。”江莲远微微一笑，泰然自若地回答。

柳爱忍不住擦了一把额上的汗水，当初是谁怨气冲天和我抱怨裴均州逼你接戏，你为此还和他闹脾气的，江大佬？

“请看大屏幕，这是莲远在剧中的剧照，像是个温文尔雅的皇族公子。”

“对，谭导当时还和我说过，要表现出刘贺的贵族气质。不过刘贺自身有腿疾，而且身体一贯不好，所以这种贵气还不能与其他普通的皇族一样，更多了一些外在的孱弱和思想上的坚毅。”

主持人和江莲远聊了十几分钟，这才恋恋不舍地把江莲远放回台下，之后苏沐曦和蒋鸿毅一起被主持人请上台。谭秀松一向对这种宣传不感兴趣，所以他自始至终待在台下。演员提到他时，摄影机偶尔会给他几个镜头。

首映礼大概进行到四分之三的时候，柳爱和其他一些重要配角才上去露了个脸。

柳爱站在台阶上，主持人将话筒伸向她。

“柳雯啊，请问你当初为什么会选择出演红袖这个角色呢？”

“这个角色能够和我产生一定的共鸣。”柳爱开始一本正经地胡诌。不过这位姐姐，我刚刚就想提醒一下，你话筒拿反了。

“你在戏里和江莲远搭戏时间最多，在剧组你们的关系是不是很好？”

“对，我们是好朋友。”柳爱尴尬一笑：主持人，你话筒拿正了，但戳得我牙疼。

“哪怕一瞬间，有没有被他电到过？”语闭，主持人又把话筒往柳爱嘴边一戳。

柳爱崩溃：主持人你稍微冷静一下，多少倾听一下我内心的呐喊。你再这么戳下去，宝宝刚镶的烤瓷牙就又得重新补了！

强行挤出一个大方的微笑，柳爱隐忍地回答：“没有啊，他助理带的电热宝没漏电，拍摄进行得一直很顺利呢。”

采访以柳爱被戳了半天门牙结束，之后主持人再没问过柳爱一句话。

录制持续了两个小时左右，柳爱走出演播厅的时候，天色已经暗下来，冯余斌正在外面替柳爱买饮料和晚餐。在接到柳爱活动完毕的电话后，立即快马加鞭往回赶。

人都走得差不多了，柳爱还在走廊上等着冯余斌一起回去。

就在这时，突然有个人出现在柳爱身后，一把抓住了她的手腕。

柳爱猛地回头，苍天！江莲远？！

“跟我走。”江莲远冷静地扫了一眼周围，此刻没有人，正好可以带柳爱离开。

“啊？”柳爱迷茫，盯着江莲远有些紧张的脸，“怎么了？有什么……急事吗？”

“别问了，跟我走。”江莲远拽着柳爱的手腕，直接将她带离原地，拖去后院停车场。然后柳爱被莫名其妙地推到副驾驶座上，坐车离开了录制中心。

“江莲远……到底发生什么了？斌哥哥让我等他一起回去的，我不能直接消失啊。”柳爱拿出手机，准备先给冯余斌打个电话，汇报一下情况，叫他不要担心自己。

结果江莲远直接拿走柳爱的手机，再当着她的面关了机，然后没收了。

“不要让冯余斌知道，这件事最好你自己拿主意。”江莲远认真地说。

车一直在行驶中，穿过马路上数个闪烁的红绿灯。他平静地握着方向盘，开车将柳爱带到了一处偏僻的高楼旁。一路上，柳爱都搞不清这到底是怎么一回事。

“江莲远？”柳爱见他停了车，却一直沉默着不说话，眨着眼叫了他一声。

车安静地停在青砖草地上，周围高楼林立，霓虹灯流光溢彩，都市迎来夜晚的繁华之美。偏偏这处地方像个隐蔽的桃源，很少有人路过，尤其是晚上。

江莲远伸出他修长洁净的手，按下了车载音乐播放器的按钮……

“大河向东流哇，天上的星星参北斗哇……”

突如其来的巨大音量吓得柳爱一阵胆战心惊，在那震耳欲聋的瞬间，整个人彻底蒙了。

江莲远明显也被自己的音乐吓了一跳，一双漂亮的大眼看了播放器一眼，又看了旁边被吓傻的柳爱一眼，尴尬得都无所适从了。

不过很快，他又不死心地按了旁边的按钮，播放下一首歌曲。

“你挑着担，我牵着马……”

再下一首。

“激动地握握手，啊战友你要走，戴上这朵大红花……”

噢！No！江莲远你到底要干什么？！霸道地将我推入车中，就为了放一次经典歌曲五百首吗？到底是你太疯狂，还是你太疯狂啊？！

在这一刻，江莲远似乎感受到了绝望，脑袋一沉，磕在方向盘上，已经有原地装死的冲动了。

“不是……江莲远……有话好好说……”柳爱挤出一个笑，生怕他一个冲动会做出什么不可挽回的事情。

江莲远尽量平稳地深呼吸一口气，平复了自己的心情，才能继续进行。

之后，他伸手打开车门，走下车打开后备厢，取出一个漂亮的盒子，然后抱着礼盒稳稳地坐回车上，再将盒子郑重地亲手交给柳爱。

“给我的？”收到礼物，柳爱略微窃喜。

“嗯。”江莲远点头。

小心翼翼地抽走系在盒子上的红丝带，开心地打开盒子，柳爱定睛一看。

大白菜？！为什么盒子里会躺着一棵大白菜？！礼盒都比这白菜贵了好几百倍！士别三日，江莲远你这神一样的思维真是越发令人捉摸不透了！

江莲远看到白菜的一瞬间，脸一白，惊得差点儿当场晕过去。

柳爱内心惊骇地擦了一把额上的冷汗，江莲远今天到底想干什么？一而再再而三地这么吓唬她！自从上次吵架以后，他们明明已经好长时间都没联系了，他今天却突然把她弄到这里，看他的样子……似乎是有什么事情不好意思说，正旁敲侧击地暗示她。

电光石火的一刹那，一个隐藏在柳爱内心深处的念头迸发而出。

哦！对了！怎么把这么重要的事情给忘记了！她曾经借过江莲远两千块钱，如果按照正常市值去衡量，掐指一算，那就是整整八个两百五十块。

这不但是一笔巨款，更代表着朋友之间的诚信和友谊。她生平最恨欠钱不还的老赖，所谓己所不欲勿施于人，没想到记忆力如此优秀的她，居然也有被催账的一天。

钱！必须还！只不过！她这个穷鬼需要一段时间去筹措。

江莲远勉强镇定心神，有些紧张地握住方向盘，率先打破了此刻车内尴尬的氛围，缓缓开口："小柳，我想问你一个问题。"

"哦，你说。"

"你觉得……我们是什么关系？"

什么关系？戏里圆过房，这么多日子朝夕相处，相虐相杀，这一桩桩、一幕幕，想起来真心辣脑袋。

"朋友吧，正因为我们关系很好，我才更加不能失去你的信任。"柳爱目光坚毅地一拍江莲远的肩膀，"放心，我不是那种喜欢占人便宜的女人。"

"其实有件事藏在我心里已经很久了。"江莲远认真地盯着柳爱。

"我懂，我没忘，但是你得宽限我几日。"

皎洁的月光洒进车厢，他温情如水的眸子，像月亮一样清白明亮。

微微心动的瞬间，他一只手握住她的手，手心贴手心，亲昵而温暖，另一只手轻轻使力，将她一把搂入怀中，温热的薄唇就这样吻在了她松软的红唇上。

"我喜欢你，和我在一起吧。"

柳爱忘记了闭眼，忘记了还钱，忘记了星光漫天的夜晚，脑海里只剩下这句意料之外的话语在回荡——我喜欢你……喜欢你……和我在一起……在一起……

“啊？”

柳爱感觉大脑凌乱，不由自主地呆住了。

见她一脸错愕，一副还没反应过来的状态，江莲远笑着戳了一下她的额头。

“我喜欢你，不是朋友之间的喜欢，是男人对女人的喜欢。你甩了周宗弈，做我的女朋友，就是这个意思，还用我再重复一遍吗？”江莲远补充道。因为这种事情如果不当面说清楚，以她令人着急的智商，或许又会搞出一个天大的乌龙来。

突如其来的告白吓裂了我的胸怀，我去，我是谁？我在哪儿？这还是我熟悉的那个复杂而缤纷的世界吗？

听清江莲远的话以后，柳爱的心跳快速飙升。她给自己强灌了一针心灵的镇静剂，却也无法平复这颗狂跳不止的心脏，无法让慌张的大脑平静。

车内，气氛逐渐冷静下来，柳爱受宠若惊地偷瞄了身边的江莲远一眼。

“所以，小柳，你的想法呢？”

“我的想法？”

江莲远漂亮的眼睛盯着她，语气温和却不失理智：“如果你也对我有好感的话，我们可以克服一切困难正式交往。如果……只是我一厢情愿，我会尽快淡忘这份感情，不再继续拖下去。这样对你、对我，都会是最好的结果。”

镇静下来的柳爱托着香腮：“我在思考一个问题。”

江莲远：“嗯？”

柳爱猛地转头，纤纤玉指气势逼人地往礼盒一指：“大白菜是什么意思？！”

江莲远：“……”

一棵大白菜就想抱得美人归？天下有这么廉价的美人吗？还有之前那几段音乐又是怎么一回事？谁要挑担？谁要牵马？谁要向东流？如果他不解释清楚，她这内心的伤痛一时半刻是过不去了！

江莲远崩溃，把额头一捂：“今天的事，除了我以外，只有宋江知道，肯定是他私下把我准备的东西给换了。”

哦……宋江这个坑货一向不喜欢她，偷偷调包的可能性还真心蛮大。

既然是宋江的错，那……那就勉强原谅江贵妇吧！

“之前的照片呢？你不在乎了吗？”柳爱嘟了嘟嘴，她可是清晰地记得他们俩是为什么吵的架，不雅照事件怎么解决啊？

江莲远认真地回答：“我们认识很久了，我相信你，也相信我自己的眼睛。”

嗯嗯，这个回答她还是很满意的。

于是，柳爱又陷入沉思。答应她肯定是会答应的，毕竟她喜欢江莲远啊。如果不喜欢的话，怎么会屁颠屁颠跑去他家照顾他，那可是几乎等于同居耶！

只是现在她还在用姐姐的身份，如果江莲远知道自己一直在骗他，会不会很生气？到底说不说出真相，这一点让她很纠结。

见她还在犹豫，江莲远不急不缓地沉思了片刻。

“难道……我比不上周宗弈吗？”江莲远的手指不易察觉地轻敲了几下方向盘，语气认真而坦然，似是波澜不惊，“周宗弈能给你的，我同样也可以，或许，时间更快，效果……更好。”

柳爱知道他说的是什么意思，周宗弈可以花钱捧她，但江莲远或许只需要公开说一句承认他们俩恋人关系的话，柳雯这个名字必定会一夜红遍大江南北，尽人皆知。

“不是，不是，你想多了。”柳爱连忙摇头，“我不是这个意思。”

“那是……”

“可能没必要。”柳爱小声嘀咕一句，她又没和周宗弈交往，怎么甩？

江莲远一听柳爱的言论，眼中带泪，目光带伤，瞬间眼睛就有点红：“那你要我做小吗？好歹我也是公众人物，我是绝对不会答应的。”

这误会深似海，这惆怅泪满怀，借她柳爱三个胆子她也不敢开后宫啊。

“莲远，我会尽快把事情处理清楚，然后我们再正式交往，可以吗？”

听到柳爱的承诺，江莲远终于露出一丝安心的笑容：“很好，青阳那边不用担心，我会主动去解释。”

是了，她居然把活在百度图片里的前男友给忘了。

如此关系，如此境况，思前想后一琢磨，我们万众追捧的江大明星最近一段时间应该没少纠结。想做他女朋友的人估计手牵手都能绕地球三圈，结果他偏偏喜欢上了自己好友的前女友，而且还是现在有男朋友的女人。以他谦谦君子的品性，确实需要莫大的勇气才能坦然面对自己的内心啊。

不过换个角度考虑，江莲远应该蛮喜欢她的，哈哈哈——

“咕——咕咕——”

就在此时，柳爱的肚子发出一阵凄惨的叫声，已经在催饭了。

下午一直在录首映礼，上次吃饭还是中午。柳爱快速瞧了一眼车前的时间表，20:03，苍天，已经这个点了吗？

“饿了？我也没吃晚饭，在附近找家人少的餐馆一起吧。”

江莲远熟练地转动方向盘，开车行驶到附近的柏油马路上。

大约半个小时后，柳爱才发觉有些不对劲。

“莲远，我们回去是要走这条路吗？”柳爱惊讶，她怎么觉得方向完全反了。她住的别墅和江莲远家都不是这个方向啊，“难道……你不认识路吗？”

江莲远露出一个清澈的笑容：“是啊，我确实是个路痴，不然怎么会花三十二年的时间才找到你？”

今夜的星光格外璀璨，她打开车窗，轻盈的风拂过耳边几缕散落的秀发。

怦然间，她沉寂的心似乎雀跃不已。

自从江莲远对她告白以后，这几天柳爱都活得迷迷糊糊，不能自已。

脑海中似打了一种爱之兴奋剂，她整日都在不停地幻想中混充自己人生的编剧，和江莲远从浪漫恋爱到步入婚姻，从步入婚姻到喜得贵子，从喜得贵子到白发苍苍，从白发苍苍到合葬同穴……其画面的真实度，其想象的丰富度，足以媲美 3D 银幕大片。等她神游一番回过头来，别说水，壶都烧红了。

按照冯余斌的说法，再过一个月，姐姐就能从韩国疤痕修复中心赶回来。

到时候，她就可以和江莲远坦白真相，再也不用顶着柳雯的名号四处招摇，就可以光明正大地和江莲远在一起了。

想到此处，柳爱不禁笑逐颜开。

中午时分，冯余斌到别墅里来，和柳爱商量接下来这段时间的品牌代言和综艺节目承接事宜。

冯余斌坐在沙发上，手里拿着几份资料，喝了口红茶，压压驾车过来的疲劳感。

柳爱盯着手里的这份代言合同，整个脸都抽搐了。

我去，冯大佬，你到底能不能行了？在娱乐圈闯荡数十载，阅尽浮华的冯大经纪人，百转千回之下就给我接了一个烤馒头片的代言？你有胆子接烤肠的吗？

冯余斌见柳爱的脸色有黑化的趋势，立马开始柔情安抚：“小爱，你不要露出这种表情嘛，咱们现在虽然已经有了一定的名气，但爆出的黑料也不少。国内外知名的服装大牌不大瞧得上咱们，所以咱们先接一些小公司的代言，一步一步慢慢来。”

“那你觉得，像我这样冰清玉洁的大脸出现在烤馒头片的包装纸上，合适吗？”柳爱不怒自威地一甩手中的合同。

“这就算不错的了，之前的卫生纸已经让我推了。”

柳爱：“……”

“你要是看不上馒头片，还有备选，一家连锁公司的自行车代言，只不过价格给得偏低，但也不是低到不能接受。烤馒头和自行车，两者之间你任选一个吧。”

看看别人家的明星，不是精美护肤品就是奢侈化妆品，不是时尚女装就是高端墨镜，为什么一到我这里就成烤馒头片了？好歹也弄个汽车啊，自行车又是什么鬼？！

“能不选吗？”

“不行，必须接一个，不然咱们的日常开销怎么办？”

柳爱长叹一口气，在金钱的淫威下，痛并快乐地妥协了一把：“自行车吧，听着感觉还凑合些。”

于是，冯余斌与对方负责人约了时间，给柳爱接下了这个代言。前几天，一档三流网络综艺节目还缺一位参演嘉宾，韩小跳当即向节目组推荐了他敬爱的老姐柳雯。那节目名为《黄金大穿跃》，是一档野外真人秀节目。经过双方接触协商后，冯余斌也替她接了下来。

由于对方公司安排的时间比较仓促，所以自行车广告拍摄定在了两个星期后。

当天上午十点，柳爱和冯余斌到达拍摄地点森罗公园。

柳爱原本想着自己这么大一腕儿，接对方公司一个破自行车代言本就是大材小用，拉低档次，充分给足了他们面子，所以故意晚去半个小时，显示一下自己的地位。

没想到，她去了以后才发现，自己是去得最早的那一个。

柳爱心如止水地等了二十多分钟，其他拍摄人员才不急不缓地拉着一车器材到达拍摄地。这群工作室大佬干活可能自由散漫惯了，好不容易架好摄像机，导演借口说中午的光线太强，拍出来效果不好，于是一群人又临时去附近的饺子馆里先吃了一顿。

下午三点半，拍摄终于正式开始。

服装师替柳爱换上精心准备的运动衫，化妆师又给她补了一下妆。

“雯雯啊，咱们今天的任务需要拍两段小视频。”导演一甩后脑勺的长发，大手挥去，直指公园最深处的林荫小道，“一会儿你就骑着咱们公司的安利自行车，脸上挂着清晨美好的微笑，缓缓骑过这个低速弯道。”

不是导演，这都下午三点半了，从哪里给你清晨的微笑？

“喀喀，那个……导演啊，可是我不会骑自行车啊。”柳爱很尴尬，她接代言的时候压根儿没想过这个恐怖的问题，小时候她曾经学过骑自行车，可惜……摔成狗啃泥也没学会。

导演陷入前所未有的沉思之中，估计等他沉思完毕，就夜幕降临可以直接收工了。

冯余斌立马摆上和蔼的微笑：“导演，您看这样行吗？找两个力气大的小伙子扶着后面座椅，推着雯雯向前骑，这样雯雯也不会摔倒，看上去就像她自己骑一样。”

“好办法，拍前半身，就这么办。”

于是，柳爱坐在自行车上，脚一圈一圈地蹬着，后面两个小伙子低着腰，满头大汗地扶着自行车往前跑，在林荫小路上飞驰而过。

“好好好，对对对，就是这样！”导演艺术的荷尔蒙爆发，“保持状态，向前看，要把自行车骑出宝马的感觉。”

自行车要是能骑出宝马的感觉，那还要宝马干什么？导演你想象力这么丰富，要不转行当幻想家吧。

“接下来的这个镜头，需要说一句广告词。”导演冲着柳爱“呵呵”一笑。

然后柳爱换了一身仙女般飘飘然的长裙，助理递给她一张写着宣传标语的手卡，她冲着手卡定睛一看——

骑着柳雯满街跑，这种感觉真心好！

骑个鬼啊！这是哪个白痴文案写出来的广告词！谁要骑我？凭什么骑我？话说自行车公司你们态度到底能不能行了？还想不想拍了？

“斌哥哥，这句话太拗口……人家说不出呢。”柳爱在转头的瞬间，小蛮腰一扭，小脚丫一跺，就嗲出了一把水。

冯余斌嘴角一抽，这词……确实有点让人无语。看不起人吗？虽然我们雯雯走的是高大上的性感风，那也不能这么明目张胆地给人难堪啊！

“导演，还是先等一等吧，让我和你们公司的宣传总监联系一下。”冯余斌一改平常狗腿的态度，准备替柳爱找回场子。

大家出来混都不容易，所以冯余斌办事一向笑脸迎人以和为贵，但偶尔也会遇到这种不怀好意的情况，对方故意戏弄艺人，他这个做经纪人的第一个不答应。

拍摄暂停。

十分钟后，对方未到场的负责人致电冯余斌，说公司某同事把宣传语给印错了。

正确的广告词是：柳雯骑着满街跑，这种感觉真心好。

柳爱看到新的广告词，内心又是一通鄙视：真是逊毙了！学学人家国际大牌的广告词好吗？像什么……劳斯莱斯婴儿车，出行安全有保障啊，这种 feel 就很不错。

“这次咱们摆拍，我一喊开始，助理记得第一时间把鼓风机吹上。”

柳爱勉强露出一个尴尬的笑容，一只脚搭在脚踏板上，另一只脚踩在地上，对面鼓风机吹出强劲的风，冲着她的大脸呼呼一直吹。

“大风起兮云飞扬……”导演艺术的荷尔蒙又爆发了。

导……导演，裙子都飞扬到脸上了，你确定这是在拍自行车而不是拍裤衩？

“来来来，机不可失，失不再来，赶紧说广告词。”

“柳雯骑着满街跑，这种感觉真心好。安利自行车，您值得拥有。”柳爱佯装满脸幸福地说。

“气势不够！喊大声一点！”

柳爱深呼吸，将气憋足，肺泡充满，使出吃奶的劲儿，似站在山巅一声狂吼：“柳雯骑着满街跑！这种感觉真心好！安利自行车！您值得拥有！”

话说自行车公司到底从哪里找来的白痴导演？骑自行车和吼叫到底有什么关系？

“还不够！再大声一点！”

柳爱崩溃，我去，别的明星都是按时间收费，我这是不是得按音量收费，不然就亏大发了！

吼得柳爱嗓子几乎报废，傍晚时分，拍摄才终于在日落中结束。

毕竟是自己辛苦嘶吼一天的成果，临走之前，柳爱特意去电脑上扫了一眼最后那组摆拍视频。

她不看不知道，一看吓一跳，又是山巅狂吼，又是山道骑行，拼命折腾俩小时，临了就拍了两条火辣辣的大长腿，不知道的还以为这是丝袜广告好吗？

“雯雯，多会儿能排出时间啊？回头咱们再补拍俩镜头。”导演魔性的声音响起。

别说话，我已经是一条生无可恋的咸鱼了。

# 第十六章

## 前男友？现男友？到底几个男朋友？

世爵枫墅小镇，别墅内，柳爱抱膝坐在客厅的沙发上。

她在犹豫要不要给江莲远打个电话约他出来，只是……他拍戏那么忙，如果被他婉拒，她岂不是很没面子？她得理智些，还是应该等他主动约自己出去才对。

不过……她这按捺不住要往他身边飞的心情，让她真的很焦灼……

正当柳爱纠结打滚的时候，电话却突然响了。

柳爱一个激灵，快速爬起来，拿起手机定睛一看，屏幕上显示：任嘉雪。

她最近一段时间都没怎么见任雪，他怎么会突然想起联系自己？柳爱接起电话，就听到了对面熟悉的声音。

“柳雯，今晚有时间吗？”

“有啊。”柳爱回答得很干脆，“怎么，有活动吗？”

“是啊，我前几天去了一趟南极，前天刚回来。正巧莲远也拍完戏回帝都，出来一起聚聚怎么样？”

南极……去南极干什么？打豆豆吗？

“都有谁啊？都认识吗？”柳爱心中骚动，虽然急不可耐地想答应，但必要情况还是得先了解一下。

“你、我、莲远，还有欧阳和嘉树。”

哦，这不还是上次聚会的组合嘛。柳爱心满意足地点点头：“那行，你把见面地址发我微信，短信也行。”

挂断电话，柳爱顺利收到任雪的微信定位地址：和平鸽娱乐城。

当天下午五点，柳爱约车从家里出发，下午六点准时到达目的地。

不看不知道，一看吓一跳，盯着五颜六色灯火辉煌的一楼大厅，柳爱顿时蒙了。宇宙海盗船、跳舞机、射击场、坦克战舰、迷走回廊……我去，这是电玩城啊！一群鱼龙混杂的中小学生，偶尔也有几个不务正业的大人正在“厮杀”！她真的没走错地方吗？

进大门的当下，柳爱就立即拨通了任雪的电话。

“任雪，我到了。”

“我也到了，三楼 3022 室，赶紧上来吧。”

“不是……”柳爱忍不住擦了一把额上的汗水，“你确定是和平鸽娱乐城？一楼可全是游戏机。”

好歹我们也是有头有脸、聚光灯下璀璨耀眼的明星，尤其是江大神莅临的重要聚会场所，电玩城……是不是有点忧伤……

“对，没错。”任雪回答。

“任雪你喜欢玩游戏？”柳爱无语，她对游戏厅完全无感，江莲远都三十好几的人了，更不喜欢沉浸在这种虚拟世界中度日。

“并不。”

“那到底是谁拍板来电玩城聚会的？”柳爱质问，寻根问底拦不住。

“嘉树啊。”

柳爱崩溃，把额头一捂：行了，任雪你别说话，我等喝 AD 钙奶长大的成年人，到头来拿主意的关键，竟还需要依靠一介七岁小儿，试问，你这爸爸当得真心有脸吗？

挂断电话，柳爱乘着电梯来到三楼3022室。

门是虚掩的，熟人熟面，她也懒得敲门打招呼，直接就推门进去。

装修似是普通的包间，外屋设有桌球和棋牌，柳爱几步走到里面。

“任雪。”柳爱一眼就看到了任雪。

只不过屋内除任雪外，还站着一个柳爱不认识的陌生人。

摇曳的深海色窗帘前，陌生男子身形修长而瘦削，穿着宽大随性的牛仔服，留乌黑的中长发，脑后扎着轻简的小辫，目光宛如罩着一层轻尘，似是心情低落。引起柳爱注意的，是他左耳上竟然还戴着一枚银色耳钉。

柳爱愣住，她可不认识这人，是酒店的管理人员？看装扮又不像。

“呃……不是说……”柳爱几乎脱口而出，不是说聚会只有他们五个人吗，为啥又多出一人来？

“他是……谁啊？”

柳爱说出这句话的瞬间，任雪和对面的陌生男人脸色都变了。

“柳雯，你怎么了？”任雪震惊地看了柳爱一眼，又看了身边的男人一眼，“吴青阳……我觉得你今天处境不妙啊……”

啊啊啊——啊啊！吴青阳？！

突然出现的情人，吓裂了我的精神，千万头羊驼在灵魂的高地狂奔而过，柳爱原地爆炸。最恐怖的是，这变脸一样的化妆技术到底是怎么一回事？！现实的素颜和带着妆容的照片差距太大，在这相遇的时刻，一时间假前女友都没认出来！

电光石火的刹那，柳爱萌生了掉头开溜的念头。

高跟鞋一转，柳爱火速往门外冲去。

“雯雯！你等等！”吴青阳几步追上柳爱，有力的手一下子紧紧抓住了柳爱纤细的胳膊，“我知道你不想见我，可是我真的有话对你说，别走好吗？”

“那个……”任雪尴尬地走过来，一脸抱歉地看着柳爱，笑着打了个圆场，“柳雯，你别怪我，我也是身不由己。是青阳逼我的，我真的没办法。”

柳爱内心在哭泣：雪，你辜负了我的信任，还一笑而过。

就算柳爱再傻，也大概能猜到发生了什么。明显是吴青阳因为过去的事怕柳雯故意躲着不见他，所以才让任雪编谎话骗“柳雯”出来，结果中招的却是她柳爱。

“你放开。”柳爱使劲甩开吴青阳的手，急成一团火。

她再不走就真的走不掉了，据说吴青阳和她姐姐可是谈过好几年恋爱的，只要一开口说话，她绝对会露馅！

“今天你既然来了，我就不会再轻易让你离开。”

嗷——苍天大地，八方神灵，谁来施展一个时空魔法，让我离开这痛苦的绝地。看着挡在自己面前的吴青阳，柳爱真心觉得自己今天死定了。

在任雪鼓励的目光中，吴青阳拽着柳爱的胳膊，一步一拖，两步一拽，三步一扯，强行把她拉到隔壁屋，“啪”地从内部锁上门，以防她逃走。

两人身处小型歌舞包间，偌大的宽屏电视，玻璃桌上搁着无数晶莹的酒杯和话筒，房间里流光溢彩。

“现在只有我们两个人了，雯雯，我们谈谈吧。”

柳爱下意识地后退一步，身体却已经贴在墙面上，无法再退。她慌乱地抬眼，艰难地咽下一口口水。完了，该来的，不该来的，终究还是来了；过去的，过不去的，都过不去了。

“我……”吴青阳微微张口，“我听说你和江莲远……”

柳爱学着老姐平常的姿态，双臂环在胸前：“没错，我决定和他在一起了。”

"是为了报复我吗？"

我去！吴青阳你脸盘是不是有点儿大？到底是谁给你的这迷之自信？为什么和你兄弟交往就一定是为了报复你？就不能是因为我们相互喜欢、相互爱慕吗？

"与你无关。"

"不可能，直到现在，我都从未怀疑过，你心里只有我一个人。"吴青阳的语气坦然而笃定。

就此打住，咱们还是谈谈非洲瘟疫、中东战争这种有意义的国际性话题比较好，你再扯我也知道我姐心里只有血管和肌肉组织。

"雯雯，三年前的事是我错了。"他双眼微红，声音沙哑，"我以为我可以忘记你，忘记我们之间的情感，可事实证明我真的忘不掉。我知道你不可能这么轻易就原谅我，没关系，我会用我今后一生的时间来补偿你。以后我所拥有的一切都是你的，包括我自己。我发誓，再也不会做任何伤害你的事。雯雯，我们复合吧。"

柳爱听得心肝颤，她要是姐姐，听到这么感人的话，肯定当下就手牵手复合了。

只不过，她不能替姐姐做决定啊。

"别说了。"柳爱准备试探他一番，"过去的事，就让它过去吧。"

"雯雯！"

"先不提江莲远，就算我选择周宗弈，也不会选择和你复合的。他对我很好，至少……比你好。"

"别傻了，雯雯，你们没有未来的。"吴青阳的情绪波动很大，双臂紧紧抓着柳爱的肩膀，语气有些激动，"我承认，方方面面我都没办法和周宗弈相比，可他那样的人和我们从来不在一个世界，他不会真心对你的。"

柳爱表情淡然，没有说话，因为她根本不知道该说什么，说错反而更麻烦。

吴青阳抓着她的手，让她去摸自己的耳垂：“雯雯，你还记得这颗耳钉吗？你把它钉在我耳朵上的时候，说只有疼痛才能证明我们彼此的存在。”

妈呀……老姐你们俩这思维、这口味、这嗜好、这兴趣，出乎意料地虐啊。

“你还记得吗？你说你想要一只水晶般透明的天鹅，我花了两个月时间找到它，可它已经变得支离破碎了。你把它文在脚……”

吴青阳顺势蹲下身，撩起柳爱的裤脚，却发现原本文着天鹅的地方空空如也。皮肤白皙干净，也根本没有洗过文身的痕迹，完全就是没文过任何东西的状态。

“雯雯，你的文身……”吴青阳彻底傻掉，“怎么会……”

纸包不住火，绵藏不住针，柳爱心累成狗地吐出一口气，game over了。

气氛真空般寂静，过了十几秒，吴青阳像是突然间想到什么似的，恍然大悟地一拍额头：“你！你是柳爱！雯雯的妹妹。”

柳爱一惊，吴青阳居然知道她的名字？看来这俩人的关系真的不一般啊。

“雯雯初中时我就认识她，她和我提过自己有一个双胞胎妹妹，七岁时被妈妈带走了。你怎么会替她过来？而且……”

吴青阳思绪混乱，脸色更是尴尬得一绝，掏心掏肺表了半天衷心，结果弄错对象了：“不对，你不是和她失散了吗？”

事到如今，瞒也瞒不住了，所以柳爱也不打算继续瞒着他了。

“姐姐出车祸了，我只是替她工作一段时间。”柳爱尴尬地挠了挠头，将事情全盘托出，“不过你别担心，她的伤已经痊愈，马上就能回来了。”

“没事就好，没事就好。”吴青阳心惊地盯着柳爱，“那江莲远之前和我说的人……”

“是我。”柳爱脸上浮现一抹笑容，“莲远不清楚事情的真相，他和任雪从没见过我姐，和他们在一起的人一直是我。”

吴青阳汗颜，完全没想到事情竟然会是这样……亏他听到消息的时候都要急疯了……

“原来是这样，能告诉我雯雯在什么地方吗？拜托，这对我很重要。”

柳爱犹豫片刻，决定把地址告诉吴青阳。他们俩之间的问题，就让姐姐自己去拿主意吧。

得知柳雯的消息，吴青阳直接离开电玩城，应该是火急火燎地去找柳雯了。

柳爱身心俱疲地回到任雪所在的包间，瞬间瘫在松软的沙发上。

“青阳呢？”任雪感到惊讶，为什么柳雯一个人回来了？

“话说清楚，他已经离开了，应该不会再来找我了。”柳爱黑着脸盯着任雪，真想现场就活剥了眼前这雪白的红眼大兔，“所以，现在是不是该和你算总账了？”

“你想喝点什么？”任雪巧妙地转移话题。

柳爱眼皮一耷拉，无视任雪的问话，依旧冷着一张大脸。先给我来瓶1982年的七喜压压惊，慰藉一下这刚坐完过山车就蹦极的心灵。

“别介意，江莲远马上就来。我通知他的时间晚半个小时，只是提前让你和青阳见一面而已。”任雪眯起双眼，“至于见面结果，就顺其自然吧。”

想到江莲远，柳爱心里不由得开心了一下：“我去趟洗手间，一会儿回来。”

柳爱去洗手间照照镜子，又简单地补了个妆，整理了衣角和耳边的碎发，确认自己形象完好，这才施施然迈着步子离开洗手间。

就在回包间的走廊上，柳爱看到一个鬼鬼祟祟形迹可疑的人正在四处游荡。

我去，这哪个国家的恐怖分子啊，捂得就剩俩眼睛了！

柳爱几步走上前，一把揪掉“恐怖分子”捂脸的大围巾，正是我们人气爆棚的天王巨星江莲远。

她忍不住开心地笑了，双手微微抱拳，给大神行礼：“参见影帝。”

江莲远亲切地伸出手，揉了一下她可爱的脑袋：“免礼。”

“捂成这样，你就不怕窒息吗？”

“外面对于我来说很危险。”江莲远叹了口气，顺手摘下头上戴的鸭舌帽，“如果被认出来，情况会变得相当麻烦。”

是了，江莲远和他们这几个闲散人员不同，出名程度压根儿不是一个级别。他只要在街上一露脸，百分之百会被认出来，只能乔装打扮成恐怖分子才有一线生机。

柳爱和江莲远一起进到包间，任雪清秀洁白的眉毛一挑，瞧了两人一眼。

“嘉树和欧阳刘寒呢？他们俩没和你一起来？你不是宝贝你老婆，恨不得一年 365 天都把她拴在身边吗？”江莲远轻巧地拿起桌上的茶壶，给自己倒了一杯水。

“他们俩和我一起过来的，现在正在一楼玩游戏。”

“嘉树这个年纪的孩子，还是不要让他玩太多游戏。小孩子自制力差，不能总由着他的性子来。”柳爱接过江莲远手里的茶壶，“你这个做爸爸的得主动担起责任来。”

“是寒儿要玩，嘉树过去监督她别玩太久。”

柳爱举着茶壶的手莫名一抖，雪你真的不考虑换一个老婆吗？你老婆那神一样的做派，真的可以完成名为监督的这项光荣而伟大的任务吗？

“我们接下来干什么？外面有桌球，要不过去试试手？”任雪问。

“不用了，我出来主要是想见小柳一面。周围都是商城，你们一家三口正好趁这次机会一起过去逛逛，我们就不去凑热闹了。”江莲远的目光往柳爱这边一转，漂亮的眼睛眯成一弯清澈的月亮，“小柳，你说呢？”

“我同意。”柳爱立马夫唱妇随地一点头。

“你们俩什么意思啊！这是要抛弃我吗？”任雪无语，闭上眼睛，“算了，我还不想当电灯泡呢。”

于是，任雪一家三口去逛商场，江莲远和柳爱离开电玩城，准备找个静谧的人间美地，来一场心跳加速的双人之旅。

车上，柳爱坐在副驾驶座上，偷偷瞄了身旁的江莲远一眼。

哎……这家伙真是越看越帅，帅得她都无法正常思考了。以前她也承认他很好看，因为他这种相貌，任何人都会说他好看，但为什么现在感觉就不同了呢？清晰的侧颜线、高挺的鼻梁、诱人的唇瓣，还有细长骨感的手指……看哪里她都能看出喜欢来。

“接下来，我们要去哪里？”柳爱轻声询问。

“你想去哪里？”

柳爱看了看快入夜的天空，这个时间点，能去哪里呢？人多的地方就免了，她和江莲远在一起的画面如果被拍，又是一摊子麻烦事。

影院，主演们江莲远在剧组真人见太多了，估计提不起兴趣看脸，pass。

商场，围观粉丝及吃瓜群众太多，pass。

湖心岛，黑灯瞎火容易华丽地跌河，从此成为失足妇女，pass。

书店，已关门。

综上……正常能约会的地点对于江大咖来说一个都不行！只能去宾馆和他家了，只是现在这种状态，待在全封闭的空间里，干柴烈火一点即燃真的好吗？

“我随意，你有想去的地方吗？”柳爱把皮球又踢回江莲远那里，让他拿主意。

“我知道附近有一个枫叶公园，平常人很少，旁边那家俄罗斯风味的烘焙面包房是我朋友开的，我们正好可以过去烤面包，顺便解决晚餐问题。”

“嗯，可以的。”

只要能和江莲远待在一起，别说烤面包了，烤她都没问题。

江莲远所说的枫叶公园离他们所处的地点还真是非常近，江莲远开车十五分钟就一路通畅地到达了目的地。

将车停在一处僻静的水泥地上，江莲远戴上鸭舌帽和围巾，领着柳爱下车。

此刻，夕阳的余晖洒在红的枫叶上，微风吹来，林叶沙沙作响，摇曳宛如红妆美人。柳爱抿了抿嘴唇，跟在江莲远身边，潜意识却完全忽略了周围的美丽景致。

她的眼睛毫无疑问在盯着他身侧的手。

“要拍照吗？临时起意，貌似没从家里带相机过来。”江莲远转头询问柳爱，“手机画面差点，拍好给你传过去，不满意可以修一下。”

“唉……老了，拍不动了。”柳爱无精打采地掏出手机，自己冲着镜头敷衍地龇了个牙，和树边两朵毒蘑菇合了张影，这就算把拍照这一重点环节给打发了。

两人悠闲地走在林间小路上，江莲远的余光扫过柳爱失落的小脸。

“真拿你没办法。”江莲远脸上绽开一抹阳光般的笑容，自然地牵起柳爱的小手，暖暖地握在手中，“这样行不行？”

柳爱瞬间喜笑颜开，重重地点头，一下就满足了。

“莲远，我就是……心里不明白，为什么你会喜欢我？”柳爱的内心无限紧张。

娱乐圈长得比她好看的女人多了去了，以江莲远在圈内的地位，见过的美女可以说多如牛毛，想和他交往的女明星数不胜数，其中还不乏苏沐曦这样颜值超高、红得发紫的一线女星。为啥他最后就选了这么……普通的她，她实在是无法理解。

“这……需要理由吗？”江莲远眨眼，“感觉最重要吧。”

“……”

“如果说过程的话，一开始因为青阳的关系，我确实对你有点成见。不过接触以后，我感觉你很神奇。别人口中的你，和我眼中的你，截然不同。”

你到底想啥相同？我们压根儿就不是一个人。

“而且，你身上有一种很特殊的气质。”江莲远肯定地回答，“似乎能够自然地免疫很多负面情绪。”

弃聊吧江莲远，直接说我傻不就得了，拐弯抹角的有意思吗？

“其实有件事情，我想提前告诉你一声……”柳爱准备和江莲远坦白，既然决定交往的话，就不能继续骗他了，相互之间的信任很重要，“这是我的身份证，瞧一下喽。”

柳爱打开肩挎的小皮包，拿出自己的身份证，强行塞到江莲远手中。

“原来……是这样……”江莲远看着柳爱的身份证，了然于胸地一点头，“柳雯是艺名，柳爱才是真名。”

柳爱崩溃，把额头一捂：江莲远你闪远点，我怕这一巴掌下去，你会死。

夜晚的清凉逐渐代替白日的温煦，周围的小路旁，昏黄的路灯一齐亮起。光线穿过林间，将原本昏暗的枫树林瞬间照得亮了起来。

两人穿林而过，走得异常悠闲而缓慢。

“前段时间都没怎么联系，很忙吗？”

“嗯，很多时候抽不出时间，尤其是拍戏比较密集的时间段……”江莲远眼睑低垂，无奈地叹气，“看来以后得想办法了，我和冯梦茹就是因为这个分手的。”

“冯梦茹？”柳爱眼睛一瞪，“你们居然在一起过？”

冯梦茹的大名柳爱自然听过，电影明星，专攻大银幕，很少参演电视剧。其人不但长得清秀，还特别高冷范儿。虽然比不上江莲远，但也差不到哪里去。只是没想到他们居然交往过，这可是隐埋深海的陈年爆炸性消息！

“我和她交往两年时间，见面次数一共不到二十次。”过去的都是泪，尽留伤与悲，江莲远提起前任，唏嘘不已，“其中有五六次，还是在一些大型公益活动中。”

按照你们俩这恋爱套路，估计这辈子都是有你的时间没她，有她的时间没你，在精心共筑的爱巢里永远见不到另一人的身影，莫名就整出悲怆的感觉了。

“当时我和她都处在事业上升的关键时期，公司给的压力大，谁都不愿意为了对方妥协。”

“哦。”柳爱腮帮子一鼓，忍不住踢了一下脚边的碎石子，“是了，冯梦茹大美人一个，你们名气相当，真的是很般配啊。”

江莲远伸手刮了一下柳爱的小鼻尖：“怎么，听到我提别的女人，吃醋了？”

“哼，没有。”柳爱口是心非，“我只爱吃酱油。”

“好了，那些事都过去了，也早已彻底放下了，现在我心里只有你一个人。”江莲远真诚地看着柳爱，目光如此明亮，如此值得信任。

“不行，那你说清楚，一共有过几段恋爱经历，从实招来，不能谎报！”

江莲远伸出三根修长的手指。

“三百？”柳爱震惊地捂住自己的小嘴巴，“难道是……三千？”

“三个！”江莲远无奈，“你怎么不说三亿呢？”

这个数字倒还在柳爱的预料范围内。江莲远今年已经三十二岁，上天又给了他这样一张绝世帅脸，自然不可能一次都没有，那太不科学了。

两人散步而行，走着走着，就走到了中心花坛。巨大的花坛里生长着上百品种的鲜花，形态各有千秋，花瓣有大有小，姿色艳丽，色彩动人。

“从什么时候开始的呢……”柳爱自己都有些糊涂，和江莲远的感情，就像是温水煮青蛙，不知不觉慢慢变成了现在这样，“是从什么时候意识到，我们之间……的关系性质变得不一样了？”

“实际上，我也不太清楚，唯一能确定的是，很久之前，很久。”

“拍《世界树》第一次接吻的时候？”柳爱试探。

“喀喀——”江莲远一本正经地扫了她一眼，灯光忽明忽暗，倒映在他温润的眸子里。光华流转间，让人怦然心动，“我需要强调一个事实，那不叫接吻，只是在拍戏而已，最多……只能算是出于职业要求的局部接触而已。”

“是哦，拍戏而已……”

柳爱心里很失落，那可是她的初吻，对于人家江大神来说，就只是拍戏的局部接触而已。一个优秀演员必备的职业素养，说亲就亲，绝不含糊。

“真正的接吻……”语气微缓，他蓦然停下脚步，“应该是这样。”

柳爱下意识地抬眼，却发现江莲远已经绅士般站在她面前。

他自然地伸出一只手臂，一把将她搂入怀中，低头间，深深地吻在了她略显冰凉的唇瓣上。

秋风拂过，带着一丝清凉。柳爱缓缓闭上双眼，身体紧跟着酥软下来。克制而强烈，舒缓而热情，她沉溺在了这甜美的触感中，无法自拔，不能自已。

就像干涸的鱼儿，渴求着对方给予的每一滴水。她能够清晰地感受到他近在咫尺的温度，以及对她无穷无尽的渴望。强烈的心跳淹没了两人仅存的理智，她的手臂轻巧地搂住他的脖颈，努力地回应他的每一分爱意。

吻罢，柳爱面色微红，两人呼吸急促地看着眼前的人，彼此的心逐渐走近。

“看来，你们兴致很好啊。”

一句清冷的话传入耳中，柳爱和江莲远双双顺着声音传来的方向看去。

灯光昏黄的交界处，一道熟悉的身影站在树下，影子在地上被拉得狭长。

柳爱一惊，周宗弈？他怎么会来？这……这绝对不是巧合！如果在这种人迹稀少的地方都能偶遇，那大气层都能养金鱼了！

江莲远眉头一皱，他也没想到周宗弈竟然会突然出现。那么刚才发生的一切，周宗弈应该全看到了。

见柳爱一副吃惊的表情，周宗弈一步步走近，皮鞋发出轻微的踢踏声。“打扰你们了？”

周宗弈微微低着头，昏暗的光线下，柳爱看不清他的表情，更看不见他的眼睛。由于三人心中想法各异，一时间，三人竟然集体选择沉默。空气僵冷，谁都没有开口说话。

爱是一种伤，绿到你发光。

柳爱狂汗……话说这莫名其妙就出现的现场捉奸氛围是怎么一回事？

“柳爱，我有话和你说。”周宗弈一只手插在西裤兜里，微微偏头，“跟我走。”

“啊？”柳爱愣住。

“不用了，有什么话你可以直接跟我说。”江莲远往前一步，挡在柳爱身前，把她护在身后，“天这么晚了，你带她走，我不放心。”

周宗弈平静地将目光转向柳爱：“你的意思呢？”

“呃……这……”

柳爱偷偷扫了一眼周宗弈，又心虚地看了一眼江莲远。如果她现在和周宗弈走，江莲远会不会生气？不过弈哥要和她说什么？真的是有要紧事吗？与姐姐有关？

“莲远，我和弈哥处理点事情，先和他走。”柳爱伸手拉了一下江莲远的手，一双可人的眼睛盯着他，“我不在的时候，你不要生气哦。”

江莲远眉头紧皱，看着柳爱，心里却生出一丝疑惑：“你确定要和他走？”

“嗯嗯，我们回头联系。”柳爱双手抱住江莲远，给了他一个大大的拥抱，“晚上等我电话。”

周宗弈转身走远，柳爱精神十足地跟在他身后，两人一起离开枫叶公园。

宾利车上，周宗弈一言不发地开着车，柳爱双手握着手提包，坐在他身边。

“弈哥，到底什么事找我？”

周宗弈语气平静，让人看不出他此刻的心绪：“你和江莲远在交往吗？”

柳爱肯定地一点头：“是的。”

“什么时候开始的？”

“不久前。”

周宗弈余光扫过她，神情微妙，语气异常认真：“你是真心的？”

“当然，弈哥你今天说的话好奇怪，不喜欢我怎么会答应啊？”柳爱丈二和尚摸不着头脑，她这一上车，他先是不说话，之后又问了很多她和江莲远的事情。

周宗弈没有继续问，大约过了半分钟，他突然转动方向盘，把车停在路边的隔离地带，从车前放置的烟盒里拿了一支烟出来，点燃，吸了一口，又快速地将烟摁灭在烟灰缸里，轻靠在座椅上，缓缓闭上双眼。

“弈哥？你没事吧？”柳爱看周宗弈心里似乎有事。

他没回答她。

“姐姐马上就回来了，到时候你去机场接她吗？”

他依旧沉默。

“你为什么会知道我在那个公园啊？还特意跑去找我。”柳爱真是佩服，周宗弈每一次出现，时机抓得都让她很是意外。

“我之前嘱咐过你，不要一个人出门。”周宗弈还是忍不住露出一丝疲态，“这几天因为秦埕的事，外面不太平静，所以我上次出门前在你身上安装了定位系统。你的手机打不通，冯余斌又没陪着你，我怕你有危险。”

“抱歉，我忘了。”

柳爱有些尴尬，想到能和江莲远见面，她就一时间没把持住，竟然把周宗弈的话抛到了九霄云外，是她大意了。

休息几分钟后，车子重新启动，周宗弈踩了油门，再次回到路上。

“走吧。”

柳爱好奇地眨眼：“我们去哪里？”

他缓缓收回目光，似乎用了很大的力气来说这简单的四个字——

“送你回家。”

## 第十七章

### 论限免的正确使用方法

那天晚上，柳爱三更半夜回到别墅，手机刚插上充电线，立马就给江莲远打电话过去解释。听对面江莲远语气并无异常，看来是真的没有生气，柳爱这颗悬着的心才堪堪落地。

自那日枫叶公园约会，已经过去将近十天时间。今天柳爱的工作行程是下午坐飞机去沈阳，明天一大早参加网综《黄金大穿跃》的拍摄活动。

韩小跳是这档综艺的固定嘉宾，这次他牵线搭桥的主要原因，是想和许久未见的姐姐柳雯一续友谊。

是夜，柳爱和韩小跳相约到附近饭馆，在久别重逢的喜悦之下，来了一场把酒欢歌的火锅大餐。

然而浑身酸痛的第二天，柳爱就风中凌乱了。

这档节目每期都有八位明星嘉宾参加，除了她和韩小跳以外，江莲远居然也来了？！拜托，这只是一档三流网综而已，经费少得只够买矿泉水！从常理来讲，怎么可能请得起天价出场费的江大神！

用脚丫子想，柳爱都能猜到江莲远是为了见她，才特意纡尊降贵跑过来参加节目的。

一行人从宾馆出发，坐着摄制组的大巴车一路向西，两个小时后到达目的地。

柳爱穿着一身轻松方便的运动衣，前脚迈出车门后定睛一看，我去！这是一脚油门踩到荒芜地狱了吗？

看看人家别的节目组，拍摄地点不是美丽原野就是度假胜地，不是法国巴黎就是风景名胜，好歹也给咱们整两把沙滩遮阳伞，配几处休闲甜品屋啊。这鸟不拉屎鸡不生蛋的地界，除了那条纵横南北的水泥大坝异常显眼外，就剩下河滩那两根相依为命的秃树枝了。

就问节目组你们真心不是来砸场的吗？

“江老师……”栏目总监狗腿地往江莲远身边一蹭，“您想加入哪队呢？”

这期的游戏规则，八人分为勇士组和冒险组两队，队员们需要齐心协力穿过一条没什么危险的河流，到达河对面的一座荒野小岛上。根据小岛路旁的指示牌，找到藏在岛屿某处的钥匙和通关文牒，哪组队员率先拿到文牒，哪组就获得最终胜利。

“我和小跳一组吧。”

“好好好，没问题。”总监点头哈腰，生怕江莲远一个不满意就甩脸子走人。他们这穷得吃土的节目，就指着天降的江莲远提高曝光度了，实在是得罪不起。

于是，韩小跳、柳爱、江莲远，外加一个刚刚出道的倔强小鲜肉余洋，四人组成冒险队。

对面，吴泽、吴倩、祝一龙、许海桥四人组成勇士队。

“大家准备，开始拍了啊。”导演一声令下，几个录像师扛着沉重的摄像机，将镜头对准两组一脸茫然的队员。

我去！这哪儿跟哪儿就开拍了？咱们一没剧本，二没道具，就在这寸草不生的河滩上，拍啥呀？三流明星聚众爬大坝？

虽然之前说好的是让演员临场自我发挥，游戏环节全程保密，但你们把人往沙子里一扔就大言不惭地准备拍节目，是不是有点过分？

“那个……导演，是不是多少给点提示？”柳爱嘴角抽搐。

“提示？哦对，第一个环节是过河，你们开始过吧。”导演“嘿嘿”一笑，指着对面微波荡漾的河水，“过程不论，只要你们能想出办法顺利过河就行。”

四人面朝河水，以江莲远纵横娱乐圈十多年的经历，估计都没见过自由发挥到如此地步的综艺节目，难得，实在是难得……

“江莲远，你是队长，有什么办法吗？”柳爱忍不住擦了一把额上的冷汗，这一没有船，二没有艇，三没有桥的，怎么过河？发挥你惊天的才华，就问怎么过！

江莲远眼皮一耷拉，沉思片刻，未有结果。

“要么……”柳爱艰难地咽下一口口水，“江莲远，干脆我骑你游过去得了，或者……我骑韩小跳也行。”

江莲远：“……”

韩哲：“……”

对方组合面对此等境地，同样束手无策。八人面对河水站了将近十分钟，一步未动。导演终于在时间的流逝中失去耐心，以磅礴之势踩灭脚下的烟头：“哎呀，拍节目不要这么拘谨嘛，都这么放不开，节目效果怎么能出来？算了，把预备的船拿出来吧。”

八位嘉宾集体在心中松了一口气，早说嘛，原来早就备好船了，就说节目组不能这么肆无忌惮地整他们。亏得他们都已经打算光膀子狗刨了，这回好了，不用刨了。

柳爱欣喜地转头，就看见工作人员从车上抱了几捆竹子下来，瞬间整个人都虚脱了。

“来来来，大家原地造船吧。”

如果天黑之前来得及，我想把你打得喘不了气。

“咱们这是野外真人秀，不可能有现成的游艇，所以为了显得逼真一些，大家最好自给自足，动手做一艘船出来。河面不是很宽，相信你们一定能顺利过关的。”

这回，就连一向波澜不惊的江莲远，面部肌肉都忍不住抽了一下。

满满四大捆竹子，还有韧性十足的藤蔓，勇士队和冒险队很快进入备战状态，开始动用自己强大的双手，扎竹筏！

挑选竹片，固定浮木，洁白的双手布满灰尘，舒适的衣衫沾满泥泞。柳爱长长地叹出一口气，知道的还明白这是在录明星综艺，不知道的还以为这是在拍现实主义纪录片，标题名为——落后野人的早期劳作生活。

“雯姐，咱们要不要给船起个名字？”韩小跳的小眼神挑逗了一下柳爱。

“起名字？”

“余洋你有什么好想法吗？”柳爱瞧了一眼身边一直默默无闻扎竹筏的小男生余洋，看年纪他也就十七八岁的样子，显得很是青涩。

余洋小心翼翼地探过头：“泰……泰坦尼克号？”

孩子野心挺大，低头扎你的竹筏吧，再说话容易让观众一人一口唾沫淹死。

时间匆匆而过，在江队长的缜密指挥下，冒险组的竹筏在稳扎稳打地制造着。但对面的勇士组也在争分夺秒地编竹筏，看样子他们的竹筏更结实，还能赶在柳爱组之前做好。

“这么下去，咱们多半会输。”柳爱和江莲远聊天。

“不着急，就算他们先做好竹筏，去了小岛也还得找钥匙和文牒，时间很充裕。”

很快，对面勇士组的竹筏就做好了，准备下河了。

柳爱组的竹筏紧接着也制作成功，韩小跳激动地拿出手机，在明媚的光线下先拍了两张高清照片，记录自己整整一上午的劳动成果。

“竹筏这么薄，真的能载我们四个过去吗？”余洋有些担心。

“应该差不多吧，这竹片材质这么轻，面积这么大，绝对能在水上漂起来。”柳爱信心十足地拍了一下余洋的肩膀，替他解压，顺便欺骗一下自己的良心。

“试试不就知道了。”韩小跳猴急地把竹筏横在地上，一脚踩了上去。

“咔嚓！”

竹筏瞬间被踩烂。

柳爱和江莲远双双崩溃，把额头一捂，不怕神一样的对手，就怕猪一样的队友。能将你伤得遍体鳞伤的人，永远是自己最亲密的朋友。

“哈哈哈——”韩小跳龟速缩回脚，当作什么事都没发生。

柳爱在心绞痛的瞬间就改了主意，还是他们仨骑韩小跳游过去得了，这样好歹心里也能舒服点儿。

江莲远深呼吸：“抓紧时间补救，把中间三根被踩烂的竹片换掉。”

重新制作好竹筏，卷起裤脚，冒险组齐心协力将竹筏推入河中，四人一同站上竹筏，摇摇晃晃地开始过河。

然而……四人谁都没有乘竹筏过河的经验，竹筏在河岸边打转了十几圈，他们才勉强站稳，总结出划水的经验，逐渐顺着河水漂流起来。

余洋和江莲远左右两边同时划，韩小跳不会游泳，心惊胆战地坐在竹筏上。

“江哥，我看到他们了。”余洋指着前面的小黑点，那是率先下河的勇士组的身影。

“很好，加油划水，追上他们。”

经过十五分钟的全力追击，柳爱一行终于即将到达岛屿岸边。就在这时，江莲远却发现无论他和余洋怎么划动，竹筏就是在原地不动。

韩小跳趴在竹筏上，眼睛四处查看：“竹筏好像被水草缠住了。”

“水草？”柳爱定睛一看，韩小跳说对了，还真是水草在作怪。于是，柳爱把身子挪到被水草缠住的竹片旁边，努力伸出胳膊，打算把水草揪断。

就在即将成功的时刻，柳爱却发现自己的身子正在……快速倾斜……

“啊！”

“扑通！”

柳爱尖叫一声，华丽地跌到河里。

江莲远瞬间就吓坏了，这一片河域水草茂盛，非常危险，很多人都是因为陷在淤泥里或者被水草缠住身体而溺水身亡的。就算有工作人员一直跟着他们，不可能出现生命危险，但呛水严重也会非常难受。

下一秒，江莲远猛地跳进水中，第一时间把柳爱捞到了竹筏上。

整个落水过程只有十几秒，但柳爱还是被突然的溺水吓得心怦怦跳。由于江莲远的紧急施救，柳爱的身体并无大碍，但代价就是体验了一次透心凉，两人全身的衣服都湿透了。

“你们没事吧？”不远处，扛着录像机的摄影师坐着小游艇赶过来。

“没事，虚惊一场。”柳爱呼吸急促地摆摆手。

“还能继续吗？不行的话就先暂停一下，身体要紧。”

“继续，马上就上岸了。”柳爱笑着和他打了个“OK”的手势，“我真的没事。”

摄影师点点头，示意划船的人离得稍微远一点。

拍摄继续，四人摆脱水草，很快就把竹筏划到岸边，上了岛。这一环节的拍摄结束，宋江早就等候在小岛岸边。看到江莲远和柳爱跟两只落汤鸡似的爬上来，立马拿了两条毛毯，一条轻轻披在江莲远身上，一条“啪”地扔到柳爱脸上。

柳爱满脸怨气地把毛毯裹在身上，宋江，我们是有多大仇？就问有多大仇？

宋江一脸淡定地和节目组沟通，暂停拍摄，留十几分钟时间，让江莲远换一身干衣服再继续。不然他穿着湿衣服在这荒郊野外的地界乱逛，生了病谁都担不起。

于是，宋江重新领了两身干燥的冒险队队服，陪着两人去不远处的小木屋换衣服。

木屋只有一间，还是剧组临时开发出来的据点之一。柳爱瑟瑟发抖地跟在江莲远身后，前面江莲远一停脚步，她稍不注意，脑袋就撞到了他笔挺的背上。

“小爱，你先进去换吧。”江莲远在木屋门前站定。

柳爱点点头，光速跑进屋里。一想到江莲远还在外面冻着，当即以最快的速度换衣服，刚穿好内衣，就立马喊他进来：“我换好了，你进来吧。”

“宋江，你看着点儿，来了人记得叫我。”柳爱在屋内听到江莲远低声嘱咐。

门被人从外面推开，江莲远几步走进来，缓缓关上门。

小木屋里，就剩下她和江莲远两人。

外面凉风阵阵，在河边顶着一颗湿脑袋录节目，明天绝对会头疼，所以柳爱拿着自己的紫玫瑰大毛巾，弯腰把湿漉漉的长发甩在身前，认真地擦干头发。

“小爱，柳雯是你的双胞胎姐姐？”江莲远面朝衣柜，一边脱衣服，一边问她。

“对。”柳爱长叹一声，我们的江大明星智商终于上线了，“你是什么时候知道的？”

“上次，你和周宗弈离开五分钟之后，吴青阳给我打来电话，把真实情况告诉我了。”江莲远不甘心地翻了一下眼皮，“其实周宗弈带你走的时候我就很疑惑，你们之间的举动，不像是恋人关系。”

是啊，以周宗弈的性格，如果女方给他戴这么大的绿帽子，他绝对不会善罢甘休的。

“周宗弈是我姐姐的男朋友，我是单身，有什么问题吗？”

江莲远刚刚换上裤子，将背心套在身上，听到柳爱的话，转身就大步冲着柳爱走过去，一把捏住她的大脸，狠狠地道：“有什么问题？上次是谁在我面前跟着别的男人走了？瞒我瞒了这么久，吴青阳和任雪知道得都比我早，我竟然最后一个才知道，害我白白纠结那么长时间！”

“别介意……”柳爱汗颜，“我也是为了姐姐着想，不是故意要瞒你的。”

“你知道我得知这个消息，自己消化了多久吗？”

“不要生气嘛，以后有时间补偿你呀。”柳爱开心一笑，许下诺言。

江莲远无奈地看着柳爱的脸，这次他原本是打算好好兴师问罪的，此刻见到人，却什么责备的话都说不出口：“算了，我早就该猜到的，你们的性格这么不一样。”

柳爱往前走一步，想拿走桌上的矿泉水，结果没注意脚下的木桩，被绊得一个趔趄，手就这么不着痕迹地在江莲远的胸前轻抚了一下。

江莲远眼睛一眯，弯腰扶住柳爱，将脸凑到她面前：“就这么着急？”

“啊？”

“正好这里没人，你不是想摸吗？”江莲远单手插兜，俊眉一挑，“我脱了衣服让你摸个够，这样……过瘾。”

柳爱的脸“唰”地红了，这令人窒息的操作当真是攻得她措手不及。

“江莲远！别闹！”柳爱的耳根红透，不由自主地跺了跺脚，“这还在录节目呢。”

“怎么，嫌弃我？”

“哎呀！不是！”柳爱自己都搞不懂自己这纠结的内心了。

江莲远随性地站在衣柜前，后背轻松地贴在木柜上，手抓住柳爱的手腕，一点一点拽她到身前，将她的手放在自己的腰上。

柳爱心跳加速，感觉整个身体都热起来。不过……她此刻必须克制！克制！再克制！毕竟……人生最美是纯情，我是洁白的羔羊，应为矜持点赞！

“限时免费，过时不候。”江莲远充满诱惑的声音在她耳边响起。

妈呀，都限免了！她活了二十年，还没见过这么大的便宜，不占白不占！

凉凉的小手像一条轻快的小活鱼，沿着江莲远平坦结实的小腹，轻巧地摸进了他宽大的蓝背心里。

温暖的触感顺着指尖蔓延，江莲远的身材极好，紧致的肌肉，流畅的线条，柳爱忍不住笑着咬了咬嘴唇，抬头瞧他一眼。

摸了一分钟，柳爱才心满意足地收手，之后得到江莲远一个落在额上的轻吻。

“时间快到了……我们出去录节目吧。”柳爱头昏脑涨，两眼泛晕，脚下似踩着一团软棉花，看样子还没从刚才的意境里走出来。

江莲远一本正经地穿上外套，微微低头，不慌不忙地看了一眼手机。

两人走出小木屋，回到岛屿岸边，节目拍摄继续。然而……柳爱的注意力已经完全不在录节目上，她已经被江莲远色诱得彻底不能自拔了。

一直到节目拍摄完毕，她脑子里都只剩下一个想法——

此生无悔入贵圈，但求一睡江莲远。

# 第十八章

## 大结局

昨天，柳爱从冯余斌打来的电话里得知了一个让她很震惊的消息——柳雯和周宗弈分手了。

当柳爱知道这件事的时候，突然间联想到前段时间，她把柳雯的联系地址给了吴青阳，直觉告诉她，这两件事之间一定有直接联系，是不是她做错了？

整整一晚，柳爱心里都很纠结，于是今天一大早，她忍不住给姐姐打了电话过去。

"喂，姐姐。"

"干吗，小爱，大清早的我都还没起床，要是没重要的事，我再躺一会儿。"电话对面，慵懒的声音传来。

"姐，等一下，我有事问你。"柳爱紧张地握着电话。

"说。"

"第一件事……"柳爱顿了顿，尴尬地咽下一口口水，"就……怎样才能抓住一个男人的心？"

“啊？”对面的柳雯瞬间从梦中清醒，“男人？你是说江莲远？”

柳爱：“……”

老姐，话说得这么透彻就没意思了哈。

“找个机会把他办了，生个孩子作为筹码，要是他敢做对不起你的事，直接捅给媒体让他身败名裂。”

呵呵，姐姐你这手段、这套路、这思维、这模式，妹妹我实在佩服至极，叹为观止。

“还有，你和弈哥……真打算就这样分开了吗？”

电话对面，柳雯突然陷入沉默，过了几秒钟才说：“嗯。”

“可是我觉得，弈哥对姐姐真的很好啊。”柳爱打这通电话的目的其实是想劝两人和好，“经常送那么贵重的礼物，还花钱拍电影让姐姐演女主，我觉得他已经做得很好了，你们为什么还要分开呢？”

分手是柳雯先提出的，所以柳爱打算先从姐姐这边做思想工作。

“我和吴青阳复合了。”

柳爱长长地吐出一口气，行了，她也猜到是这么回事了。

“吴青阳就那么重要吗？”

柳雯犹豫片刻，却不知道该怎么向柳爱说明白这份她自己都不太明白的感情。

柳爱紧追不舍：“总有原因的吧。”

“弈哥啊……他只是寂寞的时候想找个人陪着而已，至于这个人是不是我，又有什么重要的呢？但是青阳不一样，他要的不是别人，就只是我。”

听着柳雯的话，柳爱表情一呆，因为这份沉重的心情准确地传达给了她。

“就算周宗弈是所有女人心中的王子，他唯一的灰姑娘也不会是我。”柳雯顿了顿，继而坦然地说，“梦总会醒的。小爱，该结束了。”

“可是姐姐，你这么做考虑过弈哥的感受吗？”

“小爱，别说了，是姐姐配不上弈哥，是我配不上他。”

在柳爱的追问声中，柳雯声音哽咽，匆匆挂断电话。柳爱再打过去，她也没有接了。

见柳雯不接电话，柳爱又打给周宗弈。

她约周宗弈晚上见面，对方很痛快地答应抽时间出来，地点定在世爵园区的一间小咖啡馆里。

夜晚八点，柳爱准时到达心晴咖啡馆，找了个靠窗户的位子入座。

不多时，周宗弈穿着一身纯黑的休闲西装缓步走进咖啡馆，伸手将包放在窗台上，坐在柳爱的对面，招呼来服务员，给他和柳爱一人点了一杯摩卡。

“怎么了？如果我没记错，这还是你第一次主动约我出来。”

柳爱抿了抿嘴唇，不管怎么说，他们俩毕竟也很熟悉，就不必太客套了。

“我听说，你和姐姐分开了。”

周宗弈半闭着眼睛，手肘支在桌面上，揉了揉有些酸疼的太阳穴，迟缓地点了一下头。

“可是这样真的好吗？”柳爱不甘心，“你们已经在一起这么长时间，就这样分开，是不是有点可惜？”

周宗弈点了一支烟，轻轻将指尖的烟灰磕在桌角的烟灰缸里，微微叹气：“那你想让我怎么做？找个大雨倾盆的天气，哭着求她再给我一次机会吗？”

柳爱无奈，她不是这个意思……

“你姐的心不在我这里，无论我做什么，对她来说都只是障碍。”周宗弈抬眼，看着面前的柳爱，深沉的眸子里隐藏着一丝难以察觉的伤痕，“感情这种事，勉强不来的。”

是了，强扭的瓜不甜，他们两人都清晰地明白，爱和占有欲并不等同。

“我知道了，弈哥，今天的话，就当我从没说过吧。”

周宗弈淡然地喝了一口咖啡，柳爱静静地看着他，突然想对他说一句话。

“弈哥，希望未来的某一天，有一个聪明漂亮的姑娘能收走你的心。”

周宗弈似是不经意地笑了：“其实，她已经出现了，只是她收了别人的心。”

柳爱深深地呼吸，低头喝了一口手中的咖啡。

或许，姐姐的决定是正确的，就算她和吴青阳有着伤痕累累的过去，至少他们曾为彼此担心过、焦虑过、痛苦过，在时光流逝的今天，也执着地想要牵手走下去。

周宗弈是个无论何时都很强大的人，强大到……在爱情开始的瞬间，就已经做好了放下的准备。

一杯咖啡饮尽，柳爱和周宗弈在店铺前挥手道别。

她看着他走上那辆熟悉的黑色宾利车，第一次的相遇还历历在目。他把她错认成柳雯，将一脸茫然的她拽上了这辆车。只是现在，车子从她面前驶过，与她渐行渐远，最终消失在弯路的尽头。

再见，周宗弈，祝我幸运，祝你幸福。

这几天，柳爱闲来无事，抱着笔记本电脑把江莲远以前演过的所有电视剧、电影、机场图、杂志封面、艺术写真等全看了一遍，整个人颓丧得每天都在舔屏中度日。

可隔着荧幕的静态图片和动态视频，完全无法填补真人缺失所带来的心灵空洞，思念使她越发寂寞……空虚……冷……

虽然江莲远每隔三四天就会打来一通电话，却也只能短暂地缓解思念，无法让她满足。

八天后，柳爱主动给江莲远发微信，准备约他见一面。

柳爱：三日不见，十分想念；七日不见，肝肠寸断。

大约十五分钟后，江莲远回复过来。

江莲远：那要是一个月不见呢？

柳爱：你要是敢一个月不见，我就买三两米线吊死在你家房梁上！

然后柳爱及时补发一张房梁配图，以显示自己上吊的决心。

江莲远：这……这不是故宫的房梁吗……

柳爱：到底有没有时间？冯余斌一直在韩国陪姐姐，我闲着很无聊啊。你要是忙的话，我可以坐飞机过去。

对面的江莲远犹豫片刻才回复过来：算了，还是我回去见你吧。

柳爱：昨天听你电话里声音那么沉闷，发生什么事情惹你不开心了吗？

江莲远：遇上一个相当奇葩的导演，真心受不了。

柳爱：受不了，那就往上攻啊！

江莲远：……

柳爱：开玩笑的，他到底怎么你了？现在娱乐圈还有敢欺负你的人？

江莲远：原本三天就该拍完的，结果导演强行甩戏，非要临时改一场农家乐。

柳爱忍不住面部抽搐，农家乐……什么鬼……

柳爱：那……导演逼你……骑鹅了？

江莲远：没有。

柳爱：虐猪了？

江莲远：也没有！就是找了一块稻田，然后一家人插秧，但水蛭密密麻麻的。

柳爱整个人都崩溃了，妈妈呀，听君一句话，吓出一身汗。

江莲远：你呢？这几天在做什么？

柳爱：没干什么，每天自己做饭，打扫卫生，顺便去超市的时候，路过彩票中心买了几张彩票，应该还有两个小时就开奖了，目前正在等待这一激动人心的时刻……

发完这条微信，柳爱的手机突然就收到一条短信。

短信内容：尊敬的彩票用户您好，恭喜您所购买的彩票中了一个江莲远，请尽快认领。

妈呀，真是活久见，这年头买彩票都能中江莲远，骗子你可省点心吧！

柳爱：你预计多会儿回来？

江莲远：刚订完机票，后天下午三点，记得开车去机场接我。

柳爱：后天？之前不是说后天有重要活动吗？

江莲远：现在不是有更重要的活动吗？在家等我吧。

柳爱发了个开心的表情。

两天时间匆匆而过，转眼就到了江莲远回程当日。

柳爱兴高采烈地穿上一身黄格子大衣，盘起秀丽的长发，开着门口冯余斌给她准备的低调小面包车，前去机场接江莲远回巢。

由于今天午饭吃得少，去机场的路上，柳爱的肚子突然就饿得咕咕叫。

在小道上，她眼睛正好扫到马路旁肯德基的门店，突然想起自己微信里似乎还有肯德基发的一张限时优惠券。

掐着时间，柳爱火速将车停在路旁，戴着大口罩走进店铺。

“我想要两个香辣鸡腿堡。”柳爱掏出手机，手指着红色优惠券，“这个可以用吧？”

“你好，小姐，这个……”服务员尴尬，“在我们这里用不了呢。”

“为什么？”柳爱震惊，明明没过有效期啊！肯德基你们这么大的跨国企业，用得着费尽心机地欺骗我一个假明星吗？

“我们……”服务员一脸祥和微笑，“叫肯德甚。”

悲伤逆流成河的那一刻，柳爱拿着两个肯德甚汉堡摔门而出。

坐在车上吃完汉堡，柳爱才继续开车上路。

接头地点定在机场VIP通道出口五百米外，一块蓝色大提示牌下面。

三点十分，宋江拉着轻便的行李箱，和江莲远两人并肩走出机场，很快就和柳爱碰上了头。

四下扫了一眼，见无人注意，江莲远才低调地钻进柳爱开来的面包车里。

“宋江，你去前面开车。”

宋江一脸麻木地把行李扔在后备厢，用力拉开车门，一屁股坐在驾驶座上。

柳爱快速合上车门，伸手托住江莲远可人的大脸，美滋滋地说：“哎哟，这帅哥谁呀，居然随便就往我车里钻，经过我同意了吗？”

江莲远把鸭舌帽摘掉，一本正经地整了整衣领：“哎哟，这姑娘谁呀，居然随便往我怀里钻，经过我同意了吗？”

“这次回来待几天？”柳爱满心欢喜地问。

“两天。”

“啊？才两天！”柳爱唉声叹气，未老先衰，“真难想象你这十年间到底是怎么活过来的。”

柳爱和江莲远一路说着话，宋江在前面冷漠地开车。

下午五点，宋江把两人送到江莲远家，留下柳爱的小面包车，自己打车离开了，从头到尾未说一个字。

“宋江对我是不是意见特别大？”趁着江莲远输防盗门密码，柳爱不服气地一哼。

“别介意，他对谁都一样。”

柳爱撇嘴，以宋江这喧宾夺主的套路，江莲远一辈子的大牌都让他给耍尽了。

进屋之后，江莲远第一时间就往浴室百米冲刺。他在剧组与水蛭战斗得太心酸，唯有清爽的沐浴才能使疲惫的心灵洗尽铅华，灵魂升天。

“衣服放门口了。”柳爱冲着浴室门大声一喊。

“好的。”

龙芷玥见江莲远和柳爱回来，龟速从屋里出来，大大方方地巡视一番，转身卧到沙发上，身体纹丝不动，眼睛却一直随着柳爱的身影来回转动。

利用冰箱里残存的食材，柳爱去厨房做了两碗粉丝汤作为晚饭。

很快，江莲远从浴室出来，穿着宽松的白背心和大裤衩，手里拿着毛巾，一边在屋内晃悠来晃悠去，一边擦着湿头发。

“做什么饭呢？”江莲远懒散地往厨房门框上一倚。

“香葱鸡蛋粉丝汤，很好吃的，你可以尝尝。”柳爱将锅里的汤盛入大碗中，端着餐盘转身，正巧看到江莲远，一下就看呆了。

江莲远从冰箱里拿出一瓶冰镇可乐，得意地一挑眉：“怎么样？洗完是不是更帅了？”

“帅！帅炸天！”

“是这样，我也这么觉得。”

快，趁着嘚瑟劲儿没过，二十八门礼炮齐鸣送他上天。

两人面对面坐在餐桌旁，简单地吃了一顿便饭，之后柳爱去厨房洗锅刷碗，江莲远抽空背剧本。

劳作完毕，柳爱跟一条大鲶鱼一样躺在沙发上，打开电视看节目。

江莲远坐着他生病时候买的轮椅，缓缓地从卧室出来，猛地一看电视墙巨大的画面，整个人都不好了。

柳爱居然在看男模内衣时装秀……台上一个接一个外国男模走来走去……还时不时地冲观众抛媚眼。

江莲远一甩手中的剧本，快速站起身来，双手环胸，严肃地站在电视机前，用自己只穿着大裤衩和大背心的身子挡住了电视墙大半个画面："告诉我，你更想看哪个？"

柳爱："……"

见柳爱没有立即回应，江莲远很自然地拔掉电视机的插头，电视瞬间黑屏。

啊！江莲远你幼不幼稚！茶余饭后看个男模比赛你都要插脑袋进来！我正到兴头上呢，还让不让人安心看电视了！你走开！

"你把电视打开，快点！"柳爱愁眉苦脸地坐起身来，"赶紧打开嘛。"

"打开电视，你想看什么？"

"爱情动作片！为我们今后的幸福生活提前预热一下，行吗？"柳爱百无聊赖地捂嘴打个哈欠，瞟了江莲远一眼。

江莲远无视柳爱的要求，反而走到柳爱身前，轻巧地勾起柳爱的下巴："这还用看？你搭戏，我现场演，片酬就是明天中午的一顿饺子。"

柳爱嘴角勾起一丝微笑，猛地扑倒江莲远。

"成交！"

柳雯痊愈归来，与柳爱正式交接，恢复了自己明星的身份。

柳爱则准备暂时离开娱乐圈，由于姐姐的名气水涨船高，很容易被认出来，以前的工作柳爱也无法继续顶替，所以，她回了老家帮外婆打理一段时间的花园。

又是一年七夕节。

这天，柳爱正在修剪即将卖出去的玫瑰花和蝴蝶兰，下午司机师傅就会开车来运走。

放下手里的盆栽，柳爱不经意间转身，就看到了栅栏外一道熟悉的身影。

他们分别前曾经约定，七夕节在老家花园不见不散。此刻，江莲远如约而至，看到了站在花丛中央的他心里的姑娘。

“江莲远，你来干什么？”阳光静美，柳爱脸上绽开一个灿烂的微笑。

“接你回家。”

“如果有一天我不像现在这么好看了，也不红了……”江莲远轻轻捧起柳爱的脸颊，“你还会像现在这样喜欢我吗？”

“会，我确定。”

因为站在面前的，是我想要用尽一生去爱的人。

【番外·小剧场】

柳爱手提着购物袋，站在商场扶梯处，低声给江莲远打电话。

“喂，江莲远。”

“怎么了？”

“如果我没记错，你今天是在华东商厦附近的摄影棚拍广告是吧？”

“嗯，没错。”

“我正巧也在附近，马上就到中午了，出来碰个面？”

“行，没问题。”

两人约在商厦19层的珠宝店前，柳爱一直坐在附近的软椅上等着江莲远过来。大约半个小时后，江莲远抽空溜出来，出现在珠宝店柜台前。

柳爱眼睛明亮，立马就看到了他的身影，快走几步，伸手直接拽住他的胳膊，一把将他拉到灯光昏暗的步行楼道。

高层商厦的步行楼道很少有人经过，柳爱四下瞅了一眼，伸手就开始解江莲远胸前的扣子。

江莲远一惊，神色慌乱地半推半就："别……别这样，小爱，这还在外面呢，万一被人看见会出问题的，我们回家再……"

柳爱扒开江莲远的外衣，开心地伸手往内兜一掏："哈哈哈——我就说嘛，卡果然放在里面。"

拿到卡的瞬间，柳爱闪身就往商场里面冲。

江莲远忧伤地站在原地，转头就是一声喊："柳爱你给我站住！"

【番外·小剧场】

特大喜讯：柳爱怀孕了。

江莲远找了一家价格昂贵的私人妇产医院，陪柳爱做第一次孕检。

从B超室出来，柳爱小心翼翼地给江莲远打了个电话。

"怎么办？我刚才看到有个人在后面偷拍你，会不会是狗仔？"

"什么？"江莲远惊讶，"确定没看错？"

"他拿着相机，谁没事干在医院照相啊？"柳爱火急火燎，"总之不能掉以轻心。"

于是，她没有和江莲远碰头，而是直接走出医院，绕了好几个弯才到达停车地点。江莲远花了不少时间才把尾随的狗仔甩掉，回到车上。

为了柳雯的事业发展考虑，结婚后柳爱一直没有公开自己的身份，想等到合适的时机再说。但既然她去做孕检被拍到了，估计晚上就会有新闻曝出来，现在也只能寄希望于狗仔没有拍到正脸，不然连一丝解释的余地都没有了。

回到家，两人已经做好心理准备，迎接这场即将到来的轩然大波。

第二天早晨，网上就炸开了锅。新闻头条：江莲远怀孕，只身出入妇产科医院。

配图：江莲远裹着厚厚的黑羽绒服坐在休息室里，怀里放着早晨的两份豆浆和煎饼，肚子显得异常鼓胀。

话说记者你们能长点儿心吗？这条新闻，比柳爱的身份曝光更令人心痛。

【番外·小剧场】

柳爱表情严肃地坐在沙发上，江少卿坐在茶几对面。

今天，必须得好好地和江少卿谈一谈。她作为一个母亲，有义务教育自己的孩子，帮助他成长为一个顶天立地的优秀男人。

“说说吧，这是怎么回事？”

江少卿语气认真而昂然：“我想成为哈利·波特那样伟大的魔法师，变出一座幸运的城堡给爸爸和妈妈住。”

“所以说这就是你骑坏咱们家笤帚的理由？”

【番外·小剧场】

闲来无事，柳爱给正在外面工作的江莲远发微信聊天。

柳爱：小伙子，多少钱一晚啊？

江莲远：两百万陪聊，五百万牵手，七百万陪酒，两千万陪睡，不议价。

江莲远发完微信，柳爱当下就给他转了二十万过去。

柳爱：定金已付，等你。

江莲远：这不是我的卡给我的卡转账吗？！为什么我必须用自己的钱潜规则自己？

柳爱：话别说得这么难听嘛！什么潜规则不潜规则的！给句痛快话，你到底乐不乐意？

几秒停顿之后……

江莲远：老板，想怎么玩啊？

所以说，男人一旦没节操起来，就没女人什么事了。

【番外·小剧场】

近日放学回家，江少卿发现窗台上养了三个多月的大芦荟不见了。

晚饭时候，餐桌上摆了一盘新鲜的芦荟炒肉。

第二天中午，江少卿又发现，家中玻璃缸里养了两个星期的大鲈鱼也不见了。午饭时候，餐桌上多了一盆美味十足的红烧鲈鱼。

“妈妈，我有一个问题。”江少卿面色凝重地拿起筷子，目光闪烁地看向柳爱，“你为什么要养芦荟？”

“自己养的，想吃的时候就割一茬，现割现吃，多新鲜啊。”

小卿手指颤抖地夹起一块鱼肉，放到自己碗里：“玻璃缸里为什么要养鱼？”

“外面的死鱼吃了不健康，还是活鱼肉香，养得肥肥的才有滋味。”

“那……”小卿绝望地抬起双眼，一行温热的泪水滑过脸颊，语气夹带万千悲痛，“你为什么要养我？”

柳爱：“……”

这误会深似海，这惆怅泪满怀。

《花火》彩版
重磅连载

书名：《我想用正确的方式来爱你》
定价：36.80元
作者：林笛儿

**伶俐记者**
**×**
**高冷律师**

实力言情作家 **林笛儿**
继"玫瑰系列"之后浪漫奉献

我是律师
却辩不过自己的固执

我是记者
却问不清楚自己的心

年轻时不够成熟，他的步伐太快，忘了要等等她。她追不上，只能松开他的手。后来她行山走水，才发现：你在身边就是全世界。

**内容简介：**

听说那个德语专业的妹子有点毒舌，看来要想降服她，还得律师亲自来……我想认认真真地和你开始，我想认认真真地和你恋爱，我想认认真真地和你到老，你值得我郑重以待。

**即将全国上市**
**〈敬请期待〉**